植松三十里
Uematsu Midori

羊子と玲

鴨居姉弟の光と影

YOKO and REI

羊子と玲　鴨居姉弟の光と影　＊　目次

羊子と玲

鴨居姉弟の光と影

プロローグ　最期の刻

鴨居玲は酔いで足をふらつかせ、アトリエから茶室へと向かっていた。腕には水彩絵具一式と、大ぶりな鏡を抱えている。

洋館の住まいの中で、茶室は唯一の座敷だ。板戸を開けて水屋に入ると、まず天井の電灯を点けて、違い棚に鏡を置いた。そこに映る自分の顔を見て、自嘲的につぶやく。

「今年で昭和は六十年、鴨居玲は五十七か。よくぞ、こんな歳まで生きたもんだ」

長めの髪はすっかり銀色で、毛先が荒れて乱れている。連日の深酒で顔色は悪く、目元口元に深く皺《しわ》が刻まれ、頬はたるんでいる。

「昔は美男子と言われたけどな。まあ今でも、そう捨てたもんじゃないだろう」

かなりスコッチウィスキーを呑んでおり、呂律がまわらない。しゃっくりも出る。

水屋と茶席の間は白襖《しろぶすま》だ。いつか何か襖絵を描こうと、この洋館を借りたときに、建具屋に白無地に替えてもらったのだ。

水屋の流しで蛇口をひねり、筆洗いのバケツに水を張った。絵具箱から茶色のチューブをつかみ上げ、大きめの絵皿に大量に絞り出す。続いて赤も少し捻り出した。太筆を水に浸し、二色を混ぜながら絵具を溶いた。

白襖の前に立ち、そこからでも顔が映るように、鏡の角度を調節した。目を半開きにして恨めしそうな表情を作り、できるだけ顎《あご》を引いて下を向いた。そのイメージを脳裏に刻んでから、太筆を握って白襖に対峙した。

二枚並んだ左側の襖に、大胆な筆づかいでイメージを表現していく。ほぼ茶一色の濃淡で、ところどころに赤がかすれる。

鏡を何度も確認しながら筆を動かしているうちに、白襖に死顔が現れた。首だけになった鴨居玲だ。顎下に沿って赤茶の水滴を飛ばし、それが幾筋にもなって流れて、血が滴り落ちるように見せた。

描き終えると、すぐに右の襖に移った。こちらには全身像を描きたいが、鏡に映りきらない。そのため想像を絵にした。首を吊った鴨居玲で、頭は完全に下を向き、手足はだらりと下がっている。手足の下にも水滴を滴らせて、二枚目も完成だった。

職業画家としての地位を確立して十六年。顧みれば、鴨居玲にとって生きるとは、死に向かって進んでくることにほかならなかった。その遺作として残すのに、目の前の襖絵は充分な出来栄えに思えた。

板戸を開けて、廊下の先に声をかけた。

「おーい、トミさん、ちょっと来いよ」

富山栄美子は十三歳下のパートナーだ。父親がロシア人で、パリで最初に出会ったときから、苗字を略して「トミさん」と呼んでいる。入籍こそしていないが、二十年近く連れ添った仲だ。

小走りの足音が近づいて、硬い表情の栄美子が現れた。ついさっき「深酒はやめて」と、いさめられて喧嘩になった。ウィスキーボトルを取り合った挙句、グラスが飛んで粉々に飛び散った。甘い香りが広がる中、玲は絵具と鏡を抱えて茶室に向かったのだった。

そんな後だけに、栄美子は何事かと、かまえている。玲は上機嫌で座敷に招き入れた。

「いい出来だろう。鴨居玲の遺作だ」

出来立ての襖絵の方を向かせて、背後から抱きしめた。栄美子の体がふるえ始める。くるりと向き直るなり、甲高い声で言った。

「こんな絵、描いちゃいけない」

いきなり腕をつかんで強く揺すった。

「あなたは病んでる。お医者さまに診てもらおう。いい病院があるんだって。お酒もやめて睡眠薬もやめられる病院。だから」

以前から精神科への受診は、何度も勧められた。だが精神科への入院といえば、罪人のように監禁される印象が強く、毎度、拒んできたのだ。

今度も栄美子の手を振り払った。

「おまえは俺を檻に閉じ込めたいのか」

「違う。あなたに治って欲しいの。前みたいなあなたに戻って欲しいの。だから」

玲は冷ややかに言い放った。

「出ていけ」

声が高まる。

「出ていけよ。出ていかないと」

玲は茶室を飛び出して、キッチンに走った。そしてキャビネットから肉切用の大型ナイフを取り出し、振り返って、切先を自分の左胸に突きつけて見せた。

「今すぐ出ていかなけりゃ、これを心臓に突き立ててやる」

栄美子は恐怖で声も出せない。ただ荒い息で肩を上下させ、見開いた目からは、大粒の涙があふれ出た。玲は大声でわめいた。

「早く出ていけッ。出ていって、二度と戻ってくるなッ。帰ってきたら、俺は死ぬぞッ」

栄美子は一歩、二歩と後ずさり、踵《きびす》を返して玄関から飛び出していった。

こうして追い出すのは初めてではない。でも、これが最後に違いなく、たちまち悔いる。今まで一途に愛してくれた栄美子との別れを、なぜ怒声で締めくくってしまったのか。

それから睡眠薬の蓋を開け、ひと瓶すべての錠剤を次々と口に放り込んだ。残っていたウィスキーをラッパ飲みにして、喉の奥に流し入れる。こんなことも初めてではない。今までに四回も繰り返し、そのたびに病院に担ぎ込まれて、胃を洗浄された。

よろけながら机に近づき、引き出しを開けて、中から四百字詰め原稿用紙を、一枚、取り出した。ときどき玲にはエッセイなどの依頼がある。そのために常備してあった。

今まで自分に関わってくれた人々に、何か書き残したくなって、ボールペンをつかんだ。まず姉である鴨居羊子の名前を書いた。大阪でチュニックという下着メーカーを経営し、下着デザイナーでエッセイストで、全国に名の知れた文化人でもある。

手元が定まらず、きちんとした文字にならないが、思いの丈を紙面にぶつけた。

「私は貴女を、きょうだいというよりは」

そこまでで手を止めた。「きょうだいというよりは、恋人のように」と書こうとしたのだ。だが変に勘ぐられそうで、やめた。そして違う続きを書いた。

「友人として、私の人生で、いちばん尊敬していました。トミさんをよろしく」

自分亡き後、栄美子の暮らしが気がかりだった。今ある絵は、借金のかたとして持ち去られ、残せるものは何もない。最後まで入籍しなかったのは、借金を負わされそうで怖かったからだ。後は姉に託すしかない。

ほかにも世話になった画商など、思いつくままに感謝の言葉やメッセージを書き連ねた。故郷の金沢にも思いを馳せたが、紙面がいっぱいになってしまい、欄外に「金沢の人たち、ありがとう」と書き添えた。どの文字も踊っているように見えた。

それから裏返して「サヨナラ、サヨナラ」と「トミさん、ありがとう」と巨大な文字を並べた。こちらの欄外には「司馬先生　くるい候」と書きなぐった。姉の古くからの友人で、人気作家の司馬遼太郎だ。画家として芽を出し始めたころから、玲も懇意にしている。

日にちを書こうとしたが、今日が何日かわからない。五月のような気がして、紙面の端に小さく「一九八五年五月何日かわかりません」と書いた。

いよいよ意識が朦朧として、ソファに倒れ込んだ。今度こそ死ねると思った。

次の瞬間、とてつもない嘔吐感が襲ってきた。誰かが口に指を突っ込んではかせようとしている。はききるとコップを持たされた。

「ほら、水や、飲め」

岩島雅彦だった。一瞬のように感じたが、だいぶ時間が経ったらしい。

岩島は玲より七歳下の絵描きで、パリにいたころ、アパルトマンに同居させたこともある。今は近くに住んでおり、前の自殺未遂にも駆けつけた。今度も栄美子が知らせたに違いなかった。

「水なんか、要らねえよ」

顔を背けて拒んだが、顎をつかまれて、無理やり口に注ぎ込まれた。気管に入って激しくむせる。それが苦しくて、口の中の水を飲み込んだ。飲めば美味くて、ごくごくとコップを飲み干した。だが、ふたたび喉の奥に指を突っ込まれた。今、飲んだばかりの水が胃からせり上がる。下を向かされると、口から水が流れ出し、溶けかかった錠剤が、ばらばらとこぼれ落ちた。

それからも錠剤が出きるまで、何度も水を飲ませられては嘔吐を繰り返した。いつも病院で行われる胃洗浄と同じだ。

「ほら、しっかりせえよ」

岩島は玲をベッドに寝かせた。

「毎度毎度、手間かけさせんでくれよな」

玲は呂律のまわらない口で言い返した。

「邪魔しやがって。死なせろ」

「わかった、わかった。とにかく今夜は、おとなしく寝ろ」

岩島は呆れ顔でベッドの足元に腰かけている。いつもの狂言と見なしているのだ。それからも玲は「死なせろ」と繰り返し、そのうちに睡魔が襲ってきた。

目覚めると、岩島はいなかった。また時間が経ったらしいが、まだ窓の外は暗い。玲の頭には、なおも死ぬことしかなく、よろよろと起き出した。もう睡眠薬もウィスキーもない。

その代わり、ガムテープと太いホースを抱え、車のキーをポケットに突っ込んで、外に出た。ホースは業務用の掃除機に使う、長くて頑丈なものだ。しばらく前に大阪の問屋で手に入れてあった。

住まいの洋館は、新幹線の新神戸駅に近い高台で、石垣の法面《のりめん》にガレージがある。玲は玄関前の坂道を下り、シャッターを押し上げた。中には愛車のサンダーバードが納まっている。大きめの車庫ながら、アメリカ製の大型スポーツカーには、ぎりぎりの広さだ。

街路灯の光を頼りに、内壁と愛車の間をすり抜けて、車の後ろの地面に座り込んだ。排気管にホースをつなげ、ガムテープを巻いて固定した。それから助手席の窓を少し開け、ホースのもう一端を押し込み、窓の隙間をガムテープで目貼りした。

車のフロント側に戻って、シャッターを下ろした。けたたましい音とともに、周囲が闇に沈む。玲は手探りで車体に沿って移動し、運転席のドアを開けて中に滑り込んだ。

ドアを閉め、ポケットからキーを取り出すと、ハンドル脇の差込み口に突っ込み、ためらいなくキーをまわした。軽いセルモーター音を聞きながら、右足でアクセルを踏み込む。地の底から湧き立つようなエンジン音が、ガレージの狭い空間に響き渡った。

車内に異臭が広がる。それをこらえてヘッドライトを点灯させると、シャッターの内側に反射して、目がくらむほどまぶしい。

助手席の窓の目貼りを確認してから、もういちどアクセルを踏み込んだ。さらなる轟音とともに、五千ｃｃのエンジンが吐き出す排気ガスが、太いホースの先から車内へ一気に送り込まれる。

たちまち煙と強烈な匂いが充満し、激しく咳き込んだ。目がかすみ、息苦しく、激しい頭痛が襲う。でも後戻りはできない。玲は、この苦痛が早く終われとばかりに、力の限りアクセルを踏み続けた。

鴨居羊子は、毎朝、玄関ポストに新聞が配達される気配で目を覚ます。まだブラインドの隙間は薄暗い。歳を重ねたせいか、眠りが浅く、もう朝寝坊はできない。

五ヶ月前に脳卒中で倒れて以来、左半身の自由が利かない。それでも若いころは新聞記者をしていただけに、今でも朝いちばんに新聞を読まないと気がすまない。住み込みの家政婦は起こさず、リハビリのつもりで杖をついて、ひとりで新聞を取りに行く。

玄関ポストから新聞を引き出し、頭をしっかりさせるため、かならず日付を確認する。昭和六十年九月七日の朝刊だった。

自室に戻るなり黒電話が鳴った。いつにない時間帯に嫌な予感がした。普段から無愛想だが、緊張で、いっそう低い声が出た。

「はい、鴨居です」

いきなり栄美子の涙声が、耳に飛び込んできた。

「玲さんが、玲さんが」

嫌な予感は的中した。

「また、やったん?」

五回目の自殺未遂だと思った。だが栄美子の言葉は予想を超えていた。

「死んだんです。車の中で」

羊子は凍りついた。手がふるえて受話器が滑り落ちる。伸びきったコードの先から、栄美子の切羽詰まった声が聞こえた。

「羊子さん、もしもし、聞こえますか。すぐ来てください。身内でないと何もできなくて」

左手が使えず、なんとか右手だけで受話器を引き上げた。

「わかった。すぐ行く」

かろうじて電話を切ってから、タクシーを呼んだ。それから家政婦を起こして急いで身支度を整え、杖をつきながら、迎えにきたタクシーに乗り込んだ。

夜明けの街を疾走する車中で、両手を固く組んで祈った。さっきの電話が間違いであるようにと。羊子は若いころにカトリックの洗礼を受けた。教会に行かなくなって長いが、こんなときにすがるのは、かつての信仰だ。

ましてカトリックは自殺を殺人と同等の大罪と見なす。日本人は何か大きな失態を犯しても、自殺すれば命をもって償ったとして、周囲は大目に見る。そのため自殺が罪という教えは、若かりし羊子には驚きであり、今も心に深く刻まれている。

玲の家に近づいたときに、栄美子の電話が事実だったと思い知った。家の前の坂道に救急車が一台と、何台ものパトカーが停まっていたのだ。サイレンこそ鳴っていないが、屋根の回転灯が赤い光を放っている。早朝にもかかわらず、野次馬も集まっていた。

タクシーを降りようとすると、栄美子が駆け寄ってきた。泣きはらした顔で、羊子が下車するのに手を貸す。ろくに言葉を交わす間もなく、警察官が近づいてきて聞いた。

「鴨居玲さんの身内の方ですね」

羊子は気丈を装って答えた。

「姉です」

「亡くなったのが弟さんかどうか、確認してもらえますか」

羊子がうなずくと、警察官は野次馬をかき分けてガレージへと導いた。そこには何人もの警察官がおり、中は投光器で煌々と照らされ、排気ガスの匂いが漂っていた。

足のふるえをこらえつつ、言われるままに運転席のドアを開けて中を見た。玲は助手席側にもたれかかるようにして、目を閉じていた。少し口を開いた無防備な表情で、目元にも口元にも深い皺が刻まれている。それでも鼻筋が通って、彫像のように美しく見えた。

「玲」

呼びかけても反応はない。おそるおそる頰に手を伸ばすと、その肌は、もう人ではなく、別の物質に変わっていた。

かたわらから警察官が聞く。

「鴨居玲さんに、間違いありませんか」

羊子がうなずくと、さらに聞かれた。

「少し詳しく、お話を伺えませんか。自殺する動機など、思い当たる点がないか」

即座に否定した。

「自殺やありません。今まで何度も狂言をしてるんです。けど前に心筋梗塞をやってて、今度は、心臓が保《も》たへんかったんやと思います。それは間違いありません」

なんとしても自殺とは認めたくない。すると警官は殴り書きの原稿用紙を差し出した。

「遺書があるので、覚悟の自殺かと」

羊子は一瞥するなり、鋭く指摘した。

「こんなん遺書やありません。だいいち日付が違うやないですか」

「五月と書いてありますね。もしかして五月にも狂言自殺があったんですか」

「ありませんよ。五月には初めての画集が出たし、自殺する理由なんかないんです」

すると警官は、車庫の外に立っていた岩島を手で示した。

「岩島雅彦さんを、ご存じですね」

「知ってます。玲の友達です」

岩島の顔は青ざめていた。

「昨夜、岩島さんは、富山栄美子さんの電話で、こちらに駆けつけたそうです」

そして睡眠薬をはかせてから、いったん帰宅したという。

「でも気になって戻って来たところ、シャッターが閉まっていて、中で車のエンジンがかかっていたそうです。そのときは、もう鴨居玲さんは、ことされていたとのことです」

そのときフロントガラス越しに、続けざまにフラッシュが焚かれた。羊子は驚いた。

「なんで、写真を?」

警察官が、なだめるように答えた。

「事件性がないか、証拠写真を撮るだけです」

だが羊子は総毛立った。このままだと新聞記者が押し寄せて、写真を撮られ、人気画家の自殺として書き立てられる。

玲は前の妻と離婚する以前から、栄美子と同棲していた。それも不倫として暴かれるに違いない。もはやカトリックの教えのみならず、弟のスキャンダルが怖かった。

「ちょっと、すみません。知り合いに電話を」

そう言って警官たちを押しのけ、家の中に駆け込んだ。杖をつきながらも電話機まで一直線に向かい、なんとか右手だけで手帳の住所録を開いて、司馬遼太郎こと福田定一の電話番号をダイヤルした。

福田本人が出るなり勢いこんで言った。

「福さん、よう聞いて。玲が死んだんや」

「ええッ」

羊子は早口でまくし立てた。

「自殺を疑われてる。今度も狂言で、前に起こした心筋梗塞の再発なんやけど、このままやと新聞や週刊誌に自殺て書き立てられる」

なおも夢中でしゃべった。

「一生のお願いや。司馬遼太郎の力で、そういう記事を抑えてくれへん？　鴨居玲は心筋梗塞で死んだて、そう徹底させて欲しい」

かつては福田も新聞記者であり、何もかも心得て承知してくれた。

「わかった。新聞社と週刊誌の出版社、全部に伝わるようにしとく。妙なこと書いたとこには、もう僕は原稿を書かんし、取材も受けへんて言うとく。何も心配せんでええ」

「おおきに、ありがとう」

「けど、なんで玲くん、また狂言なんか」

声が潤んでいる。羊子は、もういちど礼を言った。

「おおきに福さん、弟とも仲ようしてくれて」

受話器を置くなり、その場にしゃがみ込んで号泣した。

第一章　金沢の記憶

鴨居玲の記憶は、金沢で暮らしていた昭和初期の、こんな言葉から始まる。

「ようちゃーん、待ってよー」

三歳上の羊子は、小学校から帰ってきたとたんに、ランドセルを玄関に放り出して、遊びに行こうとしていた。

「ようちゃん、待ってったら。僕も行く」

日頃から羊子には「お姉さんと呼びなさい」と言われているが、気恥ずかしくて、いつまでも「ようちゃん」で通している。

羊子は玄関先で苛立たしげに言う。

「早くしなよ。一緒に行くなら」

だが玲は、ひとりで靴が履けない。家の奥に向かって叫んだ。

「お母さーん、靴、靴」

母が来てくれるまで地団駄を踏み続けた。

「お母さん、早く、早く。ようちゃんが行っちゃうよお」

母の茂代が現れたときには、もう羊子は玄関先から消えていた。普段から着物姿の母は下駄を突っかけて、小走りで門のところまで行き、娘に向かって大きな声をかけた。

「羊子、待ちなさいッ」

「駄目、急いでるのー」

「玲も連れてってやって」

「やだー」

「宿題は？　宿題は、やったの？」

「帰ったらやるー」

声が遠のいていく。母は溜息をついて玄関に戻り、息子をなぐさめるように言う。

「帰ってきたら、叱ってやりましょうね」

玲は肩を前後に揺らして訴えた。

「僕も下駄がいい。ようちゃんみたいに」

羊子は通学も遊びに行くにも、赤い鼻緒の下駄で突っ走っていく。それが、いかにも恰好よく見える。しかし玲は足首まである革靴で、ひとりでは紐が結べない。

母はきっぱりと言った。

「男の子は、しっかり足首まで固定しておかないと、背が高くなれないんです。お兄ちゃまも革靴を履いているでしょう」

五歳上の明は、小学校の登下校はもちろん、外出するときは、いつも革靴だ。たしかに背が高く、兄と自分は美人の母に似ていると言われるのが、幼心にも自慢だった。

「お母さんは、お針仕事をするから、また絵でも描いて、見せてちょうだいな」

母は奥の部屋におもむくと、縁側に針箱を置いて、子供たちの寝巻き用の浴衣を、せっせと肩上げし始めた。

玲は畳に画用紙を置き、腹ばいになってクレヨンで絵を描いた。十二色入りの外国製クレヨンで、父の大阪出張の土産だ。きょうだい三人とも絵が得意で、長男の明へは水彩絵具で、長女の羊子と次男坊の玲は、クレヨンをもらった。金沢には売っていない高級品で、大事に使っている。

夕方、羊子は腕に擦り傷を作って帰宅した。一緒に遊んでいた明が母に言った。

「チャンバラごっこをしてたんだけどさ、下手に打ち込んできたやつがいて、ようちゃんが、よけきれなかったんだ」

母はヨードチンキで傷を消毒しながら、形のいい眉をひそめた。

「羊子は、またチャンバラごっこなんかして。男の子とばかり遊んでないで、女の子たちと、おままごとでもなさい」

羊子は丸い小鼻をふくらませた。

「ままごとなんか嫌いだもん」

「そんなことでは、お嫁にいけませんよ」

「お嫁になんか、いかなくていいよーだ」

いつも繰り返される母と姉の言い合いだ。

「とにかく遊びに行くなら、玲を連れて行ってちょうだい。お姉さんなんだから」

「でも連れてっても、玲は見てるだけなんだよ。仲間に入れると、すぐ転んで泣くし。すぐ帰りたいって言い出すし」

玲は何も言い返せない。何もかも羊子の言う通りだった。

兄たちの遊びは、たいがいチャンバラか鬼ごっこだ。鬼ごっこなら、玲だけ鬼にならないように特別扱いで、一緒に走りまわっているだけで楽しい。でもチャンバラは怖くて仲間に入れなかった。冬になると雪合戦やソリ遊びになる。やはり怖くて立って見ているだけだが、すぐに体が冷えきって帰りたくなってしまう。

扁桃腺を腫らして、よく風邪もひく。病弱なせいもあって、同じ歳の友達ができず、兄や姉たちと一緒に遊びたかった。そして毎日のように「ようちゃーん、待ってよー」と泣きべそをかいた。

小学校に入ると、靴紐は結べるようになったものの、脱ぎ着に手間取る。同級生から置いていかれ、「のろまの玲」と揶揄された。

登下校に革製のランドセルを背負っているのも、鴨居きょうだいだけだった。ほかの生徒たちは斜めがけの布製鞄か、風呂敷包みで通ってくる子もいる。クラスで自分だけ違うのが、玲には恥ずかしかった。

図工の授業がある日には、母が十二色セットのクレヨンをランドセルに入れた。そんなものを持っているのも自分だけだった。それでいて共同で使う大箱のクレヨンは、汚くて触る気になれず、こっそり自分のを使っていると、担任の女性教師に気づかれた。

「鴨居くんは、いいのを持っているね」

教師は誉めたつもりらしいが、いっせいに注目を浴びて、玲はうつむくばかりだ。案の定、下校時に、いじめっ子たちにからまれた。

「のろまのくせに、自分のクレヨンなんか使って、恰好つけるんじゃねえよ」

ランドセルを奪われ、クレヨンの箱を引っ張り出されて、地面にばら撒かれた。

玲は泣きながら拾い集めた。折れてしまったものもあり、哀しくて悔しくてたまらなかった。でも「のろま」と馬鹿にされるのが恥ずかしくて、誰にも言えなかった。

翌日から扁桃腺が腫れて熱が出て、何日も学校を休んだ。ようやく熱が引いた朝、母にランドセルを背負わされて、玄関から外に押し出された。ぐずぐずしているうちに、明も羊子も先に行ってしまった。

家から学校までは数分だ。気が進まず、のろのろ歩いて校門に近づくと、用務員の鳴らす鐘が聞こえた。周囲に小学生は誰もいない。もう皆、校舎に入ってしまったらしい。

もともと行きたくないうえに、遅刻となると、余計に足が重くなる。しばらく校門前をうろついたが、思い切って通り過ぎ、犀川《さいがわ》にかかる橋に向かった。犀川は金沢の街を、南東から北西へと貫く大きな河川だ。

橋の上は見通しがよく、誰かに見つかりそうな気がして、走って渡った。渡りきると、すぐに上り坂になる。坂上が金沢の寺町で、兄たちが境内でチャンバラごっこや、鬼ごっこに興じる遊び場だ。

誰もいない境内で、玲は人目につかないように本堂裏にランドセルを置いた。それからは空や雲を眺めたり、小石で地面に絵を描いたりして、時間をやり過ごした。

ふと空腹を覚え、上着のポケットを探ると、裸のビスケットが一枚、入っていた。いじめっ子たちにクレヨンをばら撒かれた日に、しおれきって帰宅したところ、母が機嫌取りにくれたのだ。

ぽろぽろと小片をこぼしながら、口元に持っていき、すぐ近くにカラスがいるのに気づいた。一羽だけ地面に舞い降りて、物欲しげに、こちらをうかがっている。

「おまえも、ひとりぼっちかい？」

玲はビスケットを半分に割り、片方を投げてやった。カラスは少し警戒したものの、ぴょんぴょんと地面を跳ねて近づき、つややかなくちばしで拾って食べた。そんな様子が愛らしく、玲は残りを頰張りながら言った。

「一緒に食べると、美味しいね」

カラスは玲の足元まで近づいて、食べこぼしまで、きれいにさらってしまった。それでも飛んでいこうとしない。漆黒の羽根が陽光を受けて、虹色に輝いていた。よく見ると、足の指が一本、外側にねじれていた。

授業が終わる頃合いを見計らって、カラスに「じゃあね」と手を振り、何もなかったかのように家に帰った。

翌日は学校前の道を避けて寺に向かった。またカラスが現れたので、家の台所から持ち出したパンをちぎって放った。玲にとって初めてできた友達だった。

三日目は学校に行かなければと迷いつつも、校門には入れなかった。それからは毎日、後ろめたさを振り払って寺に直行し、カラスと遊んだ。

だが、ある日の夕方、家に帰ろうとして、いじめっ子のひとりに見つかり、教師に告げ口された。

玲の無断欠席は家族の知るところになり、父の前に呼ばれて問い詰められた。

「学校に行かずに、どこで何をしていた？」

言い逃れはできない。泣いても許してもらえない。しゃくり上げながら答えた。

「お寺で、地面に、絵を、描いてた」

「なぜ、学校に行かなかった？」

いじめられたことが恥ずかしくて、どうしても答えられなかった。玲が号泣すると、母がかばってくれた。

「そんなに泣かせると、また扁桃腺が腫れて、熱が出てしまいますよ」

翌朝は羊子に手首をつかまれて、教室まで連れて行かれた。だが帰りの路地で、いじめっ子たちに待ち伏せされた。

「玲は、ずる休みして、ずるいぞォ」

「のろまの玲が、ずる休み、ずる休み」

はやし立てられ、ランドセルを小突かれて、またクレヨンをばら撒かれた。玲が泣き出したときだった。路地に大声が響いた。

「何してんのッ」

「あ、羊子だッ。逃げろッ」

羊子は四年生にしては大柄で、男まさりのうえに勉強もできる。学校では口数こそ少ないが、下級生には怖い存在で、いじめっ子たちは逃げてしまった。

羊子は近づいて、泣きじゃくる弟のかたわらにしゃがみ、クレヨンを拾った。それを箱に収めてから、玲のランドセルに押し込んで、手を差し伸べた。玲は、おずおずと手をつないで家に向かった。

羊子は歩きながら言う。

「明日からは授業が終わったら、四年生の教室の前で待ってな。一緒に帰ろう」

玲は姉の顔を見上げて聞いた。

「今のこと、お母さんに言う?」

いじめられたことは、なおも隠したかった。羊子は黙って首を横に振る。

姉の手は今朝、手首をつかまれたときとは感触が違った。玲が力を込めて握ると、羊子は弟の顔を見て、少し困ったように微笑んだ。いつもは怒った顔ばかりなのに。

次の瞬間、腕を引かれて、強く抱きしめられた。羊子は弟の髪に頰を強く押しつける。

玲は切なくなって、姉の胸にすがって泣き出した。「のろま」と馬鹿にされていることを、ずっとひとりで抱えてきた。ひとりぼっちの友達はカラスだけだった。

いくら「ようちゃーん、待ってよー」と追いかけても、甘えさせてはくれなかった。なのに今の姉は、まぎれもなく自分の味方だった。その胸も腕も頰も、何もかもが温かい。玲は、いよいよ大声で泣いた。

翌日、クレヨンの箱を開けて驚いた。折れていたものが、元通りになっていたのだ。姉の机のクレヨンを見ると、折れたものが入っている。羊子にとっても大切な品なのに、何も言わずに取り替えてくれた。その気づかいに、また玲は泣いた。

休みがちのために、授業についていけなくなり、いよいよ学校が嫌いになった。母は気をもんで、兄に勉強を教えさせたが、効果は上がらなかった。

ある日、客間の床の間に、漆黒の茶碗が飾られた。玲は深い黒の色味に心惹かれた。虹色に輝くカラスの羽根に通じるものがあったのだ。あれから放課後や休日に何度も寺に行ったが、あのカラスには会えなかった。

茶碗を見ていると、母が教えてくれた。

「それね、金沢の焼き物で、大樋焼《おおひやき》っていうのよ。お父さんが買われたの」

父の鴨居悠は豪放磊落ながら、繊細な感覚を持ち、美術に造詣が深い。地元の新聞社勤めだが、若い陶芸家や絵描きが金に困って作品を持ってくると、気前よく買い取ってやる。

玲は茶碗を眺めているうちに、無性にカラスの絵が描きたくなった。初めてできた友達の姿を、手の届くところに留めておきたくなったのだ。

赤や青や桃色のクレヨンで、カラスの全身を塗り、それから羽の流れに沿って黒を重ねた。すると下塗りが垣間見えて、虹のような雰囲気が出せた。ねじれた指は形を思い出しながら、丁寧に描いた。

それからはレース編みのような巣に張りつく女郎蜘蛛や、夜の電灯に集まる蛾といった、美しいのに嫌われるものを題材にした。それも画用紙いっぱいに描いた。

玲は幼心にも可愛いと自覚している。なのに学校では嫌われる。そこがカラスや女郎蜘蛛や蛾と通じる気がしていた。

しかし担任の女性教師は気味悪がった。

「なんで君は、こんなものを描くのかな」

玲は説明できずに黙り込んだ。

そのころ父は、よく家に人を連れてきては、座敷で酒を酌み交わした。酒が進む席に、子供たちが呼ばれて、父から、上品な顔立ちの客を紹介された。

「この宮本三郎先生は絵描きさんだ。三人とも絵を持ってきなさい。見てもらうといい。玲はカラスと蜘蛛と蛾の絵だ」

玲は嫌われものの絵が恥ずかしかったが、わざわざ指定されては、持って行かないわけにはいかない。

宮本は兄の絵から順に見た。

「へえ、明くんは、端正な絵を描くんだね」

それは金沢の古い街並みを写生した水彩画だった。玲とは桁違いに上手い。宮本は絵を返しながら言った。

「建物が好きなら、君は建築家向きかな」

すでに明は建築家志望であり、それを言い当てられて嬉しそうだった。

次の羊子の絵は、花束や蝶やリボンが色鮮やかに描いてあった。少年の遊びを好むものの、絵は少女の夢の世界だった。

「お嬢ちゃんは色彩感覚が華やかだね。日本画をやって、加賀友禅の作家にでもなってもらいたいな」

羊子は七つの祝いに、加賀友禅の振り袖を誂《あつら》えてもらった。それが何より気に入っており、やはり嬉しそうだった。

玲は緊張で手をふるわせながら、絵を差し出した。宮本は一枚目のカラスを見るなり、身を乗り出した。

「これは、ちょっといいな。君、何年生?」

玲は蚊の鳴くような声で答えた。

「一年生」

「クレヨンを塗り重ねなさいって、誰かに教わったのかい?」

玲は黙って首を横に振った。宮本は女郎蜘蛛と蛾の絵も見て、父に笑顔を向けた。

「題材の選び方も面白いですね」

父も嬉しそうに笑う。

「こいつ、大樋焼が好きなんですよ」

宮本は玲に向き直った。

「へえ、君は大樋のよさがわかるのか」

父が少し謙遜した。

「いや、わかっているんだか、どうだか」

宮本は玲に絵を返しながら言った。

「君は絵描きに向きそうだね」

玲は驚いたものの、また父が口を挟んだ。

「でも、ちょっと線が細くてね。虚弱体質のうえに、学校が合わなくて欠席ばかりで」

「絵描きは、そのくらいがいいんですよ。繊細だからこそ、こんな絵が描けるんだし」

きょうだい三人で座敷から下がる途中で、明が小声でささやいた。

「玲、すごいな。本職の先生に、絵描きに向くなんて言われて」

玲には信じられない。学校の教師には不評だったのに。だが羊子が顎を突き出した。

「すごくなんかないね。玲は生意気だよ。だいたい、あんな真っ黒いお茶碗、どこがいいんだか。あんなの、私だって作れるよ」

そこで、ようやく実感が湧いた。いじめられていたときには助けてくれた姉が、ねたむほど誉められたのだ。

羊子は粘土細工も得意で、後日、紙粘土に墨汁を塗りたくって黒い茶碗を作った。

「ほら、できた。大樋焼」

得意げに胸を張るのが可笑しくて、思わず玲が笑い出すと、また生意気だと怒られた。


二年後、玲が小学校三年生のときに、父が金沢の北國毎日新聞から朝鮮の毎日新聞に転勤になり、一家揃って漢城に引っ越した。

朝鮮半島は日本の統治下にあり、すべての公立学校で日本語が教えられ、どこでも日本語が通じた。日本の新聞が何紙も発行されていて、その中の一紙が父の勤務先だった。

日本の官立師範学校もあり、きょうだい三人とも、その附属に転校した。裕福で教育熱心な家の子が多く、革靴やランドセルは当たり前だった。そのためにいじめられることはなかったが、学力が問題になった。

金沢でも成績優秀だった明と羊子は、すぐに馴染んだが、玲は授業についていけず、宿題もこなせない。劣等感の塊となり、朝になると腹が痛くなって熱も出た。

なんとか小学校を卒業し、そのまま附属中学に進学した年に、また父が転勤になった。今度は大阪毎日新聞の本社勤務で、一家で大阪市内の豊中に住まいを定めた。

明は府立豊中中学に、羊子も府立の豊中女学校に転入した。玲については両親が学業不振を案じて、私立のミッションスクールである関西学院に入れてくれた。ここの校風が肌に合い、ようやく玲は学校生活に馴染むことができた。

その年の十二月に真珠湾攻撃があり、日本は太平洋戦争に突入。ラジオや新聞の勇ましい論調に、日本中が熱狂した。

転校から一年も経たないうちに、また父が金沢に転勤になった。北國毎日新聞に戻って、編集総責任者を務めるという。

ちょうど府立中学を終えた明は、金沢に帰省しやすいようにと、福井にある工業専門学校の建築科に進学した。十七歳になっていた羊子は女学校の寮に入って、そのまま大阪に残る道を選んだ。

「おまえも関西学院の寮に入るか?」

父が玲に聞くと、母が答えた。

「玲には寮生活は無理ですよ」

寮では掃除や洗濯など身のまわりのことは、自分でしなければならない。母は今でも毎朝、玲の髪に櫛を入れ、いそいそと靴の紐を結んでくれる。玲自身、寮生活など考えられなかった。

六年ぶりの金沢暮らしで、金沢中学校に転校した。やはり私立だが、そこは公立中学に入れなかった者の行くところだった。生徒たちは薄汚れた学生服に下駄履きで、校舎の中では裸足が当たり前。喧嘩も日常茶飯事で、玲には耐え難かった。

それでも以前と同じように、父のまわりには地元の絵描きや工芸作家が集まり、玲の絵を誉めてくれるのが救いだった。

翌年、明に召集令状が届いた。工業系の学生は兵役を延期できるはずが、二十歳になって早々の召集だった。

福井の専門学校から、いったん帰宅し、金沢駅から出征していった。国防婦人会の女性たちが、割烹着姿で日の丸の小旗を振り、父の部下や小学校時代の友人たちまで集まって、盛大な万歳三唱で見送った。

玲は戦争も軍隊も嫌いだが、列車に乗り込む兄には誇りを感じた。並外れた美男子で上背もある。それが死ぬかもしれないという悲壮感を隠し、真新しい軍服姿で赴《ゆ》く姿は、雄々しく凛々《りり》しく美しかった。

その後、戦争は長引き、健康な男たちは次々と召集されていった。戦況の悪化は、ほとんど報道されなかったが、玲は父の言葉の端々から、それを読み取った。

昭和二十年五月になると、石川県内で学徒隊が結成され、愛知県の軍需工場に送られることになった。金沢中学校では最高学年が動員され、十七歳の玲も名古屋行きが決まった。

兄の出征は気丈に送り出した母が泣いた。関西学院の寮生活さえ無理と判断したのに、今度は軍隊並みの団体行動が強いられる。すでに名古屋は大規模な空襲を受けており、決死の覚悟が求められた。

玲自身、たまらなく不安だった。すると羊子が思いがけないことを言った。

「私、カトリックの洗礼を受けることにしたんだけど、玲も一緒に、どお？」

幼いころ姉に手を引かれて、カトリック教会のミサに参列したことがあった。教会堂の中は、黒い縁取りのあるステンドグラスが美しく、ミサは秘密めいて、玲は幼心をときめかせた。帰りがけには、西洋人の神父が手札大の絵をくれた。ルネサンス様式の宗教画の印刷だ。玲は、それが欲しくて、姉に誘われるまま、日曜ごとに通ったものだった。

羊子は戦況悪化に伴って、学校が繰り上げ卒業になり、金沢に帰ってきていた。以来、ふたたび教会に足を向けているのは、家族も承知していた。神父はドイツ人で、同盟国人にもかかわらず、キリスト教自体が敵性宗教と決めつけられ、信者が激減していた。

神父が食べるものにも事欠いていると知り、羊子は家から米や卵や野菜を、せっせと運んでいたのだ。鴨居家は新聞社勤めの父のおかげで、比較的、食料は豊富だった。

玲は姉の誘いには首を横に振った。

「洗礼を受けるなら、僕はカトリックじゃなくて、プロテスタントにするよ」

関西学院での教えを大事にしたかった。羊子は無理強いはしなかった。

「それならいいけど、名古屋でしっかりね」

学徒隊の厳しさを案じて、心の支えを与えようとしたらしい。

玲は幼いころ、折れたクレヨンを、姉が黙って取り替えてくれたことを思い出した。ときに母の愛情は押しつけがましいことがある。それと比べると羊子はあっさりしているが、気づかいは温かかった。

名古屋に到着すると、すでに軍需工場は空襲で破壊されており、学徒隊に与えられた仕事は街の瓦礫の片づけだった。市街地には寝泊まりできる場所がなく、郊外の寺社に分宿したが、それが幸運だった。すぐに二度目の大規模空襲があり、市街地上空の夜空が真っ赤に染まったのだ。

翌朝、隊列を組んで市街地に行ってみると、初夏の青空の下、真っ黒な焼け野原が広がり、すさまじい火事場の匂いが漂っていた。昨日までそびえていた名古屋城の天守閣は、一夜にして消えていた。

学徒隊に命じられたのは、おびただしい数の遺体の始末だった。商店街や住宅地までもが攻撃を受け、女性や赤ん坊も焼け死んでいた。それを素手で大八車に載せて公園まで運び、穴を掘って仮埋葬しろと厳命されたのだ。ためらっていると、たちまち教官から怒声が飛んだ。

「鴨居ッ、おまえはでかいなりをして、こんなこともできんのかッ」

玲は兄に似て、かなり背が伸びており、誰よりも先に殴られた。

意を決して、仲間とともに遺体をつかみ、勢いをつけて大八車に載せた。生まれて初めて触れた遺体の感触に、全身がふるえ、その場に嘔吐した。それきり何も考えられなくなった。

そこから長く記憶が飛び、気がついたときには金沢駅の改札口を出ていた。目の前で母と羊子が泣いている。父も口元を真一文字に結んで立っていた。もしや自分は死んで、家族のもとに帰ってきたのかと思った。

母が玲の手を強く握りしめた。

「こんなに痩せて、ろくに食べられなかったんでしょう」

その温かさで現実に引き戻された。羊子も声を潤ませる。

「よく生きて帰ってきた。玲、偉かったよ、こんなに長く、よく我慢したね」

見れば金沢駅前は雪景色だった。名古屋に行ったのが五月で、八月には戦争が終わり、それからも街の片づけに、ずっと動員されていたらしい。その間、玲の心はむしばまれ、思考が止まっていたのだ。

帰宅後に母に聞いた。

「兄さんは？」

「まだ復員してこないの。でも、かならず帰ってくるから」

母は作り笑いで答えた。どこに派兵されたのかを聞いても知らないという。代わりに羊子が教えてくれた。

「レイテ島ってとこらしいよ」

「南方？」

「フィリピンだって」

南方は激戦地が多く、中国大陸に出兵した部隊よりも、はるかに戦死率が高い。

玲は生きて帰れてよかったと思えない。優秀で凜々しかった兄が戻らず、自分だけが帰ってきたのが後ろめたい。

夜、寝床につくと、失せていた記憶が、突然よみがえった。遺体の片づけをした夜、無数の火の玉を見たのだ。白い霊が浮遊するのも、何度も目にした。見たのは玲ひとりではない。同じ学徒隊の誰もが指さして怯えた。

炎にあおられて死んだ人々に、恨まれている気がしてならなかった。「なぜ俺たちが死んで、おまえが生きているのか」と。

それからというもの、毎晩、眠れずにのたうちまわった。朝になっても、ぼんやりしていると、母が心配顔でスケッチブックと絵具を差し出した。

「気晴らしに、絵でも描いてみたら？」

もう長い間、絵など描いていない。頭の中は嫌な場面でいっぱいで、手を動かせば、それを再現してしまいそうで怖い。父は「しばらく、ゆっくりすればいいさ」と言ってくれたが、玲は心が冷えていくばかりだった。

しだいに自分の部屋にこもりがちになり、雪見障子のガラス越しに、雪景色の庭を眺めて日を過ごした。いつしか終戦の年は暮れていき、昭和二十一年に改まった。

食事に呼ばれても、茶の間にさえ出て行かなくなった。何もかもが億劫だった。母は食事のたびに、玲の分だけ銘々膳で運んできて、急須から湯呑に茶を注ぎながら話した。

「お父さんはね、戦争が終わってすぐから、新聞で金沢の文化復興のキャンペーンをしているのよ。特に美術学校を開こうって、あちこちに働きかけているの」

息子に茶を勧めて言う。

「美術学校を作るのはね、本当は玲のためなんですよ。そのうち入学試験があるみたいだから、頑張りましょうね。羊子も一生懸命、お父さんの手伝いをしているし、あなたも負けないでね」

美術学校には心惹かれるものの、自信が持てない。父も姉も頑張っているのに、自分だけ、ぐずぐずしているのが情けない。でも立ち直ろうとすると、おびただしい遺体の影がまとわりつく。何か新しいことが起きるたびに、後ろ向きに捉える性格も嫌だった。

やがて庭の雪が溶けて黒い土が広がり、下草の緑が現れた。裸木の枝が芽吹き、日毎に葉影が大きくなる。障子を開けると、縁側から爽やかな風が流れ込む季節になった。

いつまでも、こうしているわけにもいかないと、さすがに焦りを覚える。そんなときに羊子が部屋に現れて聞いた。

「子供のころ、あんたの絵を誉めてくれた宮本先生のこと、覚えてる？　いちど、あの先生の家に行ってみない？」

宮本三郎は戦争中、従軍画家として戦地に送られ、終戦後は戦意高揚の絵を描いたと批難されて、戦犯として責任を問われそうになった。そのため故郷の小松に引きこもっていたが、父が金沢に呼び戻し、新しい美術学校の教授候補に推したという。

「宮本先生も、あんたのこと覚えてて、いちど遊びに来なさいって」

宮本の家に行けば、美術学校に入れと勧められるに違いない。今さら学校という集団に馴染めるか心もとないし、先へ先へと線路が敷かれるのも不本意だった。

「ようちゃんが行けよ。宮本先生のところも、美術学校も。日本画をやって、友禅作家になれって言われたじゃないか。お嫁にいっても、友禅作家なら続けられるだろ」

「私はね、お父さんの跡をついで、新聞記者で生きていくつもり。結婚する気もないし」

二百三十万人ともいわれる戦死者が出たため、男女の比率に差が生じて、結婚は男の売り手市場だ。羊子は口数は少ないが、言うべきときには、はっきり自己主張する。従順な妻には向かないし、生涯独身を貫くという。

「お父さんね、あんたの腰が定まらないのは、自分の仕事の都合で、何度も転校をさせたせいだって、けっこう気にしてるんだから」

今度は即座に否定した。

「違うよ。お父さんのせいじゃない。ただ僕が軟弱なだけで」

すると羊子は声を荒立てた。

「なら、いつまでも引きこもってないでよ。あんたがこんなふうだから、お父さんは」

自分の声の高さに気づいて、もとの口調に戻った。

「父親って強いものだって、私たちは思い込んでるけど、お父さんって、案外、繊細なところがあるんだから」

父の繊細さには、前から玲も気づいている。だからこそ細やかな気配りができて、人にも好かれるのだ。

「兄さんが帰ってこないだけでもつらいのに、あんたまで引きこもってたら、お父さん、居たたまれないでしょう」

玲には返す言葉がなかった。

しばらくすると、今度は父に誘われた。

「今から宮本先生のところに行くが、おまえも一緒に来るか?」

なおもためらいはあったが、父には逆らえない。

宮本の住まいは彦三《ひこそ》町といって、金沢城の北側だった。そこまで父とバスに乗ったが、焼け野原になった名古屋とは大違いで、街は少しも変わっていなかった。

宮本は笑顔で迎えてくれた。

「お、見違えたな。昔は目ばかり大きい子供だったが、すっかり男前になったな。背も、でかくなったし」

そういう宮本も相変わらず美男だった。

「いくつになった？」

「十八です」

「あのときは六つだったかな。あれから十二年も経ったのか」

気さくな態度に、玲もかまえることなく応じられた。

アトリエには油絵が並んでいた。イーゼルに載せられた作品は明るい淡彩で、人々が農場で働く姿が描かれている。近くには同じような色調で、港の漁師たちの絵もあった。

「明るい絵を描かれるんですね」

玲の言葉に、宮本は首を横に振った。

「本来の画風は違うんだけどね。嫌というほど人が死んだから、今は人が生きて働いている姿を、明るく描きたいんだ」

壁際に立てかけられた中には、ヨーロッパらしき風景画があった。

「海外に、いらしたんですか」

「若い時分に、パリに修業に行ったんだ」

玲はうらやましく思いつつ、ほかの絵も眺め、一枚に目が釘づけになった。

それは暗い色調の兵士の絵だった。負傷した左腕を首から白布で吊り、右手を地面について、目の前の水たまりを凝視している。全身に力がこもって、水面に映り込んだ表情は苦しげだ。

玲が見つめていると、宮本が隣に立った。

「それ、好きなんだけど、評判が悪いんだ」

「なぜですか」

「戦争中は『もっと勇ましい絵を描け、こんな後ろ向きな絵は駄目だ』って、けなされたし、戦後は兵士を描いた絵は、すべて戦争画として毛嫌いされるのさ」

玲は憤りを覚えた。

「これが戦争画なら、戦争画だって立派な芸術作品でしょう」

宮本は嬉しそうに、父を振り返った。

「さすがに六歳で、大樋焼の魅力がわかっただけのことはありますね」

そんなことまで覚えていてくれたかと、玲も嬉しくなる。宮本は絵に視線を戻した。

「それ『飢渇』って題なんだ」

その題名ではっきりした。兵士は喉の渇きに耐えかねて、水たまりの水を飲みたくてたまらないのだ。でも汚れた水を飲めば、腹を下すし、疫病に冒されかねない。左腕は負傷したものの、せっかく命が助かったのだから、なんとしても家に帰りたい。画面からは、そんな兵士の心情はもとより、故郷で待つ家族の姿まで垣間見えた。

兄も南の島で、こんなふうに苦しんだのかもしれないと思った。いや、兄だけではない。戦争に行った男たちのほとんどが、生きるか死ぬかの体験をしたはずだった。

そこまで思い至ったときに、こんな絵を描きたいという衝動が湧き上がった。今すぐ描きたくて、いても立ってもいられず、宮本に頼んだ。

「これ模写してもいいですか。鉛筆画でも」

宮本は、すぐにスケッチブックと鉛筆を貸してくれた。玲は受け取るなり、絵の前に座り込んで、夢中で手を動かし始めた。

気づけば模写は完成していた。どのくらい時間が経ったのか、見当もつかなかったが、振り返ると、宮本も父も玲の手元を見つめていた。宮本が感心したように言う。

「上手いね」

誉められて気づいた。描いているときは絵に没頭できて、嫌なことも忘れられる。そして描き終えたときには、深い達成感を得られるのだ。

宮本は玲に手を貸して立ち上がらせた。

「ここのところ、君みたいな若いやつらが、デッサンを習いに来ているんだけれど、よかったら仲間に入らないかい?」

新しい美術学校の入試の準備だという。玲は同年代と交わるのが、まだ怖かったが、絵を描く魅力がまさった。自分も「飢渇」のように人の心を打つ絵を描きたい。そのために美術学校に入ろうと思った。

「来ます」

帰りのバスの中で、父は黙って窓の外を見つめていた。家の近くのバス停で降りるなり、つぶやいた。

「玲、よかったな」

気がつけば、まとわりつく遺体の影は消えており、自分には絵しかないと確信した。

金沢美術工芸専門学校は、終戦からわずか一年三ヶ月後の昭和二十一年十一月に開校に至った。校舎は陸軍の弾薬庫を転用した。兼六園の南の隣地に、三棟並んだ赤煉瓦倉庫だ。アーチ型の窓には、いかめしい鉄格子と鉄扉がついている。それも西洋的で美しい意匠だった。

定員は百二十名で、専門分野は日本画、洋画、彫刻、陶芸、漆工、金工などに分かれており、初年度合格は受験者の六割だった。

玲は無事に入学し、宮本が指導教官を務める洋画を専攻した。しかし同じ専攻の学生たちとは一線を画した。全員がライバルに思えたのだ。

その代わり工芸系の同級生から誘われて、野球部に入った。小学校当時は「のろま」と馬鹿にされたため、運動は苦手だと思い込んでいたが、やってみると意外に楽しかった。長身が活きてフライが取れるし、投げる球も遠くまで飛んだ。

男女共学は初めての経験で、女子学生がいるのも新鮮だった。ただ気負ってしまい、気安く話しかけられなかった。

入学前に宮本の画塾に通って、デッサンに励んだおかげで、絵の技量は周囲から一目置かれた。そんなことが重なって、玲は思いがけないほど学生生活を楽しめた。

しかし心の奥には、なおも屈折を抱えていた。洋画専攻の学生と一線を画すのは、ライバル心だけが理由ではなかった。

工芸系は地元金沢の者が多かったが、洋画には北陸各地の農村から来た学生も少なくない。彼らは田舎くさく、美術を志す洗練性が感じられなかった。

玲には彼らとは違うという自尊心がある。そんな感情は薄っぺらいとわかっているのに、気取りを捨てることもできない。それが自己嫌悪を招く。

ある晩、鏡の中に、そんな不安や妙な自尊心が、ありありと映っているのに気づいた。急いでスケッチブックを手にして、自分の顔を描き写し、それをもとにキャンバスに油絵を描いた。やや右向きの顔の左側にだけ、光が当たって黄金色に染まり、全体は茶色系の濃淡でまとめた。

これを「夜（自画像）」と題して、宮本に見せると絶賛された。

「若者ならではの不安定な人間性が、よく表現されている。もう少し早くできていれば、現代美術展に出品できたのにな」

それは父の尽力のおかげで、終戦直後から毎年、金沢で開かれている地方美術展だ。

「来年、新しい作品を描いて、かならず出品しなさい。賞をねらえると思う」

玲は題材を探し始めた。すると母が小ぶりの観音像を、熱心に拝んでいるのに気づいた。兄の無事帰還を祈っているという。

レイテ島の日本軍は全滅したと言われるが、新聞社経由で内々に聞いただけで、戦死は正式な通知ではない。そのため母は諦めきれないでいた。

観音菩薩は女の仏ともいわれ、慈悲深く、庶民の願いを聞き届けてくれると信じられている。玲は母の思いの強さを感じ、自分なりの力強い観音像を絵にしようと決めた。

あちこちの寺社を訪ね歩き、モデルにする観音像を見つけた。基本的な色は「夜（自画像）」と同じ茶系と黄金色の濃淡で、台座から像の影にかけては青白さを加味し、荒々しい筆づかいで力強さを表現した。

その名も「観音像」として、宮本の勧め通り、現代美術展に出品した結果、みごとに石川県知事賞を受賞した。

家族揃って贈呈式に出席し、大勢の祝福を受けた。父も母も本当に嬉しそうだった。二十歳になっていた玲は、さんざん祝い酒を呑んで帰宅した。酔って上機嫌で、家族に賞状を見せた。

すると贈呈式とは一転、母は手ぬぐいを目元から離せなくなった。羊子も拳で頬をぬぐい、父ですら目を潤ませた。玲は照れて笑ったが、泣き笑いになってしまった。

それからほどなくして、明の戦死が正式に伝えられた。軽い骨箱が届き、開けてみると「鴨居明」と墨書された小さな木札が、一枚だけ入っていた。何もかも焼き払われたレイテ島に、木札など残っていたはずもない。

それでも母は、ようやく兄の戦死を受け入れた。

「明も喜んでいますよ。玲の受賞を。あの子は玲が絵描きになるって、誰よりも信じていたんですから」

そのころから宮本が、ひんぱんに金沢を離れるようになった。東京で画家仲間たちとともに、二紀会という新しい美術団体を立ち上げ、毎年秋に二紀展を開催し始めたのだ。

宮本が留守がちになると、玲の背中に嫌な言葉が投げつけられた。

「鴨居の絵は、いつも同じだよな。茶色の濃淡と黄色ばかりでマンネリだよ。だいいち観音像なんて、それを彫った仏師の腕がよかっただけで、鴨居の手柄じゃないよな」

玲は見返してやりたくて、次の絵は裸婦に決めた。学校ではヌードデッサンの授業があるが、大勢で描くモデルでは、好みのポーズを頼めない。だからといって自分でモデルを雇うほどの金もない。

　玲は冗談めかして女子学生に言った。

「君のヌード、描かせてもらえない？」

　すると呆気なく了承された。相手の下宿で服を脱いだところで、いきなり抱き合った。入学当初は話もできなかったのに、抵抗もされず、こんなに簡単に男女の仲になれるのかと意外だった。

　絵は、女子学生がベッドから起き上がって、乱れた髪からリボンを外した瞬間を切り取った。題名は「青いリボン」とし、いかにも性交渉の後のけだるさを表現したのだ。

　異性との関わりは刺激的だった。それでいて、ひとたび相手から束縛されると面倒になり、一方的に別れを告げた。

「青いリボン」を二紀展に出品すると、初入選を果たした。東京会場で、宮本は会う人ごとに玲を推した。

「鴨居玲は、かならず大物になりますよ。僕が保証します」

　東京で評価されたことで、親の力は無関係だと証明できた。しかし嫌な陰口は続いた。

「鴨居は宮本先生のお気に入りだからな。あんな裸婦なんか、ありきたりだ。前の茶色と黄色の絵の方が、はるかにましだな」

　玲は唇をかんだ。やっかみとは思う反面、自分としても「青いリボン」が、自画像や観音像の迫力には及ばない気がした。

　それでも父は、これで玲の画家としての未来が見えたと喜んでくれた。

「卒業したらパリに留学だな。夏休みには大阪か東京で、フランス語を勉強するか」

私費留学させてくれるという。夢のような話だったが、昔、父自身がパリ特派員を経験しており、現地の人脈もあって、充分に実現可能だった。卒業まで、あと一年半。玲は輝かしい未来に期待をふくらませた。

だが、それから四ヶ月後の昭和二十四年二月の雪の朝、突然、父が倒れた。かかりつけの医者に、大急ぎで来てもらうと、脳卒中という診断だった。

意識ははっきりしていて、医者が「指を折って、数を数えてください」と言うと、ゆっくりと一本ずつ指を折り、十本を握り終えると、また開いて見せた。

その後は、母や羊子の手を借りれば、起き上がれるまでに回復した。ただし言葉は不自由になった。

暖かくなって、山を越えたと安心したところ、二度目の卒中に襲われた。今度は自分から指を折って見せたが、食べ物が喉を通らず、見る間に弱っていった。

父は玲に向かって必死に手を動かし、身振りで何かを伝えようとした。羊子が、かたわらで意味を読み取った。

「絵を頑張れって、言っているのよ」

玲は小さくうなずいたが、偉大だった父が、こんな姿になったのが忍びなかった。

新聞社の部下たちが見舞いに来たが、玄関を出たとたんに話すのが聞こえた。

「気の毒だが、さすがの鴨居悠も、ああなったら、おしまいだな」

「残される家族も災難だな。自慢の長男は戦死してるし、次男坊は絵を描いてて、鴨居さんの力で県知事賞を取らせたらしいけど、七光が消えたら、どうにもならんだろう」

「絵描きじゃ、つぶしが利かんしな」

玲は絵には自信を持っている。でも新聞記者たちは七光と決めつける。目がくらみそうなほど悔しかった。

とうとう父は水さえ喉を通らなくなり、昭和二十四年四月十日に息を引き取った。一家の大黒柱が、五十七歳で亡くなったのだ。

哀しみと不安の中、玲が喪主に据えられた。何が何だかわからず、ただ突っ立っているだけで、葬儀の段取りは、父の友好関係に通じた羊子が取り仕切った。

初七日も納骨も終わってから、残った家族三人で今後について話し合った。重苦しい空気を払うように、羊子が胸を張った。

「玲は何も心配しなくていいから、頑張って卒業して。お父さんの残してくれた蓄えがあるし、今まで買ったお宝も高く売れると思う。お父さん、目利きだったから、どれも、ずいぶん値上がりしてるらしいよ」

玲は信じなかった。住まいは借家だったし、父は金づかいの豪快な人で、母も倹約とは無縁だ。終戦から四年では、高価な工芸品など買える人はおらず、値上がりは期待できない。心配でたまらずに聞いた。

「僕の絵は、そこまでして続ける価値が、あるんだろうか」

「何、言ってんの？　県知事賞まで取った人が。自信を持ちなさいよ。人が何を言おうと、あんたには才能があるんだから」

たしかに自画像と観音像には自信を持っている。県知事賞を取った誇りもある。でも、その二作を超える作品がない。父という後ろ盾を失った状況に、このまま描けないのではないかという思いが重なる。自信と不安とが、せめぎ合いながら心の中に潜んでいた。

一方、羊子は強気一辺倒だった。

「とにかく玲は一流の絵描きを目指してよ。お父さんが約束したパリには、すぐには行かせられないけど、いつか、なんとかするから」

玲は自分も稼がねばと、映画館の看板描きのアルバイトを始めた。映画の宣伝用の小さな写真に升目を引き、巨大な看板上に拡大するのだ。

翌春には二十二歳で無事に卒業に至り、東京に出ることにした。金沢にいると、亡き父親の名声にしがみつくようで嫌だったし、地方都市では思うような仕事がない。

宮本は東京の世田谷に居を構えており、乃村工藝社という最新鋭のディスプレイデザインの会社を、就職先として紹介してくれた。

緊張しつつ面接に行ってみると、専務が履歴書を見て聞いた。

「金沢で映画の看板を描いていたのかね」

父親が急死したので、一時しのぎのアルバイトだったたと、正直に伝えたところ、その場で採用が決まった。いったん金沢に帰って、母と姉に報告した。

「百貨店のショーウィンドーとか、しゃれたイベントの会場設営とか、空間デザインをする会社なんだ。日本の会社がパリやニューヨークに進出するときにも、仕事を請け負ってるし、いつか僕も行かせてもらうよ」

母は喜びつつも、息子のひとり暮らしを案じた。そこで羊子が一緒に上京し、文化人の街といわれる荻窪に下宿を見つけて、ひとりで生活できるように何もかも調えてくれた。

上野駅まで見送りに行くと、羊子は母親のように小言を口にした。

「仕事も大事だけれど、絵は続けなさいよ。それから女の子を泣かせないこと。恨まれると怖いからね」

「わかってるよ」

「実はさ、私」

「何？　結婚するの？」

「まさか。そうじゃなくて」

姉は少し言いよどんでから続けた。

「金沢を出ようと思ってるんだ」

「どこに行くんだよ」

「大阪。金沢の新聞社より、お給料がいいんだ。お母さんも大阪で暮らしたことがあるし、玲は心配しないで」

本来なら玲が身を固めて、母と同居すべきだし、金沢に実家がなくなるのは、故郷を失うようで寂しい。しかし今は姉の決断に、反対できる立場ではない。

羊子は列車に乗り込み、上げ下げ窓を全開にして言った。

「玲、頑張りなさいよ。頑張って、かならず一流の画家になってよ。お父さんも、兄さんも、きっと見てるから」

「わかってる。ようちゃんも大阪で頑張れ」

「わかってる。お父さんに負けないような新聞人になって、いっぱい稼いで、あんたをパリに行かせてあげるから。これからは女が活躍できる時代だし。次に会うときには、鴨居女史とか羊子先生とかって、呼ばれてるかもしれないよ」

戦後、日本国憲法が制定され、男女平等がうたわれた。それでも姉の大言壮語には、姉弟で笑い出し、一緒に涙も出た。

機関車から白い蒸気が流れ、甲高い汽笛が響いて列車が動き出す。姉は窓から身を乗り出して大きく手を振り、玲は置き去りにされる寂しさを隠して見送った。

乃村工藝社で与えられた仕事は、驚いたことに映画館の看板描きだった。各色のペンキ缶と、脚立や足場などの道具一式をリヤカーに載せ、自転車の後ろに引いて、ひとりで日比谷の映画街に行かされた。そして一日中、ペンキだらけになって働いた。

社内では皆、忙しそうで、誰にも紹介してもらえず、玲から挨拶する機会もない。すると不審顔の先輩たちが、背後で小声を交わすのが聞こえた。

「あいつ、何者?」

「なんでも、宮本三郎先生の秘蔵っ子らしいぜ。入社させてくれって、先生から頼まれて、映画の看板でも描かせときゃいいってんで、雇ったたって聞いたけど」

「へえ、美術学校、出てんの?」

「金沢美術なんとかってとこを出たらしいよ」

「何だよ、それ?　そんな田舎に美術学校なんか、あんのかよ」

忍び笑いが続く。玲は憤りで目がくらみそうだった。それでいて言い返す勇気もない。

悔しさは絵に向け、秋の二紀展には、女性の絵を二点、出品した。片方は裸婦で、もう片方は着衣だった。すると宮本が推挙して、二紀会の正会員にしてもらえた。

「これからは毎年、二作ずつ出品しなさい。いずれ職業画家としての道が開けるから」

だが委員のひとりが指摘した。

「宮本さんの影響が強いね。色合いとかタッチとか、そっくりじゃないか。若いんだから、自分ならではの作風を見つけなきゃ」

玲は激しく動揺した。学生時代から筆づかいは一貫している。これを今さら変えるとなると、どうすればいいのか。

それから一年間、迷った末に、次の二紀展には、学生時代に描いた「夜（自画像）」と同じ雰囲気の自画像を出した。自分ならではの自信作といえば、これしかなかった。

もう一点「夜の風景」と題して、横浜の夜の街角を描いた。ここのところ女性の絵が多かったが、横浜の洋風な雰囲気が気に入って風景画に転じたのだ。

宮本は二点とも誉めなかった。自画像は二番煎じだし、新しいものに挑戦しろという。「夜の風景」についても渋い顔だった。

「君は風景じゃなくて、やっぱり人間を描くべきじゃないかな」

ほかの委員は、もっと手厳しかった。

「こういう絵は、パリに留学した人には負けるよ。横浜の異国風の街並みなんか、まがいものだし、話にならないね」

玲は目の前に壁が立ちふさがるのを感じた。一年間の迷いの末の決断が全否定され、金沢で培った自信や誇りが踏みにじられた。

仕事の方は、入社して一年半経っても、まだ映画の看板描きだった。自分でデザインしたのは立て置きの小型看板くらいで、社内では看板屋と呼ばれた。これでは長く働いたところで、パリやニューヨークなど無縁で、いっそ絵に専念したかった。

金沢が恋しかったが、もう家はない。羊子は、あのときの予告通り、大阪の新興夕刊紙に就職した。その後は紆余曲折を経て、読売新聞の記者になった。

玲は正月に大阪に足を向け、母と羊子が暮らすアパートを訪ねた。台所も便所も共用の六畳ひと間で、金沢での暮らしとは大違いだった。当然ながら玲の居場所はない。

羊子が気まずそうに言った。

「せめて、お便所と台所のある部屋に移りたいけど、一流新聞でも女の給料は低いんだ」

男女平等が叫ばれながらも、日本中、労働条件の男女格差は当たり前だった。

玲は不満や不安を恋愛にぶつけた。男たちには看板屋と呼ばれようとも、女子社員には人気がある。学生時代と同じように、短い付き合いと別れを繰り返した。すると男たちにはやっかまれ、女同士のいさかいを招いた。

ちょっと付き合った女子社員から「親に会って欲しい」と迫られた。曖昧に返事をして放っておくと、「妊娠したかもしれない」と打ち明けられて、怖くなった。

そんなときに給料日を迎えた。給料袋をポケットに突っ込んで帰りかけたところ、その女子社員が追いかけてきた。

「どうするつもり？　そんな態度なら、専務に相談するわよ」

　玲は開き直った。

「相談すればいいさ。勝手にしろよ」

　女子社員を振り切って、足早に東京駅に向かった。駅の窓口で給料袋の封を切って、大阪行きの切符を買い、東海道本線の下り列車に飛び乗った。

　居場所があろうとなかろうと、頼る先は母と姉しかない。二十三歳にもなって、意気地がないのはわかっている。でも、とにかく東京にはいたくなかった。

　そのまま西宮市内の狭いアパートに転がり込むと、母は受け入れてくれたが、羊子は退職金にこだわった。

「なんで貰ってけえへんの？　荻窪の下宿も、そのままやったら、来月の家賃も払わなあかんでしょ」

　女学校時代を大阪で過ごしたせいもあって、すっかり関西弁になっていた。

「一年半しか勤めてないし、退職金なんて、たいした額じゃないよ」

「それでも、あたいの貯金に足したら、あんたも住めるアパートに引っ越せるやないの」

　一人称も「あたい」に変わっていた。

「玲、会社に詫び入れて戻るんやったら、早う東京に帰り。これきりにするんやったら、きちんと後始末せな」

　退職金を受け取れば、会社とは完全に縁が切れる。だが、いざ辞めるとなると、乃村工藝社の社員という肩書きに未練が生じる。それでいて東京には二度と足を向けたくない。

羊子は年末の忙しい最中、新聞社を二日休んで上京し、何もかも片づけてきた。

「これが退職金。えらい嫌味、言われたけど、ふんだくってきたわ。これで、ふた間あるアパートに引っ越せるやろ」

下宿に残してきた絵は、とりあえず宮本のアトリエで預かってもらったという。

「宮本先生、相変わらず優しいな。絵描きにはそういう時期もあるけど、二紀展にだけは出品しなさいって、そう言うてはったよ」

仕事を放り出したことで、就職の口をきいてくれた宮本の顔をつぶしてしまった。なのに、それも許してくれるという。申し訳ないばかりだった。

第二章　ガーターベルト

昭和二十九年秋、鴨居羊子は悩んでいた。今すぐ仕事を辞めたい。でも今後、どうやって生きていけばいいのかがわからない。

羊子は昭和元年に満一歳で、年齢と昭和の年号とが一致する。玲が東京から逃げ帰ってきてからというもの、母と弟の暮らしは、二十九歳の羊子が支えている。ここで自分が離職したら、即刻、家族三人が路頭に迷う。

悩んでいる場所は、読売新聞大阪支社、文化部長の机の前だった。周囲には煙草の煙が充満し、背後では、ひっきりなしに電話のベルが鳴り響く。男たちの大阪弁も、やかましく飛び交う。

そんな喧騒のただ中で、羊子は口を真一文字に結んで突っ立っていた。耳には何も聞こえず、この職場を離れた後、どうやって生きていくかだけが、頭の中を駆けめぐる。

目の前では、いかにも仕立てのよさそうな背広姿の文化部長が、羊子の手書き原稿を読み終えるなり、ぽいと机の上に放り投げた。

「家庭欄のデスクの言う通り、これは載せられませんね。『下着に色彩を』という見出しは悪くありませんが、要するに色ものの下着の勧めでしょう。うちの新聞向きではありません。品位に欠けます」

東京本社から赴任してきた文化部長は、きちんとした共通語で話すが、それが妙に冷ややかに聞こえる。

「色ものとかピンクとかいうだけでも、読み方によっては、いかがわしく感じますよ。うちは三流夕刊紙じゃないんですから」

昔から羊子は、ごく親しい者以外、話をするのが苦手だ。それでも気持ちを奮い立たせて言い返した。

「けど、新しいもんを提案してこそ、一流新聞やないですか。婦人誌の後追いやったら、新聞の意味があらへんでしょう」

かつて文化部長は、家庭欄の記者たちに婦人誌を開いて見せて、「こういう記事を書いて欲しい」と告げたことがある。そこには「この春、流行の服装」だの「主婦らしいお化粧」などという見出しが踊っていた。羊子にとっては目新しくも面白くもない内容だった。

「婦人誌の後追い」と言い放ったのは、そんな部長提案に対するせいいっぱいの反撃だ。

そのとき机の上の電話が鳴った。文化部長は話は終わったとばかりに、片手で羊子を追い払う仕草をして、受話器を取り上げ、一転、愛想よく話し始める。

羊子は原稿をわしづかみにし、足早に自分の机に戻った。さっそく家庭欄のデスクから呼ばれた。重い気持ちを引きずりつつ、デスクの前に立つと、説教が始まった。

「やっぱり、あかんかったやろ」

デスクは吸っていた煙草を、アルミ製の灰皿で消した。

「おまえなあ、原稿の内容より何より、もうちょっと愛想ようでけんのか。せめて上司の前だけでも。あんなにブスッとしとったら、部長かてボツにするで。女は愛嬌や、愛嬌。ちょっとはニコニコしてみい」

羊子は無口なうえに、めったに笑わない。笑いを重んじる大阪人の中では、かなり浮いている。デスクの説教は続く。

「でっかい図体して、ブスッとして、うっとおしいてたまらんで。おまえかて顔のつくりは悪うないんやから、なんとかせえよ」

羊子は身長百六十二センチ。女としては骨太で上背がある。目鼻立ちは、戦死した兄や弟の玲のような美形からは遠いものの、人並み以上だとは思う。でも愛想笑いなど顔が引きつってできない。

何も言い返せないで黙り込んでしまうと、デスクが聞こえよがしに舌打ちをした。

「これで、あの鴨居悠の娘なんやからなァ」

思わず反論しようとしたとき、終業の時報が鳴った。新聞社には定刻で帰る者などいない。それでも羊子は怒りを呑み込んで、自分のロッカーに直行した。中から愛用の紙袋を引っ張り出して、手早く帰り支度をした。

デスクが追い討ちをかける。

「その紙袋は何や。ボロボロのを使うて。給料もろてるんやから、ハンドバッグぐらい買えや。女のくせに、ちゃんとせんかい」

何もかも腹が立つ。ハンドバッグなど欲しくないし、買う金もない。女だからちゃんとしろという理屈も、はなから気に入らない。振り返りもせず、編集室から飛び出した。

社屋前の往来に出ると、野良犬が尾を振って近づいてきた。犬好きな羊子には、界隈ごとに馴染みの野良犬がいる。しゃがんで犬の首に抱きついた。獣くささも気にならず、ごわついた毛並みを撫でながら言った。

「あんたらがうらやましい。自由に生きてて。あたいも自由になりたい」

羊子は、よほど気の張る場でない限り、自分を「あたい」と称す。大阪では女性の一人称は「うち」が多く、年配者では「わて」や「あて」も使う。老舗を背負う老女将などで、まれに「あたい」と言う者もいる。そんな威勢のよさが恰好よく思えて、羊子は大阪で暮らし始めたころから、ずっと真似てきた。

でも今は威勢のよさからは、いちばん遠くにいる。もう潮時とわかっているのに踏ん切りがつかず、ぐずぐずするばかりだ。さっきのデスクのひと言が、胸に刺さっている。

「これで、あの鴨居悠の娘なんやからなァ」

羊子は父の仕事を継ぐつもりで、新聞記者になった。だから退職するとなれば、それに代わるだけの何かが必要だった。

父の鴨居悠は九州西北端の平戸生まれで、熊本の第五高等学校から京都帝国大学を出て、大阪毎日新聞の本社に就職した。

母の茂代も同郷で、平戸小町と呼ばれ、地元の素封家の嫁にと望まれた。だが茂代は、それを蹴って、大阪の悠のもとに奔《はし》った。駆け落ち同然の結婚だった。

その後、悠はパリやロンドンに単身赴任して、関西で名の知れた新聞人になった。さらに日本統治下だった漢城の毎日新聞を経て、金沢の北國毎日新聞で編集総責任者を務めたのだ。

一方、羊子は女学校卒業後、大阪府立女子専門学校に進学したが、戦争の激化で繰り上げ卒業になり、金沢に帰った。しかし年中、母に「女なのだから」と口うるさく言われるのが嫌で、「働きに出たい」と父に申し出た。

男たちの出征で、働き手が足りなくなっていたこともあり、父は娘に北國毎日新聞の校正を手伝わせた。羊子は文字校正に飽き足らず、街に取材に出て記事も書いた。

日本中が「贅沢は敵だ」という標語に押され、金沢ならではの手の込んだ工芸品が、まったく売れなくなっていた。若い職人たちも兵隊に取られて、人材も払底していた。

その問題提起として、羊子は連載原稿を書いた。だが紙不足で紙面が限られており、そこに大阪本社からの配信記事が優先されて、掲載はされなかった。それでも父は原稿に朱入れして、文章の基本を教えてくれた。

戦争終盤には、日本各地の大都市は激しい空襲を受けたが、金沢は京都や奈良とともに無傷だった。それはアメリカが、この街に文化的な価値を認めたからに違いなかった。

昭和二十年八月十五日に終戦を迎えるなり、父は大阪本社への招聘《しょうへい》を断って、金沢に留まり、新聞紙上で地元の文化復興キャンペーンを張った。羊子は記者として原稿を書きまくり、父の手足となって奔走した。

終戦からわずか二ヶ月後には、父は石川県美術文化協会を設立し、新聞社内に事務局を置いた。地元の美術工芸作家に呼びかけて、現代美術展も始めた。前々から準備していたかのような早業だった。

さらに美術工芸の専門学校設立にも尽力した。若い人材を育てなければ、金沢の文化に明日はない。そんな提言を新聞紙上に載せると、地元の政治家や文化人、財界人などが応じて、ごく短期間で開校に至った。

だが父の活躍は四年で潰《つい》えた。五十七歳で脳卒中により亡くなったのだ。後ろ盾を失った羊子に世間は冷たかった。

記者から校正係へと異動となり、校正の給料では生活できず、二十四歳で大阪に出た。父の縁故をたどって新関西新聞という新興夕刊紙に転職したのだ。新しいだけに自由な社風で、羊子は政界の大物への突撃取材など、特ダネをものにした。

二年後、東京から読売新聞が大阪に進出してきて、新関西新聞は吸収された。その結果、はからずも羊子は一流紙の記者になったのだ。しかし女性記者は家庭欄担当と決めつけられ、文化部長から「こういう記事を」と、婦人誌のありふれた誌面を見せられたのは、そのときだった。

以来、服飾や料理、美容などについて、取材をしては記事を書いた。でも気持ちが乗らず、書いても書いてもボツにされた。子供のころ、ままごとが嫌いだったことに通じるものがあった。

唯一、興味を持ったのが、京都にある和江商事という下着メーカーだった。バネを使って胸を豊かに見せるパッドや、体型補整に力を入れている。下着など陰部を隠せば事足りるという時代に、今までにない方向性を打ち出していた。

羊子は京都に出かけて、まだ若い社長にインタビューした。だが実際に話を聞いて、違和感を覚えた。和江商事の下着は、きちんと洋服を着こなすための補佐役であり、下着そのものは主役にはならないという。

　羊子はインタビューの最後に聞いた。

「差し出がましいようですけど、和江商事やなくて、ワコーレとかワコージュとかの名前にしてみたら、どうですか。おしゃれやと思いますけど」

　だが若い社長は首を横に振った。

「女性の下着は、どうしても色眼鏡で見られがちです。いずれは、そんな名前もええかもしれませんけど、当面は今のまま、堅い社名を続けるつもりです」

　その日、羊子は会社に戻ってから、違和感を抑え、新しさを前面に出して記事をまとめた。それが家庭欄に大きく掲載され、社内でも読者にも好評だった。だが羊子は素直に喜べなかった。何かが違うと感じていた。

　その後、心斎橋の輸入雑貨店で、舶来ものの美しい下着に遭遇した。最初に目が釘づけになったのは、つややかな素材の漆黒のペチコートだった。

　たっぷりと寄せたギャザーが三段切り替えになっており、内側をめくると、黒のチュールレースが現れる。チュールレースのあちこちには、小さなピンク色の薔薇が散らしてあって、まるで貴族の豪華なパニエか、バレリーナのチュチュのようだった。

　フランス製で値段は一万円。羊子の月給は一万七千円で、一家三人が食べている。とうてい手の届かない高級品だった。でも、そのペチコートには、和江商事で覚えた違和感や、社内での居心地の悪さを、なぎ倒しにする魅力があった。

　それ自体は普段、スカートの下に隠れて、人の目には触れない。でも身につけるときの胸の高鳴りは、女にとって贅沢の極みであり、夢のようなおしゃれだった。

その日、羊子はペチコートは諦めて、ガラスケースの中に収まっていたピンク色のガーターベルトを買った。ウェストに巻きつける部分は、しっかりした素材で、薔薇の刺繡が施されている。そこから下がるゴムや、小さな金具まで、何もかもピンク色だった。アメリカ製で千五百円。自分を元気づけるつもりで、思い切って買い求めた。

わくわくしながら家に帰り、母に見せると、形のいい眉をしかめられた。

「そんなきれいなものは、お嫁にいくまでしまっておくものですよ。それが、たしなみというものです」

そのとき羊子は、社内で居心地が悪い理由に気づいた。世間には「女は、かくあるべき」という枠がある。和江商事にも「かくあるべき」という理想体型がある。それに近づこうとする女心を否定するつもりはない。ただ羊子としては下着を通して、もっと楽しく、もっと自由な生き方を提案したかった。

ガーターベルトを買った心斎橋の輸入雑貨店に、もういちど足を向けた。店主に取材し、みずからの主張も込めて、今回の「下着に色彩を」という原稿を書いたのだ。

掲載されれば、多くの女性の共感を得る自信はある。なのに家庭欄のデスクから、まず駄目出しを食らい、ならばと文化部長に直訴したのに、これも手痛く拒まれたのだ。

読売新聞の社屋前で野良犬と別れ、大阪駅前の広場に出ると、そこは喧騒に満ちていた。朱色がかった西陽が斜めに差し、タクシーや乗用車が先を争って、けたたましくクラクションを鳴らす。

運転席の窓を開けて、怒鳴り声も飛び交う。

「何してんねん。早う、どかんかいッ」

そんな中、アコーディオンの哀愁を帯びた曲が聞こえてくる。終戦から九年を経て、今なお残る傷痍《しょうい》軍人たちだ。薄汚れた白い軍服姿で、失われた手脚をあらわに地面に這いつくばり、頭を下げ続ける。その前に置かれた空き缶や木箱に、行き交う人々が、いくばくかの小銭を投げ入れていく。

その一方で、駅の向かい側からは、絶え間なく工事現場の騒音が響いていた。十二階建てという日本一の高さを誇る、第一生命ビルの新築工事だ。

羊子は喧騒を背にして、梅田のドブロク街に足を向けた。行きつけの安居酒屋に行ってみると、記者仲間の森島瑛《あきら》と福田定一が、もう呑み始めていた。

羊子が退職したいと打ち明けるなり、森島はガタつく木製テーブルに、冷酒のコップを音を立てて置いた。

「さっさと辞めてまえ、あんな役所みたいな新聞社」

だが福田定一が首を横に振る。

「そう簡単には辞められへんやろ。独りもんのおまえと違うて、鴨ちゃんは、お母ちゃんと弟を食わせな、あかんのやから」

森島は上野の美術学校の出身だ。もとは新関西新聞の同僚として、美術系の記事を書いていた。その後は羊子と同様、読売新聞に移ったものの、いち早く辞めて、今はフリーランスで夕刊紙や雑誌の記事を書いている。

米軍払い下げの迷彩Tシャツにカーゴパンツ姿で、目をしかめて煙草に火を点けるのは、米兵が使うジッポーのオイルライターだ。

羊子とは男女の仲でもある。今でも羊子は絵が好きで、日本最高峰の上野の美術学校には憧れがある。森島は、それほどの学歴がありながら、自嘲的に「売文業」と称して、糊口をしのいでいる。そんな斜にかまえた姿にも、女として惹かれた。

福田の方は産経新聞の記者で、「鴨ちゃん」「福さん」と呼び合う仲だ。もともと大阪外国語学校でモンゴル語を学び、今は美術系の記事を得意としている。小説家志望でもあり、若白髪まじりの豊かな髪と、大きな鼈甲《べっこう》製の枠の眼鏡が、堅い仕事ではないことを主張している。

森島が三十三歳で、福田が三十一、羊子が二十九。福田は、さほど酒豪ではないが、酒の席が好きで、一緒に呑むことが多い。

羊子は特に大人数での会話が苦手だ。話し出すタイミングがつかめない。ちょっと話が途切れて口を開こうとすると、ほかの人の発言と、かぶってしまう。羊子は言葉を呑み込むが「お先にどうぞ」と譲られる。それも嫌で、なおさら無口になる。

ただし森島と福田となら、もっぱら男ふたりが多弁で、羊子は聞き役にまわり、懸念は無用だった。

福田がコップ酒を前にして聞いた。

「で、鴨ちゃんは、会社を辞めたら何するつもりや。やりたいこと、あるんか」

羊子は、しばらく考えてから答えた。

「なんか作って売りたい。お鍋とか」

「鍋？」

「前にアメリカの雑誌に、ホーロー引きのお鍋が載ってたんや。内側が真っ白で、外が鮮やかな赤とか黄色とかで、きれいやった」

新聞社の資料室で見て、記事にしようと企画を出したが却下された。戦後の日本の家庭では、新製品のアルマイト鍋がせいいっぱいで、見ためなどどうでもよく、値段も高すぎて論外だという。

「ああいうのを安うに作ったら売れると思う」

森島が口を挟んだ。

「要するにプロダクトデザイナーやな。けど鍋を作ってる工場には、プロダクトデザインの価値なんかわからんやろ。デザインは勝手に真似るもので、金は出さへんで」

福田も賛同しかねるようで、豊かな髪の生え際を指先でかいた。

「やっぱり鴨ちゃんが自分で作れるもんの方が、儲けが出るやろ。アクセサリーとか」

羊子は細かい手作業が好きだし、デザインも得意だが、アクセサリーは手軽な分、作りたがる者が多くて、作家として頭角を現すのが難しい。退職してすぐに金にならなければ、家族三人が干上がってしまう。

羊子は首を傾げながら言った。

「もうひとつ、考えてることがあるんやけど」

男ふたりが身を乗り出した。

「何や?」

「美容師さんの制服。今は、どこの美容院でも割烹着やエプロン姿で働いてるけど、おしゃれなデザインを考えて、注文を取って作ったら、お店の印象もようなると思う」

ふたり同時に目を輝かせた。

「それ、ええやないか」

「悪うはないけど」

羊子は口ごもりつつも、話を続けた。

「今の仕事を辞めてまで、やるほどのことやない気がして」

美しい鍋を作りたいのは、台所仕事が日陰の労働だからだ。そこに、きれいとか楽しいとかいう感覚を持ち込みたい。それは使命感のようなものであり、美容師の制服には、そこまでの熱意が持てなかった。

すると森島が腕組みをして聞いた。

「そしたら本を出すか。そういう鍋の提案とか。いわば家事評論家や」

羊子は首を横に振った。

「あたい、家事、あんまり得意やないし」

たまに料理するのも、針を持って何か作るのも好きだが、日頃の掃除や洗濯には気が乗らない。

森島が溜息をつき、今度は福田が聞く。

「けど、やっぱり文章が手っ取り早いやろ。なんか書き溜めた原稿とか、ないんか」

「ある。野良犬の交遊録」

「野良犬評論家かァ」

また森島が口を挟む。

「野良犬交遊録は、こいつが何者かになったら、世に出せるかもしれんけどな」

福田が目を輝かせた。

「それや、それ。僕は鴨ちゃんが、いつか何者かになりそうな気がするんや」

話が煮詰まって、羊子は便所に立った。

小汚い便器にまたがって、スカートの裾をめくりあげた瞬間、息を呑んだ。例の輸入雑貨店で買ったピンク色のガーターベルトを身につけていたのだ。臭くて薄暗い便所に、突然、大輪の花が咲いたかのようだった。

しゃがんで水音をたてているうちに思いついた。

「そうや、これを作ろう。下着や、下着。きれいで可愛くてセクシーな下着を、舶来のより安うに作ったら、きっと売れるわ」

なぜ今まで思いつかなかったのかと、大急ぎで席に戻ると、森島が待ちかまえていた。

「おまえ、今日、色ものの下着の原稿、ボツになったて言うてたやろ。いっそ、そういう下着を作ったらどうや」

羊子は、ようやく笑顔を見せた。

「たった今、あたいも、それ思いついたとこ」

羊子は立ったままコップに残った酒を飲み干すなり、自分の飲み代をポケットから引っ張り出して、傷だらけのテーブルに置いた。

「ちょっと篤子《あつこ》の意見も聞いてくる」

そう言い置いて、呆気にとられるふたりを尻目に、表通りへと飛び出した。

森島には、ガーターベルトと網目ストッキング以外、一糸まとわぬ姿を見せたことがある。そのときに目を細めて言われた。

「ハリウッド映画の女優みたいで、ええな」

身につけて自分が楽しくなり、恋人にも見せたくなる下着を、目指そうと決めた。


梅田の、そこだけ空襲から焼け残った一角に、石造りの古びたビルがある。その地下の奥まったところにある小さなバーが、小野寺篤子の店だ。話し下手な羊子にも、居心地のいい場所だった。息せき切って飛び込むと、誰も客はいなかった。羊子はバーカウンター前で仁王立ちになり、いきなりスカートの裾を大きくたくし上げた。照明は薄暗いが、パンツもガーターベルトも丸見えだ。

篤子は顔色ひとつ変えず、カウンター越しに聞いた。

「しゃれたガーターやないの。いくらした？　高かったやろ」

「千五百円」

「男に貢がせたん？」

「ううん、自分で買うた」

羊子はスカートをもとに戻し、カウンターに両手をついて聞いた。

「こんなんが五百円で売ってたら、買う？」

「そうやな。五百円やったら二本、買うてもええ。どこで売ってるん？」

「売ってへん。これから、あたいが作って売るんやから。これ、商売にしよう思てる」

「新聞社は？」

「辞める。もうあかん」

羊子は事情を打ち明けた。

「それで、あんたのアパート、貸してくれへん？　あんたが、この店やってる夜の間だけでええし。作業場にしたいんや」

篤子のアパートは、国鉄大阪環状線の福島駅が最寄りだ。大阪駅からひと駅で足の便がいい。

するとと篤子は意外なことを言った。

「その商売、うちもさせてくれへん？」

「へ？」

「それ、きっと売れると思う。けど、あんたはお金の計算とか売り込みとか、できへんやろ。そやから、うちが手伝うたる」

「ほんま？　けど、この店は？」

「いろいろあって、近い内に、たたもうと思うてた。うちにミシンもあるし、夜だけやなくて昼間も作ろ。ふたりで作れば早いし」

篤子も手先が器用でセンスもいい。バーの内壁は自分でペンキを塗り、バーカウンターは不恰好な一枚板を材木店からもらってきて、自分で磨いて仕立てたという。カウンターの端に載っている蓄音器は、古道具屋で二束三文で手に入れたものだ。

羊子は不安で聞いた。

「けど、ほんまに、上手くいくやろか。ふたりで共倒れにならへんかな」

「いや、きっと売れる。買いたがる人、ぎょうさんおると思うよ」

断言されて、その場で共同制作を決めた。自分でも呆気なく思うほどの即断だったが、ひとりよりも心強い気がしたのだ。

翌日、いつもの居酒屋で森島に報告した。

「篤子と一緒に下着を作ることにした。あたいは営業とか向かんし」

すると意外な提案をされた。

「そんなら個展を開いたらどうや。ギャラリーを借りて、下着デザイナー鴨居羊子と小野寺篤子の二人展。新聞や雑誌に取材させて、最初に派手に花火を打ち上げるんや」

さらに森島は予想外なことを勧めた。

「多分、最初から儲かりはせんやろ。そやから、このあいだ話してた美容師の制服、しばらくやってみたらどうや?」

個展の準備金は、羊子の退職金だけでは足りそうにない。ならば美容師の制服の受注生産で、まずは手堅く稼げというのだ。

羊子は「なるほど」と乗り気になり、もうひとつ妙案が浮かんだ。

「そうや、制服のデザイン、玲に描かせたろ」

羊子の下手な絵ではなく、きれいなスタイル画なら、美容室から注文が取りやすい。

でも最終目標は下着だった。女性にとって台所仕事が日陰の労働なのと同様、下着が恥ずかしいものという意識があるからこそ、楽しさや美意識を持ち込みたい。

新聞社を辞めて、どう生きればいいのかが、ようやく見えてきた気がする。羊子は跳ねるような足取りで家路を急いだ。

梅田から阪神電車で二十分ほど西に向かうと、西宮駅に着く。そこで普通電車に乗り換えて、次が香枦園《こうろえん》だ。住まいは駅から徒歩二十分。隣地は畑という町外れの安アパートが、母と弟と三人での暮らしの場だ。

羊子は自分で描いた美容師の制服の絵を、玲に見せて頼んだ。

「これ、あたいがデザインして友達が作って売るんやけど、ちょっと描き直してくれへん？」

新聞社を辞めて、下着を作るとは打ち明けられず、適当な理由をつけた。

「これ、ええアルバイトになりそうなんや。そやから、あんたも手伝って」

すると玲は減らず口をたたいた。

「そんなつまんないアルバイトするくらいなら、もっといい記事を書けよ」

羊子は無性に腹が立ったが、懸命にこらえ、拝むようにして頭を下げた。すると玲は不機嫌顔ながらも、きれいな水彩画を何枚も描いてくれた。

篤子とふたりで美容院に持ち込むと、面白いように注文が取れた。さっそく繊維街の丼池《どぶいけ》筋で、パステルカラーの反物を買い込み、手分けして縫った。

美容学校にも売り込みに行った。戦後、男女比の不均衡により、結婚に縁のなかった女性たちが手に職を求めており、どこも美容学校は大盛況だった。そのため生徒用の制服を大量受注できた。

その一方で新聞社の退職が母に知られた。急用があって、母が読売新聞に電話したところ、とっくに辞めたと言われたという。

「なぜ、そんな勝手なことを？　毎日、あなたはどこに行って、何をしてるんですかッ」

母は夜叉のような顔になって詰め寄った。すると上手いことに、玲が誤解した。

「美容師の制服、アルバイトじゃなくて、本業だったのかよ」

羊子は、これ幸いとばかり話に乗った。

「そうや。ちゃんと儲かってる。今後も家にはお金を入れるし、文句は言わんといて」

聖徳太子の千円札三十枚を、大威張りで畳の上に広げて見せた。一万円札が発行されるという噂もあるが、釣り銭の用意が大変だと、小売業界が反対し、先延ばしにされている。

三十枚の千円札は、ちょうど美容学校から集金してきたところだった。だが実際は、美容師の制服の仕事は、すでに曲がり角を迎えていた。真似する業者が現れたのだ。デザインを盗んで、早く安く仕立ててしまう。注文は激減していた。

これが潮時と思い切り、羊子は当初の計画通り、下着制作に転じた。しかし早々に暗礁に乗り上げた。気に入る布地がないのだ。

手触りのいい薄物の合成繊維で、微妙な色合いが欲しいのに、既成の反物では望むべくもない。問屋に染色を持ちかけると、とんでもない金額を示された。それでは下着は作れても、売り値が高くなりすぎる。

どうするか困りきって街を歩いていたところ、羊子は「大阪雑貨金属」という看板を見つけた。トタン板張りの工場で、失敗作らしき金属片が、外壁沿いに山盛りになっていた。見れば小さな製品が多い。

ふとガーターベルトの金具を頼んでみようと思いついた。手芸問屋にある金具よりも、小ぶりなものが欲しかった。ガーターベルト本体と、同じ色に着色しなければならず、どうしても特注になる。

近くの公衆便所に駆け込んで、ピンクのガーターベルトを外し、靴下も脱いで、ほかほかと温かいまま、ポケットに突っ込んだ。

そして工場に戻って、及び腰ながらも声をかけた。機械油の匂いが漂う中、ポケットからガーターベルトを引っ張り出し、金具の部分を示して、こちらの望みを説明した。

すると四十がらみの社長が、金具を開け閉めしながら言った。

「金型から作らなあかんし、そうとう数が多くなりますよ。値も張るやろな」

羊子は食い下がった。

「そこをなんとか、お願いできませんか」

そうしているうちに裏手の住まいから、老人が出てきた。社長がガーターベルトを差し出して声をかける。

「お父ちゃん、こんなん作ったことないか。女の人の靴下留の金具なんやけど」

先代社長らしい。老眼鏡をかけて、じっくりと金具を触ってから、羊子の頭から足先まで、まじまじと見た。そして工場の職人たちを呼び集め、上品な抑揚の大阪弁で言った。

「みんな、見てみなはれ。この人の爪を」

羊子は自分の手を見て青くなった。二、三日前、十本の指に、それぞれ違う色のマニキュアを塗ったのだ。それも金具の色を考えるために、ピンクや赤だけでなく、黒や紫、黄色などを買い集めてきて、一本ずつ塗り、そのまま落とすのを忘れていた。

老人は思いがけないことを言った。

「こんな爪の人は、きっと新しいことをしやはるよ。みんなで知恵を絞って、よう協力してあげなはれ」

年配の職人が笑顔で言う。

「おやっさんに言われたら、しゃあないな」

四十がらみの社長も苦笑する。

「お父ちゃんは、こんなん好きやからなァ。新しいことになると、昔から儲け度外視で引き受けてまうし」

老人は楽しそうに言う。

「最初は儲け度外視でやってみなはれ。こういう人は、いつかは大儲けできまっせ」

羊子は色とりどりのマニキュアが、なぜ老人の気に入られたのか見当がつかなかった。

その夜、いつもの安居酒屋で、森島に昼間の話をした。すると森島はコップ酒を前にして言った。

「その爺さん、会社を起こしたんは明治の終わりころやろな。当時、金属雑貨の工場を始めるて、そうとう先が読めたと思うで」

そういう目利きの旦那衆が、案外、大阪には多いという。

「昔は、そういう旦那衆が京都の文化を支えてたんや。戦争で、そんな旦那衆はおらんようになったと思うてたけど、まだまだ捨てたもんやないな」

森島は、ふと思いついたように言った。

「おまえ、布の染めを、どこかに頼みたいて言うてたやろ。その話、丸紅とか三井とか、繊維系の財閥に持っていったらどうや。もしかすると目利きの旦那がおるかもしれんぞ」

丼池筋の問屋など相手にせずに、一流どころへ企画を持ち込めという。

「それと、大阪には旦那衆だけやなくて、派手好きな女将さんもいる。店を切り盛りしてて、金を自由に使える女の人や。おまえの下着は、そういう層をねらえ」

羊子は合点した。旧来の女将のほかにも、これから美容学校や洋裁学校を卒業する女たちが仕事を始める。羊子の下着は、そんな自立した女たちに売ろうと決めた。

翌日、さっそく図書館に行って調べてみると、三井物産に東洋レーヨンという子会社があることがわかった。重役の名前も調べて、まず企画書を送り、電話で面会の約束を取りつけてから、篤子とふたりで訪ねてみた。

東洋レーヨンは中之島の三井ビルの中にあり、戦前から残る堂々たる石造りの七階建てだった。尻込みしそうになるのをこらえて、重役に企画書の内容を説明した。すると呆気なく承諾された。少量で儲けなしでも、染色に応じてくれるという。

もともと東洋レーヨンは、アメリカで発明されたナイロンの技術導入のために、近年、三井物産が設けた子会社だった。その技術をもとに、独自の合成繊維開発にも力を入れており、新規の企画に理解があったのだ。

羊子は個展の会場も、当初は街の画廊を考えていたが、思い切って一流百貨店に頼んでみた。すると心斎橋そごうの宣伝部が、前向きになってくれた。

ギャラリーの下見に行き、宣伝部と具体的に話を進めたが、賃料が高くて手が出なかった。その代わり、ギャラリー脇の廊下を借りることにした。ギャラリーの外壁と、吹き抜けに面した手すりとの間、細長い九坪ほどの空間だった。

インテリア好きな篤子も面白がって、あれこれと展示方法を考え始めたところ、森島がデザイナーを紹介してくれた。本来は平面デザインの専門家だったが、今回は羊子の下着を面白がって、格安で空間デザインを手がけてくれるという。

羊子はデザイナーから示されたプランに飛びついた。細長い空間を黒い箱で覆うという、素人には考えつかない斬新なものだったのだ。しかし自分で演出するつもりだった篤子は、不機嫌になった。

「こんな大層な工事、建材や手間賃だけで、いくらかかると思うてる？　美容師の制服の儲けが吹っ飛んで、足が出るよ」

羊子は、かまわずに計画を進めた。以降、ふたりの間に溝が生じた。いざ制作を始めると感覚の違いも露見した。篤子は黒や赤などの無地で、大人の下着にしようと主張した。

一方、羊子は鮮やかな色合いで、花柄やリボンなどの可愛さも加味してこそ、黒い会場に映えるし、客層も広がると確信していた。どちらも譲らず、激しい口論を繰り返した。

第三章　ろくでなし

鴨居玲が映画看板の仕事を放り出し、母と姉のもとに逃げてきたのが、昭和二十六年の晩秋だった。すぐに姉は玲の退職金も使って、ふた間あるアパートを借り、昭和二十七年の正月は家族三人で迎えた。

その月の下旬、羊子が息せき切って帰宅した。

「玲の仕事先、見つかりそうや。去年、芦屋にできた田中千代学園ゆう洋裁学校。スタイル画の先生を探してるから、面接に行こ」

もともとは読売新聞の家庭欄で取材した学校だという。玲としては映画の看板と同様、積極的にやりたくなる仕事ではない。渋ると、母が味方してくれた。

「まだ、いいじゃないの。東京で苦労したんでしょうから、しばらく休ませてやれば」

しかし羊子は容赦なく言い放つ。

「お母さん、そんなこと言うて、名古屋から帰ってきたときみたいになったら、どないするつもり?」

さすがに母は青くなった。玲自身、このまま引きこもりそうで怖い。結局、姉の後について行った。

洋裁学校は国鉄芦屋駅の近くだった。関西に詳しくない玲は、高台に大邸宅が並んでいるのに驚いた。田中千代学園という古風な名前からして、古びた木造校舎だと思い込んでいたが、新築の堂々たる洋館だった。

校長と会う直前に、羊子が耳打ちした。

「千代先生、ベリーショートゆう、えらいモダンな髪型してはるから、よう見とき」

現れたのは四十代とおぼしき女性だった。髪型や服装が並外れて洗練されており、歯切れのいい東京言葉で話す。

「あら、素敵な弟さん。羊子さんも、おきれいだけれど、あまり似てらっしゃらないのね」

聞けば東京の生まれ育ちだが、夫の留学に伴って、欧米で暮らした経験もあるという。

「油絵をなさるの？　それなら校舎の中に部屋を差し上げるから、アトリエになさったら？　毎日いらして、スタイル画の授業の合間に、絵を描かれたらいいわ」

空き部屋に向かう途中、廊下を行き交うのは、おしゃれな女性ばかりだった。看板描きに明け暮れていた玲には、異次元の世界だ。

案内された部屋に驚いた。大きな窓越しに裸木が冬の日差しを浴び、穏やかな光景が広がっていたのだ。季節が変われば、緑あふれる眺めになるに違いなかった。

さすがの羊子も腰が引けて遠慮する。

「いいえ、うちの弟に、これほどのことを、していただくわけには」

「いいのよ。こんな素敵な先生がいてくださったら、評判になって、入学希望者が増えるでしょう。もう来年度の生徒募集が始まっているし、よかったら二月の初めから来てくださらない？」

羊子は弟の脇腹を肘で小突く。玲は慌てて答えた。

「は、はい。二月から、まいります」

「あら、嬉しいわ。ただね」

田中千代は、それまでのにこやかさから、一転、表情も口調も変えた。

「女性問題だけは、起こさないでくださいましね。うちの生徒は良家のお嬢さんが多くて、そういうのは親たちが何より嫌うの」

帰り道で、羊子が歩きながら言った。

「あんたは、ええかっこしいやから、あの学校が気に入るとは思うてたけど、千代先生からも気に入ってもらえて、ひと安心や」

玲は羊子と同様に愛想なしだから、どうなることかと気をもんだという。

「けど、あれが今のあんたに、ふさわしい場やと思うたら、大間違いやからね。千代先生は、あんたが一流の絵描きになると期待してはるから、あんな好条件で雇うてくれたんやで。今のままで、まして女の子に手なんか出したりしたら、すぐに、お払い箱や」

玲は気色ばんだ。

「わかってるよ、そのくらい」

乃村工藝社の女子社員の件で懲りていた。あれ以来、何も言ってこない。妊娠は脅しだったと思う反面、いつか赤ん坊を抱いて現れそうで、気が気ではなかった。

「玲、お母さんを安心させたげて。今度こそ仕事と絵、本気で頑張ってよ」
玲は黙ってうなずいた。

四月の新学期から、スタイル画の授業が始まった。生徒は十五歳から十八歳くらいまでで、幼いころから「お姫さまのドレス」の絵を描いてきた者ばかりだ。教壇に課題の服を展示しておけば、熱心に取り組む。

二十四歳の玲には、当初、生徒たちは魅力的に見えた。目に止まった生徒の横顔や、廊下を歩く姿などを、気軽にスケッチしたところ、すぐに噂が立った。モデルは誰なのかを争って詮索する。授業中に秋波を送ってくる生徒もいた。玲の気を引きたくて、わざと課題を白紙で提出する者まで現れて、煩わしくなった。

仕事への熱意は、映画の看板描きのときと変わらない。それでも、やってみようと思えたのは、単に女ばかりの環境が嬉しかったわけではなく、自分を迎えるにふさわしい場だと感じたからだった。乃村工藝社で踏みにじられた誇りを、取り戻せそうな気がしたのだ。

日が経つにつれ、居心地の悪さも感じた。学校に影がないのが落ち着かない。校舎は新築だし、生徒たちは明るい青春を謳歌し、まるで陰影がなかった。

秋の二紀展用の油絵は、夏休みにアトリエで描こうと予定していた。しかし休みに入っても、まったく題材が決まらない。予想通り、アトリエの窓の外には木々の緑が輝いていたが、それも明るすぎた。裸婦を描こうかとも考えたが、夏休みとはいえ、校内にヌードモデルを招き入れるわけにはいかない。

題材を求めて、神戸に出かけてみた。街並みは横浜より異国情緒にあふれ、魅力的だったが、二紀会の委員の言葉が忘れられない。

「こういう絵は、パリに留学した人には負けるよ。横浜の異国風の街並みなんか、まがいものだし、話にならないね」

港には外国船の船員の姿が目立った。日暮れとともに、仲間同士で楽しそうにどこかに歩いていく。後をついていくと、行き先は明かりが灯り始めた歓楽街だった。軒並み小さなバーで、その中の一軒に吸い込まれていく。

彼らが酒を呑む様子を描きたくなって、後を追ったが、バーの扉には「日本人お断り」の張り紙があった。

がっかりしてアパートに帰ろうと、神戸駅に向かったときだった。駅前の雑踏で、突然、後ろから女性に声をかけられた。

「鴨居先生」

振り返ると、船橋和子という田中千代学園の同僚だった。魅力的な教職員が多い中でも、飛び抜けた美人でセンスもいい。授業のかたわら、田中千代の秘書役も務めている。

「鴨居先生、神戸にご用でしたの？」

「ええ、ちょっとスケッチをしに」

「いい絵が描けました？」

外国人の飲酒の絵が描きたかったが「日本人お断り」のバーで入れなかったと話した。すると和子は意外なことを言った。

「ああ、元町ね。それぞれの国の専用バーがあるのよ。今から行ってみましょうか」

「外国人バーに?」

「行きたかったんでしょ?」

「でも日本人は、お断りって」

「フランス人向けのところなら、きっと入れるわよ。私がフランス語を話すから、鴨居先生はフランス人ってことにすれば。そのお顔でウイとかノンとか言っていれば、外国人に見えないことはないでしょ」

「船橋先生、フランス語ができるんですか」

「片言ね。神戸にはフランス語を習いにきてるの。夏休み中だけだけれど」

そう言うなり先に立って、元町に向かった。居並ぶバーの中から、和子はフランス語の看板を見つけて扉を押した。

「ボンソワール」

堂々と挨拶すると、カウンターの中から同じ言葉が返ってくる。店のマダムもフランス語が話せるらしく、和子は玲にもマダムにもフランス語で話しかける。玲は冷や汗をかきつつ、小声で聞いた。

「ここ、来たことあるんですか」

「初めてよ。外国人バーなんて」

あまりの度胸のよさに舌を巻く。カウンターの端の席について、和子がワインを頼み、ふたりで乾杯した。

そのときフランス人らしき客が入ってきたので、玲は手早くスケッチをした。それをマダムに見せると、すっかりフランス人画家として信用された。

そんな嘘が愉快だったが、日本語で堂々と話ができない。そのため玲は二、三カットをスケッチしただけで、店を変えた。駅近くの赤提灯に入ると、和子は目を輝かせた。

「こういうところ、初めて。鴨居先生が、こういう店に来るなんて、意外だわ」

「いつも、こんなところですよ。父が亡くなってから、ずっと素寒貧《すかんぴん》なんで」

案外、おしゃれな女性が安居酒屋を喜ぶのは、東京で経験ずみだ。

コップ酒で乾杯して、たがいの身上を話した。和子は、いつかパリに留学するつもりでフランス語を習っているが、単独の渡航は父親が許さないという。

「お父上は何をされているんですか」

「ボタン屋よ」

詳しく聞くと、輸入品も扱う大きなメーカーらしい。住まいは芦屋の高台で、裕福なのは明らかだった。

「結婚は？」

玲がさりげなく問うと、歳の釣り合う相手がいないと笑う。聞けば玲より二歳上で、羊子と同世代だった。

「そういえば、鴨居先生って、新聞記者のお姉さまがいらしたわよね。前に学校に取材にいらしたけれど、素敵な方だったわ」

姉を誉められて、ふと和子が羊子に似ている気がした。てきぱきとした行動力や向上心、センスのよさから酒の強さまで共通している。違うのは愛想のよさだけだった。

その夜は話が盛り上がり、和子は芦屋行きの最終電車に乗り遅れそうになった。かろうじて電車に駆け込むまで、ふたりで笑い通しだった。

電車の扉が閉まって、ひとたびガラス窓に隔てられるなり、玲の胸に特別な感情が湧いた。とてつもない愛しさと、片時も離れたくない切なさだ。

その日から恋が始まった。今までにない真摯な感情だった。でも学校では女性関係を禁じられているし、下手に近づいて拒まれるのも怖い。乃村工藝社の女子社員との一件以来、女の怖さには懲りている。

絵は描けないままだった。田中千代学園の明るすぎるアトリエが、いっそう気詰まりになる。そのため母と姉と同居のアパートに、画材を持ち帰って環境を変えた。

外国人バーで見たフランス人の横顔を油絵にしてみたが、納得がいかなかった。フランス人など、パリに留学した者には、やはり珍しい題材ではない。

苛立ちが募る中、夏休みが終わり、スタイル画の授業が再開された。相変わらず秋波を送り続ける生徒がいる。教室の一角から忍び笑いも聞こえてくる。見れば、課題の提出に白紙で応じた生徒と、その周辺だった。

苛立ちがこらえられなくなった。生徒たちの若さや屈託のなさが、玲の神経を逆なでする。きっぱりと言い放った。

「時間になったら、当番が集めて、僕のアトリエに届けてください」

そのまま教室を出た。無責任と自覚しつつも、今日は帰ろうと昇降口に向かった。すると和子が追いかけてきた。

「鴨居先生、待ってください。生徒が泣いて謝りに来ました。おしゃべりをしていて、先生を怒らせてしまったと」

玲は、できるだけ冷静に答えた。

「あの子たちのせいじゃありません。僕自身の問題なんです」

自分にとって最大の目標である二紀展が近いのに、思うように絵が描けないと説明した。和子が相手だと素直に話せた。

「教室を出てしまったのは、大人げなかったと思います。詫びるのは僕の方です」

ただ和子への思いも、苛立ちの原因のひとつだとは伝えられなかった。

翌日は無断欠勤した。母が「行かなくていいのか」と気をもむ。金沢の小学校当時を思い出す。休んでも、いい結果にならないのは百も承知だ。なのに、どうしても出かける力が湧かない。

次の日には、田中千代から速達が届いた。玲は解雇を覚悟したが、意外な内容だった。展覧会が終わるまで絵に専念していいという。スタイル画の授業は、船橋和子が代理で教えてくれるというのだ。

帰宅した羊子は舌打ちせんばかりに言う。

「まったく、あんたのまわりは揃いも揃って、どうして、こんなに甘いんやろ。お母さんも、宮本先生も、千代先生も」

玲にもわかっている。その甘やかしが自分を駄目にするのだと。ほかならぬ姉もまた甘やかすひとりだった。

だがアパートで絵に対峙していると、いっそう気持ちが追い込まれた。田中千代が好条件を示してくれたのに、どうしても納得のいく絵が描けない。和子に代講までしてもらうからには、今度の二紀展で賞が欲しい。大きな賞を取って、天下晴れて恋心を伝えたかった。

なんとかフランス人の絵を二枚、描き進めた。斜め横顔と完全な横向きだ。どちらも、ちょっとした目の動きや口元の表情で、何らかの人間性を表現したかった。そのために乾いた絵具を削ったり、塗り重ねたりを繰り返したが、いじりすぎて修正が利かなくなってしまった。

いっそ題材を変えて、新たに描き直したいが、時間も題材もない。過去に描いた作品を出品しようかと探しても、自信作がない。ただただ作品搬入の締め切りが迫り来る。

現実逃避したくなって、夕方、母が買い物に出ているうちに、安物の焼酎を立て続けにあおった。暗くなって母が帰ってくるころには、すっかり酩酊していた。

口をききたくなくて、畳の上に転がって寝入ったふりをした。すると母は押し入れから掛け布団を出して、そっと息子にかけた。幼いころから誰よりも優しいのに、今は気づかいが煩わしかった。

隣人が回覧板を届けにきた。母は愛想よく受け取り、読んでから認印をついて、向こう隣に届けるべく廊下に出ていった。

玲は起き上がった。イーゼルに載せたフランス人の絵に目をやるなり、何もかも放り出したくなった。乃村工藝社から逃げてきたときのように。でも今は逃げる先すらない。

よろよろと立ち上がって台所に行き、流しの下の包丁差しから、出刃包丁を抜き取った。分厚い刃は鈍く輝き、刃先は鋭く尖る。

左の指先で自分の首筋を探れば、焼酎の酔いで大きく脈打ち、頸動脈の位置は容易に知れる。目の前の包丁を、そこに突き立てたい衝動にかられた。

銀色の刃先が肌を切り裂き、深紅の血が噴きあがる。さぞ見ものに違いない。自分が最後に見るにふさわしい狂気の光景だ。襲いくる激痛にさえ、気持ちがそそられる。

そのとき玄関の方から、母の押し殺した声が聞こえた。

「羊子、早く、早く、包丁を取り上げてッ」

母が回覧板を届けて戻ったところに、ちょうど姉が帰宅したらしい。羊子は突然、こんな場面に遭遇して、うろたえるばかりだ。

「そんなこと言うたかて、今、近づいたら、かえって玲が」

ふたりのやり取りを耳にしているうちに、馬鹿らしくなった。最初から死ぬ気などない。

包丁を持ったまま、フランス人の絵の方に向かった。この絵が悪いのだと、怒りが集中する。絵の前で片膝をつき、息で肩を上下させながら、包丁を高々と振りかざした。

迷いなく、力いっぱい画面に振り下ろす。ザクッと突き刺さる手応えがあり、包丁を斜めに引く。キャンバスの端まで切り裂くと、包丁を抜いて、今度は別の一点に切りつけ、逆方向に引いた。

画面には大きなバツ印が刻まれた。傷口は痛々しく反り返り、フランス人の顔は、四つに分割された。もう一枚にも、にじり寄って、同様に切り裂いた。

これで二紀展への出品は不可能になった。今から描き直しても間に合わず、絵描きへの道は絶たれる。それでいい気がした。絵を諦めさえすれば楽になれる。だが同時に和子への恋も遠のく。

玲はわめき散らした。

「もう、やめだ、やめだッ」

立ち上がって包丁を放り出し、イーゼルを蹴飛ばした。ほかの絵もなぎ倒し、手当たり次第に画材を投げた。絵具の箱を両手で頭上に持ち上げ、力まかせに放り投げた。命中した襖が派手な音を立てて外れ、絵具のチューブが畳に飛び散る。

玄関からアパートの住人たちの声が聞こえた。

「何の騒ぎや」

「静かにしてくれよ。地震かと思うたわ」

アパートの壁は薄く、近所迷惑にならないはずがなかった。

玲は、ふらふらと茶の間に移り、畳の上に倒れ込んだ。さっきまで使っていた掛け布団を引っ張り、身を縮めて頭の上までかぶった。母が隣人たちに謝る声が、布団を通して聞こえてくる。玲は心の中で詫びた。

「ごめんね、お母さん、駄目な息子で。ごめんよ、ようちゃん、ろくでなしの弟で」

しかし二紀展への作品搬入日を過ぎると、宮本三郎から「スグサクヒンオクレ」という電報が来た。翌日には速達も届いた。

「何か事情があるのだろうが、どんな作品でもいいから送ってきなさい。批判を恐れることはない。旧作でもいい。とにかく今は、作品提出の実績を積み上げる時期であり、続けていれば、かならず突破口は見つかる。締め切りの遅れも気にしなくていい」

母が遠慮がちに聞く。

「宮本先生、何ておっしゃってるの？」

羊子は母を諫《いさ》めた。

「お母さん、これは玲の問題やから、頭を突っ込んだらあかん。もう玲が決めることや」

姉に突き放されて、ようやく冷静さを取り戻した。そして熟考した末に、旧作の裸婦像を二点、東京の会場宛に発送した。

だが、その後も絵が煮詰まるたびに、玲はアパートで大暴れを繰り返すようになった。

第四章　古びたアールデコ

昭和三十年十二月八日の夜、鴨居羊子は心斎橋そごうの店内にいた。定休日のため、全館暖房が切られて、とてつもなく寒い。照明も最低限しか点灯されていない。

森島に勧められた下着の個展初日が、明日に迫っていた。会場は仮設の壁も天井も床も真っ黒に塗られ、ところどころにスポットライトが当たるばかりで薄暗い。

昨日の閉店後に資材を運び込み、定休日の今朝から組み立てにかかった。わずか九坪の会場ながら、設営が終わったのが夕方五時。予定時間よりも、はるかに遅れた。

それから篤子とふたりで展示品を飾り始めた。夜が更けるにつれて、寒さが増す。静寂の中、羊子は脚立にまたがり、かじかむ指で天井にテグスを張りめぐらせた。

あちこちに色とりどりの下着を吊るし、スポットライトを当てる趣向だが、テグスがからまって上手くいかない。明日の初日に備えて、今夜は終電までに終わらせなければならないのに、思うように進まず苛立ちが募る。

一方、篤子はスリップを広げて、黒い壁にピンで止めていた。だが場所が計画表と違っており、羊子は脚立の上から指図した。

「それは、そこちゃう。いちばん奥や」

そのスリップは羊子の自信作だった。細い肩紐型で、胸のふくらみから両サイドにかけてがターコイズブルー。みぞおちの少し上から裾まで、逆V字型にサーモンピンクの切り替えが入っている。こだわり抜いた配色で、東洋レーヨンに特に細かく注文をつけて染めてもらった。それだけに来場者には最後に見て欲しい。どうあっても展示場所は、会場の奥でなければならなかった。

だが、いきなり甲高い声で言い返された。

「これは、ここの方がええて。こっちの方がパンティスとの相性もええし」

羊子は商品名にもこだわり、今までズロースとか下穿きとか呼ばれていたものをパンティスと名づけた。もっと布地が小さくて刺激的なものはスキャンティ。前だけ隠して、横から後ろが紐状のものがペペッティ。パンティス以外は、ほとんど羊子の造語だ。

羊子は脚立から飛び降りた。

「篤子、勝手なことせんといてッ」

大股で詰め寄ろうとしたとき、会場の入口から、森島の呆れ声が聞こえた。

「また喧嘩か。ええ加減にせえよ」

羊子は肩で息をついて目を伏せた。一緒に下着を作り始めてから今日まで、何度、喧嘩別れ寸前までいったか知れない。

森島は会場に入ってくるなり、羊子と篤子に一部ずつ新聞を手渡した。

「まあ、これを見て、いったん休戦や」

毎日新聞の夕刊だった。

「駅の売店で買うてきた。出てるぞ、広告」

「ほんまッ？」

飾りつけに夢中で、記憶から飛んでしまっていたが、個展の告知広告の掲載が今日だった。羊子も篤子も立ったまま、ばさばさと音を立てて新聞を開いた。

それは三行広告がびっしりと並ぶ左下の角にあった。縦は三段分、横は十三センチ。四角い枠の中に「Wアンダーウェア展」という書き文字が斜めに配され、下着姿の女性の絵が載っている。絵も文字も羊子が描いて、完全版下にして新聞社に持ち込んだのだ。

「Wアンダーウェア展」はウーマンのWに、二人展の意味を兼ねた。枠の下の方には鴨居羊子と小野寺篤子の名前が並び、さらにチュニック制作室と記載されている。チュニックとは、古代ギリシャやローマのゆったりした衣服のことで、新会社の名前だ。

「こうなると、いよいよ実感が湧くね」

羊子がつぶやくと、森島が紙面をのぞき込んで、ページの左上端を指さした。

「ここに、高校野球の強豪チームの紹介が出てるやろ」

それは連載らしき囲み記事だった。

「その隣、見てみい。おかしないか」

そこには「夢去りぬヌード喫茶　抜き打ちに大ムクレ」という見出しがあった。太ももあらわな女性がふたり、コーヒーを運んでいる写真も載っている。

「ヌード喫茶？」

「裸同然のウェイトレスがいる喫茶店や」

記事によると、ヌード喫茶はミナミの繁華街で生まれ、たちまち大評判になったという。閉店した普通の大型喫茶を居抜きで借りて、女性従業員を半裸にするだけで男性客が押し寄せる。そのため真似する店が続々と開店して、今や四十軒にのぼるという。

その結果、過当競争が起きて、半裸が全裸に近づいていた。だが風俗営業の許可を得ていないために、大阪府警の摘発を受け、「裸はあかん」ということになった。それで経営者も客たちも「大ムクレ」というわけだった。

羊子は笑い出した。

「よりによって清く正しい高校球児の紹介記事の隣に、ヌード喫茶て、あかんやろ」

篤子も大笑いする。

「ほんまや。よりによって、その下の方にチュニックの広告かァ」

さっきまでの険悪な雰囲気は消え、森島が両手を打つ。

「そしたら俺も手伝うから、飾りつけ、一気に片づけてしまおか」

すぐに作業を再開し、終電近くなって、おおむね飾り終えた。後は明日の開店前にと決めて、羊子は帰り支度を始めた。すると篤子がキキースリップを五枚、押しつけてきた。

「襟ぐりのレース編み、仕上げてきて」

キキーはパリの画家たちに愛されたモデルだ。その名を冠したスリップは、男性用のランニングシャツの丈を長くして、ダーツで立体的にしたような、シンプルな形だった。

丸い襟ぐりを一周するレースがポイントになる。それは手編みでなければならない。既成品のレースでは、襟元がごわつく。羊子は着心地についても、こだわりがあった。

キキースリップは刺激的すぎず、一般受けがいい。すでに、そごうの女子社員たちから社員割引で予約が何件も入っている。デパートガールは毎朝、出勤してくると、ロッカールームで制服に着替える。そのときに、しゃれたスリップを自慢し合いたいらしい。

そのために篤子は、今晩中に五枚、仕上げてこいと言うのだ。一枚でも多く売って、現金が欲しいのは、羊子にもわかっている。疲れてはいるが、今夜は夜なべするしかない。

篤子からスリップを受け取ると、森島が買ってきてくれた新聞とともに、愛用の紙袋に突っ込んで帰路についた。


翌朝十時、鼻にかかった女性の作り声で、店内にアナウンスが響く。

「十二月九日、午前十時、心斎橋そごう、開店のお時間でございます」

続いて「ジングルベル」が軽快に流れ始めた。二年前に美空ひばり、江利チエミ、雪村いづみの三人娘が、それぞれ日本語の歌詞でレコードを出して以来、人気のクリスマスソングだ。歳末商戦の雰囲気が盛り上がる。

羊子は緊張した。ここで評判になって売れてくれないと、大きな借金を背負うことになる。会場費、デザイナーへの謝礼、新聞広告の掲載料、チラシや葉書の印刷代、それに東洋レーヨンの反物代。それらが支払えるかどうかは、この個展の成功にかかっている。

開店早々、福田定一が取材に来てくれた。会場を見てまわるなり、笑顔で言った。

「鴨ちゃん、えらいもん、こしらえたな。これは前衛芸術や。鴨ちゃんは抑圧された女性を、下着で解放しようとしてるんやな」

たしかに、そういうねらいはある。子供のころから母に「女の子だから」「お姉さんだから」と口うるさく言われなければ、下着を作ろうなどとは思わなかった。それでいて「女性解放」と大上段にかまえて訴える気もない。

「福さんに芸術て言うてもらえるのは嬉しいけど、まあ、実用品や。女の人が、おしゃれして楽しんでくれたら、それでええし」

初めて舶来物のガーターベルトを買ったときに、わくわくした。それを身につけた朝には、今日一日、元気に働こうと、気持ちが前向きになった。そんな効果をチュニックの下着にも込めたかった。その結果「女だから」という押さえつけを、それぞれの心の中だけでも乗り越えてもらえたら嬉しい。

そんな話をすると、福田はメモを取った。

「わかった。ちゃんと記事にする。ほかの新聞社のやつらにも取材に来いて言うとく」

おかげで昼近くまで、記者たちの取材が続いた。男性記者が初めてヌード彫刻を見たかのような顔で聞いた。

「これはわいせつではなくて、芸術ですね」

また羊子は、ぼそっと答えた。

「まあ、わいせつでもええけどね」

だが記者たちが帰ると、篤子が言った。

「羊子、もうちょっと愛想ようできへんの?」

羊子としては真摯に対応しているつもりだが、傍目《はため》には無愛想に見えるらしい。

「放っといて。これが、あたいや」

夕刊に記事が出たおかげで、二日目には、ぽつぽつと客が来るようになった。歳末商戦めあての客が、店内のポスターを見て、足を向けることもあった。

母娘らしきふたり連れが来て、娘の方が展示されたパンティスに、甲高い声を上げげた。

「こんなん誰がはくんやろ。いやらしい」

それでいて興味津々で、次から次へと触って歩く。母親の方は娘の腕を引っ張って、出口に向かおうとする。

「こんな下着、はしたない」

ふたりが出ていった後には、羊子は塩でも撒きたい気分だった。

それでもターゲットにしている女将やマダム風の客が現れて、何点も予約してくれることもあった。

三日目、四日目になると客足が減った。会期は六日間で、あと二日しかない。問屋や小売店にも来てもらいたいが、それらしき客は見当たらない。

すると森島がラジオ局に話をつけてきて、五日目の午前中に、羊子は生放送の番組に出演した。しゃべり慣れないながらも、アナウンサーに促されて、チュニックの下着の魅力を語り、来場を呼びかけた。

昼近くに会場に入ると、午前中から来ていた篤子が言った。

「さっき、あんたを訪ねて、えらい男前が来たよ。『鴨居羊子さん、いつ来ますか』って聞くから

『お昼ごろには』って答えといたけど。あんな男前、どこで捕まえたん?」

少し嫌味っぽく聞きながら、篤子は会場の入口を指さした。

「あ、また来た。さっきの男前」

そちらに目を向けたとたんに、羊子は凍りついた。玲だったのだ。こちらに向かって一直線に歩いてくる。

新聞社の退職が発覚して以来、いまだ美容師の制服を作っていることになっている。なのにどうして、ここがわかったのか。下着の個展など見られて、どう言い訳すべきか。

戸惑いで固まっていると、玲は目の前まで来て、ふいに赤い薔薇を差し出した。ひょろりと心もとなげな一輪が、セロファンにくるまれて、赤いリボンで結んである。

「ようちゃん、初個展、おめでとう」

意味が呑み込めない。もし知られたら罵倒されると覚悟していた。玲は会場を見渡して、照れ気味に言った。

「かっこいいよ」

耳を疑った。弟に誉められたことなどない。美容師の制服のデザインも「つまんないアルバイト」と減らず口をたたかれた。

羊子は動転しつつも薔薇を受け取った。感覚のいい弟だから、この個展の意義を理解してくれたのかもしれなかった。だが礼を言うより先に、疑問が口から出た。

「なんで、ここが、わかったん?」

玲は肩をすくめた。

「ようちゃんが置いてった新聞に、広告が載ってたじゃないか」

羊子は迂闊だったと気づいた。オープニング前日に、森島からもらった新聞を家に持ち帰り、そのまま忘れていた。

「もしかして、あの広告、お母さんも見た？」

「どうかな。でも、ようちゃんが下着を作ってるのは、知ってると思うよ」

「な、な、なんで？」

「お母さん、編んでたじゃないか。ようちゃんが持って帰ってきたやつ」

もはや迂闊どころではない。

オープニング前夜、キキースリップを持ち帰り、猛烈な眠気と戦いつつ、襟ぐりのレースを編み始めた。

目が覚めたときには、五枚すべて編み上がっていた。いつ編んだのか不思議な気がしたが、とにかく個展初日の朝だけに、あれこれと頭がいっぱいで、深く考えなかった。

でも、あの眠気の中で、五枚も完成できるはずがなかった。母も手先は器用だが、どんなつもりで編んでくれたのか。キキースリップは刺激的でないから、美容師の制服づくりの一環とでも思ったのか。それとも母も新聞広告を見て、何もかも納得ずくだったのか。

黙り込んでしまった姉に、玲が言った。

「じゃ、僕は、これで」

羊子は、われに返って、ようやく礼を言った。

「ありがとう。来てくれて。薔薇も」

玲は出口に向かいかけ、ふいに足を止めて振り返った。

「洋服をデザインしたがる女の人は、いっぱいいるけどさ、下着のデザインなんて、ようちゃんだけだよ」

そして、ぽつりと言い添えた。

「個展、先を越されちゃったね」

幼いころの「ようちゃーん、待ってよー」が耳の奥で聞こえた。

弟が理解してくれたのは嬉しい。でも先を越したつもりはない。それより母が気がかりだった。母に感づかれる機会は前にもあったのだ。羊子は弟の背中を見送って、その日のことを思い返した。

東洋レーヨンから染め上がった反物が、篤子のアパートに届き、縫製作業が佳境に入ったころだった。

羊子は窓際にあるミシンを全力で踏んで、スリップの脇縫いをしていた。篤子の方は、畳の上に反物を広げ、パンティスの裁断をしていたが、ふいに手を止めて聞いた。

「あんた、ガーターの金具の支払い、どうすんの？　今日までやで」

羊子は返事もせずに、ミシンを踏み続けた。一気にスリップの裾まで縫い終え、糸の始末にかかる。

「なあ、羊子、あんなにぎょうさん、注文してしもうて。もうちょっと大きいのやったら、問屋で安く買えたのに」

部屋の隅には、ずっしりと重い木箱が鎮座している。大阪雑貨金属から届いた金具が詰まっており、すべて使いきるには、そうとうな数のガーターベルトを作らねばならない。

羊子は腹立ちを抑えて答えた。

「そんなこと言うたかて、あの大きさやないと可愛くない。あたいのこだわりなんやから放っといて。午後には行ってくるし」

「行くて、どこへ？　借金の当てでもあるの？　今日、支払いできへんかったら、個展どころやない。チュニック、潰れるよ」

そんなことは百も承知だが、今は金のことは脇に置いておいて、とにかく制作に集中したかった。大阪雑貨金属に待ってもらうしかないが、やいのやいの言われると腹が立つ。

羊子はスリップの、もう片方の脇を勢いよく縫い始めた。そのときアパートの玄関がノックされた。篤子がミシンの騒音に負けじと、大声で答えた。

「どうぞ、鍵、開いてますよ」

羊子の背後で、玄関扉が開く気配がした。座敷と玄関の間は、古風な長暖簾《ながのれん》が下がっているだけだ。篤子が怪訝そうに聞く。

「どなたさん、ですか」

すると聞き慣れた声が返ってきた。

「鴨居羊子の母でございます。いつも娘が、お世話になっております」

全身が総毛立ち、ミシンを踏む足が止まった。「なぜ母が？」と、あまりの衝撃で振り返ることもできない。その背中に、篤子が呼びかけてくる。

「羊子、お母さんやで。羊子ったらッ」

さすがに無視はできず、ミシンの椅子から立ち上がった。そして篤子が裁断していた反物を蹴飛ばし、六畳間を突っ切って、両手で長暖簾をかき分けた。

母は普段通りの小袖姿で、風呂敷包みを抱えて、狭い玄関に立っていた。羊子は、つっけんどんに聞いた。

「何?」

すると母は低い上がり框《がまち》に膝をついて、篤子に向かって頭を下げた。

「これ、お昼に」

篤子も慌てて膝をつく。

「そ、そんな、お気づかいなく」

「いえ、たいしたものじゃありません。お弁当を作ってきたので」

篤子が戸惑い顔で羊子を見上げる。羊子は、ぶっきらぼうに言った。

「もろといて」

そして暖簾から手を離して、ミシン台に戻った。途中で、さっき蹴飛ばした裁断中のパンティスを、さらに丸めて部屋の隅に投げた。母に見られるわけにはいかない。

母は篤子と何度も挨拶を交わしてから、廊下に出ていった。階段を降りていく足音がする。羊子がミシンを再開しようとしたときに、背後で篤子が甲高い声を上げた。

「羊子、見てッ、お金が入ってるッ」

振り返ると、篤子は弁当の風呂敷をほどいたところだった。握りしめた茶封筒から、何枚もの千円札が顔を出している。篤子は大急ぎで数え始めた。

「七、八、九、十。十枚あるッ。一万円やッ。金具の代金、払えるよッ」

いかにも嬉しそうに茶封筒を胸元に当てて、玄関を振り返る。

「羊子のお母さん、ほんまに、ええお母さんやね。娘のために、こんなお金を」

羊子は思わず声を荒立てた。

「そんなん、あたいが稼いだお金やッ」

篤子も声高に言い返す。

「そんな言い方ないやろ。あんたが稼いだとしても、苦労して貯めたんは、お母さんや」

羊子が言い返せなくなると、篤子は、もう相手にしないとばかりに、手早く弁当の紐を解いた。蓋が反り返った経木《きょうぎ》の箱で、駅弁の空き箱を洗ったものらしい。

厚焼き卵や治部煮が、彩りよく詰めてある。金沢にいたころ、正月になると輪島塗の大きな重箱に収めて、年始客に出した料理だ。それが今は使い古しの箱に入っている。

「羊子、とにかく食べよ。美味しそうやで」

そう言われて、ミシンの椅子から立ち上がった。そのとき、小さな窓枠で仕切られたガラス越しに、母が階下の玄関から出ていくのが見えた。

普段着の小袖が、外では、ことさら色あせて映る。昔は外出といえば、母は絹物のよそ行きを桐簞笥から出して、いそいそと袖を通したものだ。輪島塗の重箱が駅弁の空き箱になり、着物も昔との落差が哀れだった。

だが、そんな感傷は一瞬だった。それよりも弁当や金にかこつけて、娘の行動を見張りに来たようで腹立たしい。どうやって、ここがわかったのか。心配性な母だから、娘が悪事に手を染めているのではないかと、尾行でもしたのか。だとしたら、その執念が恐ろしい。

ただし何を作っているかは見られていないはずだった。美容師の制服だと伝えてあるのだから、それで通せばいいと、自分自身に言い聞かせた。

その後、羊子は母の柳行李《やなぎごうり》から、ダイヤの指輪が消えているのに気づいた。

金沢から引っ越してくる際に、輪島塗の重箱はもちろん、九谷焼の大皿や小鉢、大樋焼の茶碗まで売り払った。

父の死後、玲には内緒にしていたが、家には蓄えどころか、借金まであったのだ。兄の戦死が明らかになったときに、父は分不相応なほど派手な葬式を出した。まだ日本中が食うや食わずの時期だったのに。

それを返すためには、何もかも売り払うしかなかった。個々の品物は買いたたかれはしたが、まとまった量があったので、それなりの値段にはなった。

そのとき母が指輪の小箱を開いて見せた。

「これも、お道具屋さんに引き取ってもらおうかしら。それとも専門の宝石屋さんに持ち込む方が、いいかしらね」

それは結婚するときに、まだ薄給の身だった父が、なけなしの金を出して買ってくれたというダイヤモンドだった。決して大きくはないものの、母には大事な品だ。羊子は首を横に振った。

「まだ持っといたらええやん。いざというときのために」

そのまま売らずにいたはずだった。

羊子は、もういちど柳行李の奥まで探したが、見つからない。もしかして篤子のアパートに持参した一万円は、あの指輪を手放した金ではなかったか。母にとって「いざというとき」が今だったのか。弁当の材料費も、そこから出したに違いない。

それでも下着づくりは気づかれていないと信じた。どうしても母には知られたくなくて、そう思い込もうとしたのだ。なのに玲から知らされた。キキースリップのレースを、黙って編んでいたと。

羊子はグリム童話集にある、靴屋の老夫婦の物語を思い出した。善良で貧しい夫婦のもとに、夜毎、小さな妖精たちが現れては、靴を仕上げてくれる話だ。羊子のところには、年老いた妖精が来てくれていたのだ。

母は金沢当時からの落差に、いちどたりとも文句を言ったことがない。昼間は家事と内職に精を出し、羊子の少ない給料で、せいいっぱいやりくりしてくれている。そんな状況で、夜なべのレース編みまでしてくれたのだ。

なのに羊子は感謝しない。金と、心づくしの弁当を持ってきてくれた母に向かって、「何？」と、いかにも邪険な言葉を投げつけた。それでも母は何も言わない。それが申し訳なくて、ぽろりと涙がこぼれた。

そんなことを思い出したのも束の間、個展最終日はラジオ告知のおかげで、来場者が急増した。続々と予約注文が入り、羊子も篤子もてんてこ舞いになった。

午後には大口の注文も入った。どう見てもおしゃれな下着には無縁そうな、小太りの中年男がダミ声で言ったのだ。

「ねえちゃん、このエロパンツ、五十枚ほど頼むわ」

それは前だけ隠して、後ろは紐状のぺペッティだった。

「あと、このすけすけのシミーズな、尻が見えそうな短い丈で作ってくれるか。やっぱり五十枚、欲しいんやけど」

それはフィフィスリップと名づけた、もともと丈が短めのものだった。

「もちろん、作りますッ」

羊子は直立不動で答え、名刺を受け取って合点した。ヌード喫茶の経営者だったのだ。名前は山田市太郎と書いてある。

「わしな、ヌード喫茶、五軒、持ってんねん。けど、ここんとこ警察がうるそうてな。とにかく女の子に何か着せんと、あかんようになってしもうた」

羊子は名刺を手にしたままで聞いた。

「ヌード喫茶って、もしかして毎日新聞に出てた『大ムクレ』の、あれですか」

山田は自慢げに胸を張った。

「そうや、写真、出とったやろ。あれ、うちの店や。新聞の人が写真を撮るゆうんで、とりあえず女の子に服、着せたけど、あんなん着とったら、もう、お客さん来えへんわ」

困っていたところ、同じ紙面にチュニックの広告が出ていたので、早く来ようと思いつつも、最終日になってしまったという。

「このシミーズ、おっぱいが透けて見えるし、尻も見え隠れする。真っ裸より助平心をそそるかもしれん。よろしゅう頼むわ」

フィフィスリップとぺペッティ五十組で十万円もの売り上げになる。ヌード喫茶の制服を作るとは、母が知ったら卒倒ものだが、ここは儲けどころだった。

山田はクリスマスイブまでに納品してくれと、二万円の手付金を置いていった。二十五日の給料日から年末までが、かき入れ時だという。

閉店間際に、もうひとりヌード喫茶の経営者が来た。なかなかの男前で、がっしりした胸板に上背もあり、高そうな背広がよく似合う。ワニ革の名刺入れから出した名刺には「白薔薇館社長　大崎修一」とあった。

大崎はブラジャーとペペッティを対にして、やはり十万円ほどの注文をした。

「できるだけ早く欲しいんやけど、二十二日ぐらいまでに持ってきてくれへんか」

同じワニ革の札入れの中を、ちらりと見て、太い眉をひそめた。

「あ、手持ちがない。こんなにええ衣装があるとは思わんかったさかい、内金、用意して来えへんかった。二十二日に全額、品物と引き換えでもええか」

断るという選択肢はない。山田の注文と合わせて二十万。それに個人客の予約を加えれば、三十万円ほどになる。それだけあれば会場費から新聞広告代まで、何もかも支払って余りある。

とてつもない量を短期間で作らなければならないが、羊子は二十二日の納品を約束した。大崎は名刺入れや財布と揃いのワニ革の手帳に、日時を書き入れた。

終了後の片づけは展示品だけ外し、解体業者への指図は、森島が引き受けてくれた。

それからは大車輪で制作を開始した。何かといえば篤子と口論になったが、とにかく注文をこなさなければならない。腹立ちを抑えて裁断し、全力でミシンを踏み続けた。

二十二日の納品は、三時という約束に合わせ、羊子ひとりで大荷物を抱えて出かけた。

白薔薇館は居酒屋の二階にあり、まだ開店前だった。閑散とした店で声をかけると、蝶ネクタイの店員が出てきたので、社長を呼んでもらった。すると大崎修一が三階から軽い足取りで降りてきて、不思議そうに聞く。

「あれ？　今日やった？」

ワニ革の手帳を開いた。

「やっぱり明日や。二十三日のところに、下着納品日て書いてある」

羊子は首を傾げた。たしか二十二日と聞いた記憶がある。だが自分の欠点もわかっている。集中力はあるが、それが過ぎて大事なところが抜けてしまうのだ。今度も、やらかしたかと思った。

「とにかく、できたんなら、見せてもらおか」

大崎に促されて、急いで荷物を開いた。色とりどりのブラジャーとペペッティが現れる。大崎は口元を緩めた。

「ええな、これなら女の子も大喜びするわ。今日から着せたろ」

そう言いながら、背広の左袖を少したくし上げて、金ピカの時計を見た。

「あかん、もう銀行、閉まってる。明日、もういっぺん来てくれるか。明日なら、間違いなく全額、揃えとくわ」

ここまで来て嫌とは言えない。店もわかっており、逃げられる心配もない。そのまま品物は置いていくことにした。

翌日は篤子がついてくることになった。

「羊子ひとりやったら、誤魔化されそうや」

ふたりで白薔薇館を訪れると、昨日の蝶ネクタイの店員が、「三階の事務所に行ってくれ」と言う。

三階まで上がって扉を開けると、そこは別世界だった。応接セットも巨大な机も、いかにも高級調度品で、よほど儲かっているらしい。だが大机の向こうに現れた大崎は、また不思議そうな顔をした。

「どなたさん？　何のご用ですか？」

羊子は冗談かと思いつつも、まともに名乗った。

「チュニックです。下着の集金に来ました」

「チュニック？　下着？　何のことですか」

何をとぼけているのかと、少々、腹が立ってきた。

「昨日、ブラジャーとペペッティ、置いていったやないですか。その代金、耳を揃えて用意しておくて、昨日、はっきり」

言葉の途中で、篤子が袖を引いた。大崎の背後に、人相の悪い男たちが、ぞろぞろと現れたのだ。真冬というのに、上着の下は腹巻き一枚で、胸元の入れ墨が見え隠れする。よく見ると、小指が半分ない男もいた。

篤子が耳元でささやく。

「あかん、帰ろ」

羊子は首を横に振った。

「帰られへん。お金、もらわんと」

　すると坊主頭にサングラスの男が、腹巻きの間から短刀を取り出した。おもむろに鞘《さや》を抜き払うと、銀色に輝く刃が現れた。

「ねえちゃん、えらい威勢がええな」

　ねっちりした口調で言ってから、舌で刃先を舐めた。足がふるえ出す。もういちど篤子がささやいた。

「うちは店やってたから、わかるけど、ほんまにあかんよ、これは。逃げるしかない」

　そう言うなり、背後のドアに向かって突進した。羊子は置き去りにされまいと、全速力で後を追った。

　表通りまで走り、無我夢中で路面電車に飛び乗った。逃げおおせたと安堵するなり、恐怖と悔しさで涙が出た。だが篤子が、追い討ちをかけるように文句を言った。

「どこまで人がええんや。あんなやつ信用して。あんたはとことん、お嬢さん育ちやな。お母さん見たら、わかるわ」

　親のことを言われると、余計に腹が立つ。

「親は関係ないやろッ。どうでもええこと言わんといてッ」

「けど、あれだけの下着を作るのに、どれだけ頑張ったかッ。それを、あっさり騙し取られて、阿呆や。とことん阿呆や」

　さすがに、その夜は作業に戻る気になれず、篤子とは梅田で別れて、いつものドブロク街の居酒屋に向かった。

するとと森島が、大柄な坊主頭の男と差し向かいで呑んでいた。もしや、その筋かと、たじろいだが、すぐに手招きされた。

「おお、ええとこに来た。紹介するわ。今東光さん。小説家のお坊さんや」

東光は人なつこそうな笑顔を向ける。本物の坊主であったかと、羊子は気を取り直して酒席に加わった。すると東光が聞いた。

「なんか、あったやろ」

泣いたことを見抜いたらしい。羊子が、うつむいてうなずくと、話を促された。

「話したら、楽になるかもしれへんで」

羊子は普段、ひとりで何もかも抱えて、よほど慣れた相手でなければ、心を開かない。だが僧侶のせいか、初対面にもかかわらず、今日の顚末を一切合切、打ち明けた。

聞き終えるなり、森島が音を立てて椅子から立ち上がった。

「それ、どこや。俺が金、取ってきたる」

東光が、なだめにかかった。

「まあ、待て。チンピラのひとりやふたりやったら、わしが脅しつけたるけどな」

昔は、さんざん無茶をやったという。

「けど話を聞く限り、それは、どこかの組の事務所やな。関わると面倒やで。この子が無事に帰ってきただけでも、よしとせなあかん」

もう一軒、納品があると話すと、東光が言った。

「そこも女の子だけで行ったら、なめられるさかいに、わしらが代わりに行ったろか」

山田市太郎は手付金を出している。それに新聞記者が取材に行って「大ムクレ」の記事を書いたくらいだから、よもや、たちの悪い店ではないとは思う。それでも念のため、男ふたりに任せることにした。

約束のクリスマスイブに、森島は篤子のアパートに現れた。

「手付の二万円を引いた残りの八万円や。山田社長、フィフィスリップもペペッティも、えらい気に入ってたぞ。裸よりええて」

輪ゴムでくくった千円札の束を、森島はポケットから出した。篤子は、先日の罵倒が嘘のように上機嫌で受け取り、四十枚ずつ分けて、片方を羊子に差し出した。

「ここから、いろんな支払い分を出すけど、まずは折半で持っとこ。これだけでも売り上げが手に入って、ほんまに首がつながったわ」

羊子は黙って受け取り、四十枚に輪ゴムをかけ直した。

「羊子、ちょい待ち。あんた、それ、いつもみたいに紙袋に突っ込む気やないやろね」

「大丈夫、お財布、買うつもりや。梅田の阪急で、目星つけてあるねん」

「お財布だけやなくて、それ入れるハンドバッグも買わなあかんよ」

相変わらず羊子はバッグを持たず、何でも紙袋に突っ込んで持ち歩いている。

「大丈夫、ちゃんと考えてあるから」

とにもかくにも大口注文が片づき、後は個人の予約分だけになった。年内に頑張れば正月が迎えられそうで、クリスマスイブは作業を早じまいにした。

森島は駅に向かって歩きながら聞いた。

「教会、行かんでええんか。クリスマスやで。いちおうクリスチャンなんやろ」

「もう何年も行ってへん。エセ信者や」

「そしたら、ちょっとだけ呑んでくか。けど今夜は四万円も持ってるんやから、早めに帰ったほうがええで。それに阪急が閉まる前に、財布、買わんとあかんのやろ」

そういって阪急百貨店の閉店間際まで、梅田のドブロク街で呑んで別れた。気づけば雪がちらついていた。羊子はオーバーコートの襟元をかき合わせ、ひとり言をつぶやいた。

「教会、か」

いつか結婚することがあったら、教会で挙式したい。とっくに諦めていたのに、森島を意識すると、白いウェディングドレスへの憧れが胸に湧く。でも森島からは結婚の意思は感じられない。夢は夢でしかなかった。


翌朝、家で目を覚まして、昨夜の四万円を銀行に預けに行こうと思い、買ったばかりの財布を開けた。だが入れたはずの千円札四十枚がなかった。どこかに移したかと、あちこち探したが見当たらない。

「お母さん、あたいの財布、さわった?」

大声で聞くと、母が台所から返事した。

「さわりませんよ、あなたのお財布なんか」

「玲は?」

「玲は、あなたが帰って来る前に寝て、まだ寝てるんだから、さわるわけがないでしょ」

ならば四万円は、どこに行ったのか。羊子は昨夜の記憶をたどった。

あれから小雪の舞う中、阪急で目当ての財布を買った。濃いピンク色で、頑丈そうなチェーンがついており、ジーパンのベルトに括りつけられる。これならハンドバッグを買わなくても、引ったくられる心配がない。

人前で大金を出しては危ないと思い、わざわざ女子トイレに入って、四万円を財布に収めた。さらにチェーンの端のフックを、しっかりとベルト通しに引っかけ、財布本体を尻ポケットに押し込んだ。

それから、いつものように梅田駅から阪神電車に乗った。アパートの最寄りの香枦園駅に着いたと気づいて、慌てて座席から立ち上がった。どうやら寝入っていたらしい。

そこまで記憶をたどって、はっとした。立ったときに、財布のチェーンが伸び切って、膝のあたりまで落ちたのだ。急いで引き上げると、ファスナーが開いていた。なんて不用心と自戒しつつ、そのままファスナーを閉じて尻ポケットに戻した。

寝起きで頭がまわらず、早く降りようと気が急いて、深く考えもしなかった。だが、あのとき、すでに盗られていたに違いない。

羊子は家を飛び出し、朝の寒気の中、白い息をはきながら香枦園の駅前まで走った。交番に駆け込んで事情を訴えると、警官が羊子の財布を見て、鼻先で笑った。

「そんなごっつい鎖がついてたら、さぞ大金が入ってるて誰でも思いますわな。現金だけ盗られたんなら、まず出てきませんよ」

羊子は目の前が暗くなった。どうしよう、どうしようと膝がふるえた。なんと迂闊なのか。

そのまま重い足を引きずって、篤子のアパートに向かった。どれほど罵倒されるかと覚悟していたが、意外なことに篤子は静かに応じた。

「羊子、チュニックの商売は当たると思う。けどな、それまで付き合いきれへん。あんたは発想力や集中力はすごいけど、大事なとこが抜けてる。一緒に仕事してたら、うちが変になってしまうわ。今まで何度も辞めようと思うたけど、今度こそ、これきりや」

篤子は自分の財布から、千円札をわしづかみにし、二十枚を数えて突き出した。

「これ折半。あんたは、これでチュニック続けたらええ。残りの二万円は、うちの退職金や。四万円丸々もらう権利はあるけど、これは、うちからの最後の心づかいや。うちにある反物や材料は、森島さんと一緒に取りに来て。それを最後にしよ」

これで羊子は、頼りになる相棒とともに作業場も失う。未練が生じたが、篤子の決意は固く、引き止められなかった。

ふたたび重い足を引きずって、森島のアパートを訪ねた。泣いて胸に飛び込んで、なぐさめてもらいたかった。しかし愛しい男の顔を見るなり、甘えは消えて覚悟が定まった。

「ちょっとの間でええから、アパートで作業させてもらえへん?」

「どないした? 何があった?」

「昨日のお金、盗られて、篤子に見限られてしもうた。まだ個人客の予約品、作らなあかんのに、作業する場所がない」

篤子から受け取った二万円を見せた。

「これで、まずミシンを買う。予約品を作れば代金が入ってくるし、できるだけ早く仕事場を借りる。それまで少しの間、アパートを使わせて欲しい」

森島は驚きはしたが、すぐにうなずいた。

「わかった。俺が出かけてる昼間、使たらええ。ただし作業場を借りるなら、街なかにせえよ。名刺の住所が信用になるさかい」

以来、なしくずし的に、森島をチュニックに引き入れた。それが羊子にとって、せいいっぱいの甘えだった。

兄が二十歳そこそこで戦死し、父が五十七歳で他界した。以来、羊子は家族を養わねばと、ひとりで頑張ってきた。森島は家族になってくれそうにない。ならば今まで通り、自分が頑張り続けるしかなかった。


昭和三十年の末から年明けにかけて、羊子は無我夢中で予約の下着を作り、一月九日には新しく借りた仕事場に入居した。

心斎橋筋と周防町通りの交差点の東角に、松原ビルという古い木造二階建てがある。裏手の狭い路地を入ったところが入口だ。ぎしぎしときしむ階段を昇って、二階の薄暗い廊下を進んだ突き当たりが、羊子の借りた小部屋だった。もとは電話の交換台があった場所で、広さは一坪、畳二枚分しかない。

古びたビルの中には、そこはかとなくアールデコの香りがした。はがれかけた床のピータイルは白黒市松柄だし、曇りガラスには蔦模様が刻まれている。その匂いに惹かれて、一階の路面店はテイラーで、二階に並ぶ部屋には、得体の知れないデザイナーが何人も入居していた。

一坪きりのチュニックの仕事場は、作業台と椅子二脚でいっぱいになった。客はひとりしか入れない。作業台も小さくて、裁断のときは黒い曲線ボディのミシンを床に置き、縫うときには持ち上げなければならない。

それでもアパートではなく、雑居ビルなのが、いかにも会社らしくて、羊子には嬉しかった。

しかし予約品が片づくと、ぱたりと仕事は途絶えた。羊子は洋品店や小物の店を訪ね歩いて、商品を置いてもらえないかと営業にまわった。しかし軒並み断られた。

どれほどしゃれた店でも、下着は白という固定観念から抜け出せない。色ものは下品だと決めつけられる。羊子は自信作のスリップを広げた。

「この逆V字のブルーとピンクの配色、ええと思いませんか」

すると女性店主は腕組みをして答えた。

「デザインとしては悪ないけど、これは下着の色づかいやないわね」

生粋の大阪商人なら、ここで「ほんなら、また来てみます」と愛想よく引き上げるところだが、羊子にはできない。理解されない不満が、もろに顔に出てしまう。その結果、いよいよ販路は広がらなかった。

個展で注文してくれた客に、季節ごとに案内状を送ると、松原ビルの一坪部屋まで足を運んでくれた。彼女たちは「この形で、この色」と指定し、羊子は、ほぼオーダーメイドで応じた。それが唯一の収入源だった。

小売店の営業に出るのが、とことん嫌になったころに、今東光が一坪部屋に現れた。

「儲かっとるか」

羊子は首を横に振った。

「あかん。売ってくれる店があらへん」

「あんたの下着のよさがわからんとは、阿呆ばっかりやな。わしはセンスには自信がある。今でこそ坊主やっとるけど、若いころは画家志望やったんやで」

「へえ、うちの弟も画家志望や」

話しているうちに東光は関西学院の中学で、玲の大先輩だとわかった。

「わしは女の子と付き合うたのがバレて、放校になったよって、卒業はしてへんけどな」

「うちの弟も卒業してへんよ。金沢に転校したさかいに」

羊子は、いつも持ち歩いている写真を見せた。一枚は本人のスナップ、ほかは玲の自画像と観音像の複写だ。

「ほー、ごっつう美男子やな。絵も悪ない。歳、いくつや?」

「二十八」

「まだ姉ちゃんに食わしてもろてるんか」

「まあ、そういうことです」

羊子は溜息をついた。

「スタイル画を教える仕事も休みがちやし、ときどき家で大暴れするんや」

「こんな絵を描くくらいやから、いろんなものを抱えてるんやろな。たまには暴れたくもなるやろ」

東光は写真を返した。

「けど、もう三十近いんやから放っとけ。本人も姉ちゃんに食わしてもらうのは嫌やろ」

「放っておかれへん。駄目な弟やけど、絵にだけは真面目なんや。そやから妥協もできへんで、暴れるんやと思う。あたいが下着の仕事を始めたのも、もともと弟をパリに行かせたかったからやし。そやから下着が売れへんのが困ってる」

「そうかァ。まあ、あんたの下着も弟の絵も、かならず売れるよ。世の中には目利きがおるし」

そう言われれば、大阪雑貨金属の先代社長や東洋レーヨンの重役など、何人もの目利きに助けられてきた。羊子は背筋を伸ばした。

「東光さんと話すと、気が楽になるわ」

「そうか。そう言われると、こっちも坊主冥利につきるで」

東光は笑いながら太い腕を組んだ。

「あんた、いっそ見ためを変えたらどうや。商売の運も変えられるかもしれへんで」

愛想なしだからこそ、第一印象で勝負しろという。

「思い切って、頭、丸めたらどうや。尼さんの坊主頭、ごっつうエロチックやで。丸坊主やなくても、えらい短い髪の毛してる女の人、見たことあるけど、案外、しゃれてるで」

「いや、尼さんはあかん。あたいは、いちおうカトリックの洗礼、受けてるし」

東光は意外そうに聞いた。

「へえ、代々そうなんか。親は、どこの出や」

「親は九州の平戸やけど、家族で信者は、あたいひとりや」

「平戸か。平戸は昔、南蛮貿易の港やったから、先祖に宣教師でもおったかもしれんな」

戦国の昔から、平戸はポルトガルやスペインとの貿易の拠点だった。

「あんたが洗礼を受けたんも、先祖の血に呼ばれたんやないか。そういうたら、弟の顔もやけど、そのグラマーなボディは日本人離れしとる。きっとバテレンの血が入ってるで」

「バテレンって、神父さんは今も昔も女人禁制や」

「いや、わからんで。わしみたいな生臭坊主は、古今東西、かならずおるしな」

ふたりで大笑いになった。

そんな一方で、森島も営業に行ってくれた。個展の新聞記事の切り抜きや、見本の下着を帆布鞄に詰めて、問屋や百貨店をまわったが、反応は鈍かった。

羊子は個人客のわずかな注文に応じつつ、必死に綱渡りを続けた。資金繰りに困りきって、高利貸しに頼ろうとすると、たまたま訪ねてきた客が、ぽんと貸してくれたりする。羊子は拝むようにして受け取った。

すると今度は産経新聞の福田定一が、一坪部屋を訪ねてきた。

「鴨ちゃん、忙しいか」

「ぜーんぜん」

「そんなら短編小説の原稿、読んで欲しいんやけど。新人賞に応募しよう思うてるねん」

題名は「ペルシャの幻術師」、ペンネームは司馬遼太郎とあった。

「へえ、変わった名前やね」

「昔、中国に司馬遷いう歴史家がおったんや。遼太郎の遼は、モンゴルにあった国の名で、『はるか』て意味もある。僕は司馬遷には、はるかに及ばんゆう名前や」

羊子は原稿を読み始めた。その間、福田は大きな鼈甲枠の眼鏡を何度も持ち上げながら、緊張の面持ちで椅子に座っていた。

それは日本の蒙古襲来と同じころ、砂漠の国を舞台にした不思議な物語だった。蒙古帝国が西進し、ペルシャまで征服したものの、モンゴルの若き王の命をねらう幻術師が現れる。彼らの対決にペルシャの美しき姫が巻き込まれ、最後は洪水が押し寄せて、何もかもが呑み込まれるという筋書きだった。

一気に読み終え、羊子は詰めていた息をはいた。

「おもろい。こんなん読んだことない。新鮮や。これ、新人賞、取れるよ」

大阪外国語学校でモンゴル語を専攻した福田ならではの壮大な歴史物語だった。

「けど、こうした方がええて思うとこないか」

「そやな。強いて言うたら色かな。ちょっと色を強調してみたら、ええかもしれん」

ベージュ色の砂漠を背景に、幻術師の青い衣装がひるがえり、真っ赤な幻術の世界が繰り広げられる。ラストの洪水は黒だ。そうして色彩を際立たせるよう助言した。

「色か。ええな。書き足してみるわ」

羊子は太鼓判を押した。

「こんな小説、今までないし。賞の審査員、これ推さへんかったら、後で大恥かくよ。司馬遼太郎、間違いなく大作家になるわ」

下着の小売店の方は、桜が散っても見つからなかった。羊子は商品には絶対的な自信を持っている。なのに、なぜ認められないのか、はがゆくて悔しい。そのうえ家では玲の大暴れが続いている。

そんなとき、また福田が一坪部屋に現れた。それも息せき切って、飛び込んできたのだ。

「鴨ちゃん、新人賞、取れたッ。あの小説が講談倶楽部賞やッ」

「講談倶楽部」は講談社の人気小説誌だ。羊子は思わず立ち上がった。

「ほんまッ？　福さん、おめでとうッ」

「鴨ちゃんのおかげやッ」

「あたいなんか、何もしてへんよ」

「いや、僕は、そごうの下着の個展を見て、今までにない斬新さを感じたんや。それで思い切って、今までにない小説を書こうと決めた。その仕上げに色のアドバイスや。そやから鴨ちゃんのおかげや」

その夜、早耳の記者仲間や画家くずれが安居酒屋に集まって、さっそく祝杯をあげた。羊子も森島と出かけ、人の輪のただ中で、もみくちゃにされる福田を眺めてつぶやいた。

「うらやましいな」

森島は、くわえ煙草の片頬をゆるめた。

「俺もうらやましい。正直、ねたましいくらいや。ここにいるやつらは、皆、おめでとうて言うてるけど、ほんまは、ねたましないやつなんか、ひとりもおらんやろな」

とはいえ笑顔で祝ってやるのが、大人の振る舞いだと承知しているから、本心を隠しているのだという。

「文屋は誰でも、小説の一本や二本は書けると思い込んでる。一流画家になるて法螺《ほら》吹いてるやつもおる。皆、こんな安酒場とはおさらばして、いつかは別の場所に行こうとねろうてる。俺も、そのひとりやけどな」

絵描きになれる力量がないことは、上野の美術学校のころに、嫌というほど思い知らされたと、ずいぶん前に話していた。

「けどな、俺も、ごっつい作品、作ったる。ええ素材がみつかったし」

「何？　立体造形でもするん？」

「いや、鴨居羊子ゆう素材を、下着デザイナーとして成功さす。それが俺の作品や。そうして、ことは違う場所に行く」

衝撃的な言葉だった。そこまで見込んでくれたかと、一気に胸が熱くなる。封印してきた言葉が、つい口から出た。

「そんなら、いっそ結婚せえへん？」

ずっと夢見てきた。会社も家庭も一緒に進んでいきたいと。しかし森島は、また片頬で笑った。

「せえへん」

「なんで？」

「今まで通り、家のことはお母さんに任せて、おまえは下着に専念せえ。だいいち俺は、四角い部屋を丸くはく女房は要らん」

猛烈にしゃくにさわった。結婚すれば女は家庭に入って、家事をするのが常識ではある。でも森島は違うと信じていたのだ。愛する男が、そんな古い価値観を持っていようとは、思いもよらなかった。

羊子は読売新聞で「下着に色彩を」という原稿を書いたときに、掲載されれば絶対に読者の共感を得る自信があった。なのに上司に拒否されて退職へと奔《はし》った。同じようにチュニックの下着は、売り場に置いてもらえさえすれば、かならず売れると確信している。

それを阻んでいる要素が、森島の結婚観に象徴されていた。羊子は結婚への夢が潰《つい》えると同時に、自分の苛立ちの要因が、そこにあると感じた。

翌日、松原ビルの給湯室で、頭にオキシドールをかぶった。ちくちくと頭皮を刺す痛みに耐えて、銭湯に走り、湯で洗い流した。乾いた髪は少しまだらだったが、ライオンのたてがみのような金髪になった。

森島は一瞬、怯んだものの、平然を装って言った。

「へえ、ええやん」

帰宅すると、母は絶句した。それから、よろよろとふらつき、布団を敷いて寝込んでしまった。だが羊子は今東光の助言通り、これで自分を変えるのだと固く決意していた。

以来、断られても断られても、見本を紙袋に詰めて、小売店への売り込みを続けた。いつか目利きにめぐり会えると信じた。玲の大暴れも忘れたくて、いっそう営業に熱を入れた。

しかし目利きにめぐり会えたのは、羊子ではなく森島だった。松原ビルの階段を音を立てて駆けあがってくるなり、興奮冷めやらぬ面持ちで告げたのだ。

「百貨店に置いてもらえることになった。それも下着売り場ちゃう。特選売り場や」

羊子は耳を疑った。

「とく、せん、うり、ば？　ど、ど、どこの？」

「まずは阪急百貨店や」

「け、けど」

声が裏返ってしまう。

「けど阪急は、前に、断られたて」

すでに森島は百貨店にも営業に行ったが、どこにも置いてもらえなかった。

「直接はあかんかった。けど問屋が入ってくれたんや。三枝商店ゆう一流の洋物屋や」

三枝商店の本店は銀座の老舗だが、大阪支店では小売りはせず、高級品の卸売りだけしているという。

「銀座の本店でも置いてくれるそうや。三枝敏郎ゆう若い社長が、出張で大阪の店に来てて、うちの下着を見せたら、ごっつう気に入ってくれたんや」

翌日、羊子は半信半疑ながらも、森島と一緒に三枝商店の大阪支店を訪れた。

社長の三枝敏郎は、想像以上におしゃれな人物だった。羊子の金髪に、一瞬、ぎょっとした様子だったが、すぐに商談に入った。

「昨日、森島さんに、お話を伺いましたが、少し品物を、お預かりさせていただけますか」

「はあ」

相手が東京人だと思うと、羊子は緊張して、いよいよ素っ気なくなってしまう。だが三枝は気にするそぶりもなく、チュニックの下着を前にして言った。

「こういうの、銀座の女の子たちは好きだと思いますよ」

舶来ものより値段が手頃という点も、評価してくれた。

「うちは、もともと横浜で輸入雑貨の店を開いて、僕で三代目なんです。三代目で店は傾くって、よく言うでしょう」

だからこそ思い切ったことや、新しいことに挑戦しているという。

「銀座の松屋っていうデパートの向かいが、うちの本店なんですけれど、裏手でパーラーもやってるんです。パーラーはカレーが評判でね。その二階が画廊で」

羊子の心が動いた。

「画廊？」

「銀座は画廊が多くて、うちは後発なので、若くて将来性のある絵描きさんに、安く場所を提供してるんです」

おそるおそる賃料を聞くと、銀座とは思えないほど格安だった。

とたんに商売の話は、羊子の頭から吹き飛んだ。いつも持ち歩いている玲の絵の写真を、大急ぎで紙袋の中から引っ張り出した。

「あ、あの、うちの弟、絵描きなんですけど、個展、さしてもらえませんか」

三枝は、まじまじと写真を見た。

「ああ、いい感じだな。ごきょうだいでセンスがいいんですね」

明日まで大阪にいるから、いちど本人に会って、絵の実物も見てみたいという。羊子は天にも昇る心地で答えた。

「わかりました。明日、連れてきますんで、ぜひとも、よろしく、お願いします」

無愛想は吹き飛んで、何度も何度も頭を下げた。

第五章　華なき都パリ

鴨居玲には寝耳に水の話だった。姉は立板に水の勢いでまくし立てる。

「玲、銀座やで。田舎のなんとか銀座とはちゃう。正真正銘、東京の銀座や。銀座で個展なんて、こんなええ話、めったにあらへんよ。料金は格安やし」

「ようちゃん、待ってくれよ。格安って言ったって、そんな金、どこから出るんだよ」

かろうじて田中千代学園が出してくれる給料は、日々の呑み代に消えてしまう。だが羊子は胸を張って言いきった。

「そんなん、あたいが何とかしたる」

今度の三枝商店との取引で、いくらか入ってくるという。

「ここで個展を断ったら、商談も、あかんようになるかもしれへん。お願いやから明日、絵を持って、一緒に来てよ」

玲は気が進まない。しかし母まで乗り気になってしまった。

「やってみたら、いいじゃないの。東京で認められて、絵が売れるかもしれないし」

「嫌だよ。だいいち画廊の下がカレーを出す店なんて、絵に匂いがつきそうだし」

とたんに羊子が憤怒の表情に変わり、つかみかからんばかりに詰め寄る。

「あんた、自分を何さまやと思とん？」

すぐさま母が割って入る。

「羊子、やめなさい」

玲は目を伏せて正直に言った。

「だいいち個展をやるほど、作品がないよ」

「これから描けばええやないの。明日が初日やないんやから」

羊子は両拳を握りしめて言い立てる。すると母が別の案を口にした。

「誰かと一緒にやったら、どう？　二人展とか、そういうの、あるんでしょう」

玲はぶっきらぼうに答えた。

「一緒にやるやつなんか、いやしないよ」

「あの方は、どうなの？　若林和男さん。仲よしなんでしょう。絵の感覚もいいって、いつか話してたわよね」

若林は難波の安居酒屋で、たまたま知り合った洋画家だ。玲よりも三歳下だが、上背があり、早くに父親を亡くしているなど、共通点があって意気投合した。住まいは神戸で、神戸には洋画のグループがいくつかあり、そのひとつに入っている。銀座で二人展をと誘えば、喜んで応じるに違いない。

なおも決めかねていると、羊子は強硬手段に出た。

「そんなら、その若林さんに聞いてみよ。連絡先、教えて」

すぐさま母が腰を上げた。

「前に葉書が来てたわね。あれに住所が書いてあるわよ」

状差しから一枚の葉書を出してきた。羊子が受け取って言う。

「神戸の下町の方やな。今から一緒に行こ」

玲は驚いた。

「今から？」

「明日、三枝さんのとこ行くんやから、今夜のうちに話つけとかな、あかんでしょ」

玲は姉の勢いに引きずられて、否《いや》も応《おう》もなく連れて行かれた。こんなときに拒みきれないのが情けない。それでいて、もうどうでもいい気もした。

若林は、親から譲り受けたという古びた家の玄関で、羊子の説明を受けた。

「銀座で二人展ですか。ありがたいですけど」

戸惑い顔を玲に向ける。

「けど、鴨居は、ええんか。おまえがやる気なら、やってもええけど」

勘のいい男で、こちらの心情を読む。だが、ここまで来て、やらないとは言えない。開き直って答えた。

「やるよ」

「作品は？」

自信作がないのも知っている。玲は面倒になって言った。

「これから描く」

「宮本先生には、話、通さんでええんか」

玲にとって、それも気がかりのひとつだった。東京で作品発表するのなら、まずは師に許可を仰ぐのが筋だ。しかし今日の明日では時間がない。玲は投げやりに答えた。

「後で電話でもすれば、いいんじゃないか」

「そうか、それじゃ」

若林は羊子に向き直って頭を下げた。

「そしたら明日、一緒に行かしてもらいますんで、よろしく、お願いします」

帰り道で、羊子が言った。

「ええ感じの人やないの。あんたの相棒には、ぴったりや。一緒におったら、目立つやろ」

若林は上背があるだけでなく、面長に鼻筋が通り、日本的な美男だ。洋風な顔立ちの玲と一緒に歩いていると、女たちが振り返る。

そのためにつるんでいるのだと、邪推されることがある。だが、そうではない。玲は男女かかわらず、華のある人物を好む。

見ためも能力も、自分と付き合うのにふさわしいかどうかに、こだわりがある。金沢の美術学校当時、田舎くさい同級生を嫌った。あれから進歩していなかった。

翌朝、玲は羊子に急かされて、学生時代に描いた自画像をはじめ、裸婦像など小さめの数点を抱えて、三枝商店におもむいた。

三枝は作品を高く評価し、玲と若林を交互に見て聞いた。

「でも作品を手放していいのかい。うちの画廊には買い手が来るよ。先々の値上がりを期待して、投資で作品を買う人たちだけど」

若林は即座にうなずいた。

「買っていただければ、ありがたいです」

若林の作品は、風景画もあれば抽象画もあり、万人向けな作風だ。売れるに違いない。

しかし玲は迷いが湧く。自信作は手元に置いておきたい。かたわらから羊子が小声でささやいた。

「手放したくないいんやったら、似たようなんを、新しく描いたらええやん」

でも先々、もし自分が画家として成功したときに、そんないい加減な若描き作品が、世の中に残っていたら恥になる。

しかし羊子に脇腹を小突かれて、玲は覚悟を決めた。高名な画家になるかどうかなど、そんなことよりも、今は前に進むしかない。思い切って頭を下げた。

「わかりました。絵を用意します」

銀座のサヱグサ画廊での二人展は、五月二十五日から五日間に決まった。その後、三枝敏郎の尽力で、六月には大阪の阪急百貨店のギャラリーでも開催できることになった。

羊子も母も若林も大喜びしたが、玲は気が重かった。


サヱグサ画廊への搬入が終わり、若林が階段を軽い足取りで降りていく。玲は後ろから続いた。明日から二人展だと思うと、さすがに晴れがましさが湧く。

一階まで降りると、そこは松屋通りだ。五月の夕暮れは遅く、街路樹の花水木《はなみずき》が満開だった。カレーの匂いに腹が鳴る。

玲は背筋を伸ばして言った。

「せっかくだから、パーラーサヱグサのカレーで、冷たいビールでも呑むか」

だが若林は首を横に振る。

「いや、もっと安いとこで呑も。鴨居は東京で働いてたんやから、店、知ってるやろ」

「まあな。新橋まで行けば、安いところはあるけど、銀座ならビヤホールかな。絵が売れたら金は入ってくるし、前祝いってことで、ぱっといこうぜ」

若林も酒好きだ。とにかく明日のオープニングを、華やかに迎えたかった。

あれからも玲は悩み続けた。作品発表するなら納得のいくものを出したい。でも結局は、かつて評判のよかった自画像などを、少しだけ変えて描いた。なんだか自分の贋作に手を染めているような気がした。あとは壁に飾りやすそうな風景画や、花の絵などを描いてお茶を濁した。

ビヤホールに向かおうと、ふたりで中央通りに出た。松屋通りとの角が三枝商店の本店だ。イギリスのチューダー様式の建物で、ひときわ目を引く。

ちょうど若い女性がふたり立ち止まって、ショーウィンドーをのぞき込んでいた。女性たちの服装は、大阪よりもあかぬけて見える。片方の声が聞こえた。

「素敵ね。ちょっと見てかない？」

そのまま、ふたり揃って、楽しそうに店内に吸い込まれていく。

玲の視線はショーウィンドーに引き寄せられた。そこに飾られていた女性用の下着に、見覚えがあったのだ。そごうでのチュニックの個展で、展示されていたものと同じだった。あのときの漆黒の空間でも、いかにも斬新だったが、明るいショーウィンドーの中では、いっそう華やかで見栄えがした。

立ち止まった玲に若林が怪訝そうに聞く。

「どないした？」

玲はショーウィンドーから目を離さずに答えた。

「姉貴の作品なんだ」

「へえ、羊子さんって、こういうのを作るんか。かっこええな」

誉められて胸が熱くなった。

玲が二人展に前向きでなかったのには、もうひとつ理由があった。三枝商店のことは前から知っていた。乃村工藝社のクライアントだったのだ。映画の看板描きをしていたころ、三枝商店は憧れの舞台だった。

今も乃村工藝社が担当しているかもしれず、画廊で二人展などやったら、昔の同僚に気づかれる可能性がある。自信のない作品を見られたくなかった。

しかし、そんな思い入れのあるショーウィンドーに、姉の作品が美しく飾られて、客を集めている。それが誇らしく、面映《おもはゆ》く、少し悔しい。

「ようちゃん、おめでとう。また先を越されちゃったな」

小声でつぶやくと、若林が聞いた。

「何て？」

玲は慌てて目を逸らした。

「何でもない。早く行こうぜ。ビヤホール」

そう言って早足で先に立った。

翌日は開店早々から客を待った。だが画廊は閑散としていた。まれに通りすがりらしき人が、二階に上がってはくるものの、一周して、そそくさと出ていく。

羊子が大阪の新聞社経由で、東京の各社に取材を頼んでくれたはずなのに、記者はひとりも来ない。一行の告知も載らなかった。

昼過ぎに、階段を昇ってくる足音が聞こえた。また通りすがりの冷やかしと思いつつ、玲も若林も画廊のドアに目を向け、現れた人影に息を呑んだ。宮本三郎だったのだ。

玲は結局、宮本に二人展の開催を知らせなかった。やはり見てもらえるだけの自信がなかったのだ。だから慌てた。どこで知ったのか。誰かが知らせたのは間違いない。混乱しながら、腰かけていた椅子から立ち上がって、師を迎えた。

「先生、来ていただいて」

ありがとうございますが出てこない。ありがたくないのだ。来てもらいたくなかった。若林も戸惑い顔で立ち上がっている。

宮本は黙って室内に入り、一点ずつ絵を見てまわった。そうして一巡すると、冷ややかに聞いた。

「君たちは、どういうつもりで、この二人展を開いたのかね」

玲は答えられずにうつむいた。すると若林が一歩前に出た。

「ここを安く使わせてもらえる機会があったんで、僕が無理に誘ったんです。鴨居は乗り気やなかったんですけれど」

玲は慌てて否定した。

「いえ、そうじゃなくて」

だが後が続かない。宮本が鋭い目で促す。

「そうではなくて、何だね」

まさか姉に強制されたなど、みっともなくて話せない。とっさに頭を下げた。

「すみませんでした。お知らせせずに」

「いや、誤解しないでくれたまえ。僕は君たちが知らせてこなかったのを、とがめているわけではない。僕に知らせられないような個展を、なぜ開いたかだ」

弁解のしようがなく、黙り込むしかない。宮本は玲と若林を交互に見た。

「君たちは、いいコンビだと思う。若林くんは僕の教え子ではないが、先々を期待しているひとりだ」

もういちど絵に顔を向けた。

「今は自分ならではの作風を確立しなさい。それからなら、いくらでも絵は売れる。安易な道を選んではいけない」

そう言い置いて、宮本は立ち去った。

翌月の阪急での二人展が、玲はすっかり嫌になった。だが今さらやめられない。

羊子は東京で取材が来なかったと聞いて憤慨し、大阪では絶対に来させると息巻く。下着の販売が軌道に乗り始め、忙しくなってきたにもかかわらず、みずから各新聞社に足を運んで記者たちを呼んできた。

おかげで告知記事が出て、銀座とは打って変わって盛況になった。チュニックの客らしきマダム風や女将風の女性たちも来た。

羊子が「買っておいたら後で値上がりしますよ」と耳打ちすると、絵は片端から売れて「売約済」の印がつけられた。だが玲は少しも嬉しくない。なぜ月並みな風景画や花の絵など描いてしまったのか、悔やまれてならなかった。

田中千代学園からは、初日に巨大な生花が届いた。生徒たちも来場して、真剣なまなざしで訴える。

「鴨居先生、またスタイル画を教えてください。今度こそ、みんな真面目にやります」

二人展が決まって以来、絵で忙しくなり、さっぱり学園には足が向かない。でも、こうまで真摯に請われると、申し訳なくなる。

そうしているうちに、田中千代本人が船橋和子とともに現れた。あれ以来、和子とは、ふたりで会うことはない。二紀展で賞を取れなかったし、合わせる顔がなかった。

一方、千代は玲が休職同然なことは、とがめもせず、絵を誉めてくれた。千代はパリに長期滞在したことがあり、画家の知り合いも多い。そんな目は誤魔化せない気がして、玲は本音を口にした。

「ずいぶん前に描いた作品の焼き直しが多いんです。正直、納得のいくものではないし」

千代は肩をすくめた。

「洋服のデザインも、そんなものよ。学校経営だって、いつも不満だらけ。それでも進んでいく価値は、あると思うわ」

そして夕食に誘ってくれた。

「よかったら、若林さんも一緒に」

和子と四人で、行きつけのレストランに行こうという。若林は大喜びだが、玲は気が重いまま誘いに応じた。

道すがら、千代が手首を裏返して腕時計を見た。

「あら、うっかりしてたわ。今日は主人が早く帰宅する日だったわ。申し訳ないけれど、三人でいらしてくれる?」

千代の夫は学者で、妻の仕事には理解があると聞いており、少し意外だったが、千代はタクシー代や食事代を和子に手渡して去った。玲は和子を意識するあまり、気づまりだったが、今さら遠慮するわけにもいかない。

三人での食事は予想外に楽しかった。和子がフランス人向けのバーでの思い出話をすると、大笑いになった。相変わらず酒も強く、男二人の間で対等に渡り合える。妙に女っぽくないところも、改めて惹かれた。

後日、若林が言った。

「船橋さんって、おまえの好みやろ」

焦って聞き返した。

「なんで、そんなこと聞くんだよ」

「羊子さんに似てるやないか」

図星を突かれて、返す言葉がなかった。

以来、和子から誘われるようになった。父親が買ったという小型ジープを運転して現れ、開店したての北野クラブに、ジルバやチャチャチャを踊りに行った。

車の中から夜景を眺めているうちに、玲が、たまらなくなって連れ込み宿に誘うと、きっぱりと拒まれた。淫靡《いんび》な感じが嫌だという。玲は激しく悔いた。連れ込み宿など、和子が承知するはずがなかった。

しかし、その後もデートは続いた。和子はしゃれた行き先を考えてきてくれるし、金も気前よく払ってくれた。束縛もしない。それまで付き合った女性は、何でも玲に任せきりで、少しでも会わない日々が続くとすねた。

とはいえ和子は、あまりにあっさりしており、玲の方がすねたくなる。

「会わない間、僕が何をしているか、気にならない？」

「気にならないことはないけれど、根掘り葉掘り聞かれるのって嫌でしょ。私も嫌だし」

年上のせいか、上手くあしらわれているような気もした。それでも会えば楽しくて、別れ際は切ない。玲は来年には三十歳になるというのに、少年のようにときめいた。

絵の方は、相変わらず行き詰まり、油絵の具象画に見切りをつけて、抽象画を描いた。自分の閉塞感をパステルやアクリルの色彩や、筆の勢いで表現したのだ。これは一応の評価を得たが、やはり人物を描きたかった。宮本三郎の「飢渇」が頭から離れない。

悩み抜いた末に思い切って和子に聞いた。

「僕のこと、愛してる？」

「ええ、愛してるわよ」

「僕も愛してる。それを絵にしたい」

「モデルにってこと?」

「君のヌードを描かせて欲しい」

画学生時代、同じような言葉で、気軽に女子学生を誘った。でも今度の意気込みは、それとは別格だった。和子には困った顔をされたが、心の中をさらけ出した。

「こんなに女性を愛したのは初めてだから、その感情を絵にしたら、今までにない作品が描けそうな気がするんだ」

すると和子は玲の誕生日に、神戸の老舗であるオリエンタルホテルを予約してくれた。二月の当夜は、ホテルのクラシックなバーで、シャンパンのコルクを抜いた。

「誕生日、おめでとう。今日を機に、あなたの三十代が素晴らしいものになりますように」

そして、ふたりで部屋に入るなり、玲は衝動的に抱いた。和子には予想できていたのか、拒むことなく受け入れてもらえた。

翌朝、恥じらう姿を、ようやくスケッチした。それを見せると、和子は微笑んだ。

「素敵。でも、こんなことは、もうよしましょう」

玲は驚いて聞いた。

「なぜ?」

「このまま続けていると、そのうち、だらしなさに流されて、美しい関係ではなくなってしまうから」

それが和子の美意識だった。

玲は帰宅するなり、スケッチをもとに小ぶりの油絵を描いた。求めていた愛しさの表現は難しく、満足な出来にならなかった。

　それでも和子と一緒にいると、愛しさを感じると同時に苛立ちもいやされる。そんな状況が続けば、いつか傑作が描けそうな気がした。

　次に和子と会ったときに、完成した絵を差し出した。

「これを君に。僕には金がないから」

　懸命に緊張を抑えて、用意していた言葉を口にした。

「これは指輪の代わり。結婚して欲しい」

　固唾《かたず》を呑んで返事を待った。すると和子は穏やかな表情でうなずいてくれたのだった。

　女性を家に連れてくると告げると、母は顔をこわばらせた。

「駄目ですよ。こんな借家に、大事な人を連れてきちゃ」

　羊子の商売は、三枝商店との関わりをきっかけに、目覚ましい発展を遂げている。おかげで、すでにアパートは引き払い、西宮市内で戸建ての借家に引っ越していた。それでも母は古びた借家など、息子の恋人には見せたがらない。羊子が不満顔で言う。

「そんなら駅前の喫茶店か、どこかで会うたらええやないの」

　母は譲らない。

「喫茶店なんて、とんでもない。それなら、ちゃんとしたお料理屋さんでなけりゃ」

　それから玲は質問攻めにされた。

「どんな方？　おうちは何をなさってるの？」

　玲が和子の素性を明かすと、母も羊子も目を丸くして聞き返した。

「そんな、お嬢さんが？」

すぐに母が大きくうなずく。

「そういう育ちのいい人だからこそ、玲のよさをわかってくれるんですよ。そういう人じゃなきゃ、玲は無理なんです」

羊子は意味ありげに聞いた。

「玲より、ふたつ年上なんやね」

母も、和子が三十過ぎという点には、難色を示した。玲が面倒になって「そんなに文句を言うなら会わせない」と開き直ると、今度は、ふたりがかりで機嫌をとり始めた。

実際に連れてくると、玲などそっちのけで女三人で意気投合した。和子は同じデザイナーとして羊子を高く評価しており、無愛想な姉が珍しく上機嫌だった。

和子が芦屋に帰っていき、家族三人に戻ると、母は涙ぐんで言った。

「あんなに、いいお嬢さんが、玲のお嫁さんになってくれるなんて、夢みたい」

羊子も、しみじみと言う。

「玲は、なんだかんだ言うて、ちゃんとした人、つかまえてくるんやね。ちょっとは見直したわ。これで、ひと安心や」

後日、和子は田中千代に打ち明け、千代も大喜びして祝福してくれた。そして玲が船橋家に挨拶に行く際には、仲人役として同行してくれた。千代は船橋夫妻の前で、玲の画家としての将来性を保証し、それで夫妻は娘の結婚を認めたのだった。

結婚式は五月、式場はオリエンタルホテルの大ホールに決まった。だが和子の父親が、ボタン会社の取引先など、膨大な人数の客を披露宴に招待すると言い出した。

玲は友達が少ないし、平戸から呼ぶほどの親戚もいない。両家の招待客のバランスが悪くなり、和子が田中千代学園の同僚たちに声をかけて頭数を揃えた。若林も神戸の絵の仲間たちを、かき集めてくれた。

玲は面倒になった。そんな親しくもない者に祝われたくはない。だいいち売れない絵描きに祝儀を包む余裕など、あるはずがなかった。すると羊子が言い放った。

「どっからでも何人でも、祝儀なしで呼んだらええよ。お金は、あたいが払ったる」

今やチュニックの売り上げは急上昇しており、鼻息が荒かった。

結婚式が近づくにつれて、いよいよ玲は気が重くなった。ことあるごとに周囲から言われるのだ。

「新郎新婦とも若くはないんやから、早く子供を作りなさい」

玲は子供など、まだまだ欲しくない。

結婚式前夜には、オリエンタルホテルに泊まることになっていたが、同宿する船橋家の親戚からも、同じことを何度も繰り返された。玲はうんざりしてホテルから抜け出し、行きつけの安居酒屋に、明日、招待している絵の仲間を集めて、大酒を呑んだ。

「結婚なんて、やめだ、やめ」

玲がくだを巻くと、はやし立てられた。

「そうや、結婚なんて、やめたらええ。金持ちの娘なんかと一緒になって、ええことなんかない。一生、尻に敷かれるで」

さんざん呑んだところに、若林が現れた。そして険しい顔で仲間たちに言い渡した。

「今日は、これでお開きや。明日は、かならず披露宴に来てくれ。ええな」

そして泥酔した玲を、近くの公園まで強引に引っ張っていった。玲の頭を水飲み場に押さえ込んで、蛇口を全開にした。玲は抵抗したが、酔いがまわって逃げられない。頭も服もびしょぬれになった。若林は玲の襟元をつかんだ。

「おい、しっかりせえ。おまえが行方をくらませて、皆、どれほど心配してるか」

玲は呂律のまわらない口で言い返した。

「いいんだ。結婚式なんか、やめるんだ」

すると顎をつかまれて、頭を激しく揺すられた。

「殴り倒したいところやけど、花婿の顔に青あざを作るわけにはいかんからな。とにかく明日の結婚式は、黙って新郎の椅子に座ってろ。それで明後日には離婚したらええ。そしたら俺が彼女に求婚する」

玲は水をかけられるよりも、頬を張られるよりも、はるかに衝撃を受けた。

「おまえが、彼女に？」

「気づかへんかったか。おまえが本気やと思うたから、俺は引いたんや。明日の結婚式を放り出して、彼女を傷つけることは許さん」

玲は半分だけ正気に戻った。だが、まだ混乱して、頭の中が整理できない。それでも問答無用でタクシーに乗せられ、オリエンタルホテルに連れ戻された。

翌日、新郎の衣装を着せられた玲は、花嫁の姿に目を見張った。自作のウェディングドレスをまとった和子は、自分の妻とは信じがたいほど美しかった。これほど人に誇れる伴侶は、二度と現れないと確信した。

披露宴では盛大な拍手で迎えられた。少し気恥ずかしかったが、和子と腕を組んで会場を一巡すると、若林は友人たちの円卓で、満面の笑みで手をたたいていた。玲も笑顔を返しつつ、昨夜の打ち明け話は、新郎を連れ戻すための方便だったような気もした。

母と姉は、しきりに嬉し涙をぬぐっていた。その様子を見て、玲は若林に感謝した。


新居は和子の父が、神戸市内に瀟洒な家を借りてくれた。そこで暮らしてみると、ことのほか和子は仕事熱心だった。常に服のデザインを考え、生徒の指導方法を模索する。フランス語の勉強にも余念がない。

結婚前、しばらく会えなかったときにも、すねなかったのは、それが理由だったと気づいた。ひんぱんに玲が呑みに出歩いても、まったくとがめない。それどころか、ひとりで集中したいらしく、夫の外出を歓迎する気配もある。そうなると面白くなかった。

「うちの母は、僕が外出するとき、櫛で髪を梳《す》いてくれたし、靴の紐も結んでくれたよ」

そんなことは幼いころだけだったが、かまって欲しくて、つい大袈裟に自慢した。すると和子は肩をすくめた。

「ごめんなさいね。私は、あなたの母親じゃないし、あなたも子供じゃないんだから、自分でなさってね」

玲は鼻白んで外に呑みに出た。たいがいは若林が付き合ってくれた。すると羊子が押しかけてきて言った。

「玲、嘘を言うたらあかんよ。うちのお母さん、さすがに、あんたの頭を梳《と》かしたり、靴の紐を結んだりは、せえへんでしょ」

どうやら義姉妹で気が合って、何かと話が通じているらしい。それも不愉快だった。

一年ほど経って、玲が本気で結婚を悔い始めたころ、思いがけないことが起きた。和子が学校から帰宅するなり、飛び跳ねるようにして言ったのだ。

「ねえ、聞いてッ。私、日本デザイン文化協会のコンクールで最優秀賞を頂いたの。それでパリに行かれることになったの。往復の航空券と、一年間の滞在費が出るのよッ」

玲は呆然とした。

「パリに？　結婚して、まだ一年なのに？」

結婚を悔い始めていたのに、置いていかれるとなると、たちまち思考が逆戻りする。だが和子は目を輝かせて言う。

「喜んでよ。あなたも一緒に行くのよ。あなたの渡航費は父に出してもらうから」

あまりに急な話に戸惑う。以前から和子はパリ留学を望んでいたが、ひとりでの渡航は父親が許さないと言っていた。それでもまだ半信半疑で聞いた。

「でも、よく取れたね。最優秀賞」

和子は肩をすくめた。

「ピエール・カルダンっていうデザイナーが来日して、私の作品を推してくれたのよ」

そういえば少し前に、フランス人のデザイナーに会うからと、田中千代と一緒に上京したが、あのときに予備審査があったらしい。

「フランス人って、外国人が片言でもフランス語を話すと喜ぶんですって。それもあって、私には心証がよかったんじゃないかしら。デザインの良し悪しって感覚的なものだから、そのくらいのことで結果が出るのよ」

「じゃあ、そのつもりでフランス語を習ってたってこと？」

「そういうわけじゃないけれど。いつかはパリに行こうと思ってたから」

和子は夫の態度を不審に感じたらしい。

「一緒に行くでしょ？　行くわよね。あなただって行きたかったんだから」

たしかに、ずっと前からパリに行きたかった。でも実感が湧かない。和子は言葉に力を込めた。

「千代先生ってね、旦那さまのヨーロッパ留学に同行なさったんだけど、ひとりでパリで感覚を磨いて、今みたいになられたの。その逆だってありでしょう。男女同権の時代なんだから」

その通りで、反論の余地はなかった。

出発は十一月の秋晴れの日だった。羽田空港の搭乗口には、宮本三郎など二紀会の人々や、かつての乃村工藝社の同僚まで集まって、盛大に見送られた。

人混みの中で、また母は泣いた。羊子は弟の手を強く握って言った。

「ほんまによかった。あたいが頑張って、あんたをパリに行かしたかったけど、あんたは自分の力で行くんやから、何倍もすごいよ」

玲は苦笑いで答えた。

「自分の力じゃないよ。女房のおかげさ」

「そういう女房をつかまえたのが、あんたの力やないの。自信を持って行っといで。それで立派な画家になって帰っておいで」

玲はうなずいて、和子とともにエールフランスのプロペラ機に乗り込んだ。

着いてみると、パリの晩秋は暗かった。来る日も来る日も小雨がそぼ降り、青空が見えない。歩道は乾かず、あちこちに濡れ落ち葉が張りつく。大阪や神戸よりも、ずっと緯度が高いため、三時には薄暗くなって日没に至る。夜明けも遅い。暗さが気を滅入らせた。

入居早々、アパルトマンの暖房が壊れた。修理人が来てくれたのは十日後で、直ったのは、さらに十日後だった。その間、寒さにふるえて暮らした。

和子はピエール・カルダンの店で働いて、最先端のデザインを学ぶ予定だったが、思ったほどフランス語が通じず、毎日、疲れ果てて帰ってくる。そんな時間帯に限って、狭いエレベーターが故障し、和子は疲れを押して階段を昇り、苛立ちは隠しようがない。当然ながらエレベーターの修理も遅い。

玲は美術館めぐりで日を過ごし、料理だけでも作ろうと試みたが、失敗ばかりだった。ひとりでは買い物もできない。調味料はラベルが読めないし、肉の種類さえわからなかった。たがいに頑張っているのにという思いがすれ違い、つい夫婦喧嘩になる。

ときどき、カルダンの店の同僚たちが、それぞれの自宅でパーティを開き、夫婦揃って呼ばれた。だがフランス語ができない玲は蚊帳の外だ。何度も招待を受けるうちに、面倒になった。

「ひとりで行けば?」

「それは駄目よ。せっかく夫婦で呼んでくれているんだから、ふたりで行かなきゃ」

それでも春になると、街の雰囲気が一転した。青空が広がり、公園にミモザの黄色い花が咲き乱れて、一気に明るくなった。

　玲は心機一転、フランス語を習い始めた。しかし三十を過ぎての語学習得は、いっこうに上達しない。その代わりフランス語学校で、絵の勉強をしに来たという若い日本人と知り合った。

　誘われてアパルトマンを訪ねると、何人もの日本人がたむろしていた。皆、自称画学生で、もう何年も滞在している者もいたが、揃って絵は下手だった。こんな仲間に入ってたまるかと、以来、日本人には背を向けた。

　夏のバカンスには夫婦でパリを離れ、全寮制フランス語学校の短期コースに入った。授業料は驚くほど高額だったが、和子がふたり分を父親に送金してもらった。上級クラスの和子は予習復習に余念がなく、どんどん上達していく。玲は初級なのに授業について行かれない。

　バカンス後にパリに戻ると、シャンゼリゼのマロニエが色づき、たちまち秋が過ぎていく。滞在は一年の予定だったが、和子はフランス語が上手くなり、これからが正念場だからと、一年、延長することに決めた。滞在費は、また父親に無心した。

　ふたたび暗い冬に突入した。和子はカルダンの店に慣れて、前年よりも、ずっと生き生きと働いている。

　玲は日本が恋しかったが、絵をものにしないままで帰国するわけにはいかない。デッサンの練習は欠かさず続けてきた。でも、これだという手応えが得られない。

　かつて父に「パリに行かせてやる」と言われて以来、パリは憧れの街だった。そこに行きさえすれば、たちどころに傑作が描けると信じてきた。

　でも現実のパリは違った。なんのために渡仏したのか嘆くばかりだ。こんなていたらくでは、二年いようと三年いようと日本には帰れない。自称画学生たちと同類だった。

そんなときに航空便の手紙が届いた。差出人は若林だが、住所が神戸ではなくブラジルのサンパウロだった。

封筒と同じブルーの薄紙の便箋を開くと、ブラジルに移民した親戚が呼んでくれて、長期滞在していると書いてあった。明治時代から渡海を始めた日系移民たちが、暮らしを安定させ、彼らに絵が売れるため、ずっと滞在するつもりだという。

最後の一行に胸が痛んだ。

「僕も君に負けないように海外に飛翔する」

若林は玲の飛翔を信じている。それに応えられない自分が情けない。日本に帰っても、もう友はいないと思うと、たまらなく寂しかった。

クリスマスが近い夜、不甲斐なさや苛立ちがつのって、とうとう爆発した。泥酔してナイフで絵を切り裂き、イーゼルを薙ぎ倒し、絵具を放り投げて、部屋をめちゃくちゃにした。怯える和子の目の前で。

翌朝、目が覚めると、和子がいなかった。中古で買ったテーブルの上に、走り書きのメモがあった。

「離婚しましょう。航空券は私が手配しますから、帰国してください」

玲は激しく悔いた。母や姉が相手なら、どれほど暴れようとも水に流してくれた。血縁は切りたくても、切り捨てられない。でも妻は、もともと他人であり、心もとない絆しかなかったのだ。

どうすべきか考えた末に、メトロに乗って、フォーブル・サントノーレ通りに向かった。そこにはカルダンのほかに、サンローランなど最高級ブランド店が並んでいる。小雪が舞い散る夕暮れで、どの店の窓からも明かりがもれて、ぬれた鋪道を照らしていた。

通りを行き交う客はミンクやセーブルの毛皮で身を包み、クリスマスの贈り物を探している。重厚なエンジン音に振り返ると、ベンツのガルウィングが鋪道沿いに停まるところだった。ドアが高々と上向きに開き、裕福そうなパリジャンが低い車体から降り立つ。

玲は何度も来ている通りなのに、この街が世界に誇る力を改めて痛感した。ここは日本で憧れたパリそのものだ。そんな場所で働く和子の実力も敬うべきだった。それに比べて自分の立場は、あまりに情けない。

寒さにふるえながら閉店時間を待っていると、いつしか通りから買い物客の姿が消えていた。どの店もショーウィンドーの幕を引いて、明かりが消えていく。ドアが開くたびに、帰り支度をした従業員たちが、数人ずつ出てきた。

玲はカルダンの店に近づき、出てくるひとりひとりに笑顔を作って「ボンソワ」と声をかけた。パーティでの顔見知りがいて、挨拶を返してくれる。

和子が出てくると、玲は一緒に出てきた同僚たちに挨拶し、さりげなく妻の腕を取った。和子は同僚の手前、振り払えない。ふたり並んで通りを歩きながら、玲は詫びた。

「悪かった。二度としない」

和子は答えずに、ただ前を向いて歩き続ける。玲は渾身の思いを込めて伝えた。

「君はデザイナーだから、創作の苦しみをぶつけても、許してもらえると甘えていた。でも、あんなことは二度としない。約束する」

別れたくないという未練だけでなく、今、帰国するわけにはいかないという執着も強い。あれほど喜んで見送ってくれた母と姉を、落胆させたくなかった。

「ごめんよ。情けない男で。でも、かならず」

言葉に力を込めた。

「かならず君が誇れる絵描きになる。君の夫として相応しい男になる。待ってて欲しい」

だがメトロの階段を降りるときも、タイル張りの長い廊下を歩くときも、そして車中のシートに並んで腰かけたときにも、和子は、ひと言も発せずに前を向いていた。

アパルトマンの部屋の鍵は和子が開けた。そこで拒まれるかと覚悟したが、和子は黙って先に入り、何もなかったかのようにコートを脱いだ。玲も急いで中に入り、何もなかったことにした。

その後、ようやく目標ができた。二年前から始まったパリ・ビエンナーレだ。出品資格は二十歳から三十五歳までで、若手の登竜門として注目されている。三十三歳の玲には、まだ応募資格があった。

それでも思うような絵が描けず、何度も暴れた。そのたびに玲が謝り、なし崩し的に和解を繰り返した。

結局、出品したのは、新しく描いた自画像だった。宮本三郎の「飢渇」のように、人間の深い感情を表現しようと思うと、自分自身を描くしかない。玲が自画像を描くたびに、日本では自己愛が強いからだと見なされたが、むしろ自己嫌悪を描いた。

ビエンナーレは四月に開催され、結果は入選に留まった。それだけでもすごいと、和子の同僚たちは絶賛する。だが玲は落胆した。どうしても賞を取りたかったのだ。

明治以降、多くの日本人画家たちがパリに留学した。彼らはパリで見たものや得た技術を、そのまま日本に紹介すれば、画家として生きていけた。だが今は自分ならではの画風を確立しない限り、評価はされない。

日本人画家でただひとり、パリで名を成したのが藤田嗣治《つぐはる》だ。独特の乳白色の肌色でパリジェンヌを描き、戦前から絶賛された。戦争中は帰国し、日本人としての使命感から戦争画を描いた。それが戦後に問題視されて、フランスに帰化し、レオナール・フジタと名乗った。今はパリ郊外の小さな村で、日本人の妻とともに静かに暮らしている。

玲も、そんなふうになりたいと憧れる。でも単に有名になりたいわけではない。「飢渇」のように、見る人の心を揺さぶる作品を描きたい。その結果、高い評価を得て、母や姉を喜ばせたかった。

パリでの二年が過ぎ、帰国する段になって、和子が冷ややかに言った。

「日本に帰ったら、別れましょう」

以前から、許してもらえていないという自覚はあった。でも、なんとか暮らしは続いてきたのだ。

玲は突っぱねた。

「僕は別れない」

和子は、ゆっくりと首を横に振った。

「この二年、私は我慢したのよ。あなたをひとりで日本に追い返すのは、あまりに酷だから。羽田空港に着いたら、出迎えの人たちの前では、仲のいい夫婦を演じてあげる。でも、その後は私は芦屋の実家に帰るし、あなたはお母さまと羊子さんの家に帰りなさい」

そして諦め顔で深い溜息をついた。

「あなたが愛しているのは、お母さまと羊子さん。あなたが離婚したがらないのは、ふたりをがっかりさせたくないから。私は彼女たちの足元にも及ばないわ」

帰国後、玲は、和子との新居が見つかるまでと偽って、母と姉の家に転がり込んだ。すでに羊子は、西宮市内の森具《もりぐ》という地に中古の戸建てを買い、借家暮らしから脱していた。

毎日、家にいると、母がうるさい。

「家を探さなくて、いいの？　和子さん、待っているんでしょう？　敷金礼金なんかは羊子が払うわよ」

仕方なく外出し、不動産屋の店先で、借家の張り紙を見ているうちに、ひとり暮らしがしたくなった。

この二年でチュニックは、さらなる躍進を遂げていた。大阪の中心部で戸建ての作業場を借り、人を雇って裁断や縫製を分業で進めている。男性用の下着も売り出し、黒人モデルを起用して、大きな注目を浴びた。

玲が神戸市内に気の利いた借家を見つけ、姉に話を持ちかけると、ぼそっと聞かれた。

「ひとりで住むん？」

すでに和子から、別居の事情を聞いているらしい。玲は答えをはぐらかせた。

「アトリエが要るんだ」

「離婚は？」

「しない」

いざ籍を抜くとなると、未練が湧くし、面倒は先送りにしたかった。

羊子は溜息をつきつつ、敷金礼金と、ひと月分の前払い家賃を出してくれた。当然ながら翌月も、玲には家賃が払えず、大家に頼んで、請求書を羊子に送ってもらった。それも支払われ、毎月の恒例となった。

板張りの床に、パリから届いた画材を広げると、いかにも画家のアトリエらしくなった。ただ若林という呑み仲間がいないのは寂しかった。

二紀会は退会した。帰国以来、委員や会員たちから、さんざん期待の声を聞かされた。それが重荷で、家庭でも画壇でもひとりになって、再出発するつもりだった。

それでも宮本には頼り、大きな壁画を描く際などに手伝って、アルバイト料をもらった。それが底をつくと母の顔を見に行き、毎度、少なからぬ小遣いをもらった。羊子には内緒だった。

第六章　私のそばにいて

鴨居羊子は大忙しの身になった。玲と和子がパリに旅立った昭和三十四年に、東京オリンピックの開催が決定し、空前の好景気が始まったのだ。

何もかも派手なものが好まれて、チュニックの人気に火が点いた。全国の有名百貨店をはじめ、以前は販売を断った小売店までもが専用コーナーを設けた。

羊子には下着についての原稿依頼や、取材申し込みが殺到した。グラフ雑誌は羊子の顔写真を大きく表紙に載せて、「鴨居羊子特集号」を刊行した。

時を前後して「鴨居羊子後援会」が発足し、前衛芸術家の岡本太郎が会長を引き受けてくれた。みずからカメラをかまえて、下着モデルの撮影もした。チュニックの薄ものをまとった尻のアップなど、大胆きわまりないアングルで、世間の度肝を抜いた。

今東光は直木賞を受賞し、三年後には司馬遼太郎が続いた。今東光も岡本太郎同様、チュニックに肩入れし、ショーを演出してくれた。すでに娯楽映画の原作や演出も手がけており、本人の言う通りセンスがよかった。

羊子は舞台にバイクやドラム缶を登場させて、テンポのいい曲を大音量で流し、下着姿のモデルたちを踊らせた。

だが注目を集めれば集めるほど、厳しい声も高まった。特に「暮しの手帖」は批判の急先鋒だった。編集長の花森安治は、自身がキルトのスカートをはくなど奇抜な服装を厭わないのに、女性の下着に関しては「白で洗いやすければよい」と、きわめて保守的だった。

チュニックの下着は「娼婦のもの」、ショーは「ストリップまがい」と酷評された。羊子は激怒したが、森島がなだめた。

「売れてるんやから、こっちの勝ちや。『暮しの手帖』の読者なんか、黄ばんだ猿股《さるまた》をはいとったらええんや」

オリンピックの影響で、東京のみならず関西でも建設ラッシュが始まった。次々と大型ビルが建てられ、駐車場など地下の利用も盛んになった。

大阪駅前にも、阪急電鉄が十二階建てビルの建設を決定した。名称は新阪急ビルで、地下一階と二階に商店街と飲食店街が設けられることになり、テナントが募集された。

羊子は、ここに直営店出店を決断した。近年、客との距離が遠くなったのが気になっていた。一坪部屋にいたころは、個別注文に応えて一枚ずつ縫っていたが、全国に小売店の販売網が広がるにつれ、客の声が聞こえにくくなってしまった。もっと客に寄り添うには、直営店が効果的に思えたのだ。

ビルの完成が近づいたころ、地下街のテナントへの説明会が開かれた。満席の会議室で、阪急不動産の社員が告げた。

「では、新しい地下街の名称は、新阪急名店街でよろしいでしょうか」

拍手がぱらぱらと湧き、名店街に決まりかけたとき、羊子は思い切って手を挙げた。

「異議ありッ」

今もって人前で話すのは苦手だ。でも、ここで黙っているわけにはいかない。パンティスやスキャンティなどの商品名が評判になって売れた実績がある。地下街にも印象的な名前がなければ、客に覚えてもらえず、集客にも影響が出て、直営店の成功も左右される。

立ち上がって、できるだけ声を張った。

「名店街なんて、ありきたりです。大阪を代表する新しいビルの地下街なんやから、もっと印象に残る名前やないと」

背後から男のだみ声で野次が飛ぶ。

「ほんなら、ほかに案でもあるんか」

羊子は声の方を向いて怒鳴った。

「ありますッ。新阪急ビルの住所は北区梅田八番地です。そやから新阪急八番街。ニューヨークの五番街を彷彿とさせる名前です」

阪急不動産の社員もテナントたちも、顔を見合わせている。次の瞬間、さっきのだみ声の男が勢いよく立ち上がった。

「ええやないかッ、新阪急八番街。八は末広がりで縁起がええし。だいいち『は』の繰り返しで語呂がええ」

すると、あちこちから賛同の声が続き、あっというまに元の案はひっくり返った。

その後「花の阪急八番街」というキャッチフレーズが流行語になり、ビルのオープニングには、怒濤の人波が地下街に押し寄せた。テナントの店主たちは、こぞって羊子を誉めたたえた。

「鴨居さん、ええ名前、つけてくれはった。おかげで商売繁盛や」

大阪駅や梅田駅から地下道で直結という抜群の立地だけに、常に通路には人が行き交った。ところがチュニックの店だけには、閑古鳥が鳴いていた。

羊子は店の内装を黒で統一した。天井や壁や床はもちろん、商品の陳列棚や支払いカウンターも、アメリカ製の大型レジスターさえも真っ黒だ。そんな空間に、色あざやかなパンティスやブラジャーをテグスで吊り、スポットライトで照らした。そごうでの最初の個展と同じ趣向だ。

社長みずから客の反応を見ようと、できるだけ店番を務めている。だが肝心の客が来ない。たまに来店するのは、一坪部屋以来の個人客ばかりだ。

「この店、そごうの個展と同じやね。けど普通の人は、ちょっと入りにくいんと違う?」

そういう本人も及び腰で入ってくる。

個展のときは百貨店という信用が、安心感につながった。しかし、ここは独立した店舗だし、斬新すぎて敷居が高いらしい。羊子は黒い内装が気に入っており、今さら変えたくない。さすがに頭を抱えた。


開店から半月後、いつものように羊子は漆黒の店の奥でスツールに腰かけ、レジスター脇のカウンターに頰杖をついていた。

オープンリールのテープデッキから最新ヒット曲の「スタンドバイミー」が流れる。曲に合わせて、羊子は歌詞を口ずさんだ。

「ダーリン、ダーリン、スターン、バイミー」

歌いながら思った。今、そばにいて欲しいのは誰かと。森島ではない。男女の仲でなくなって、もうずいぶん経つ。それも喧嘩別れしたわけではなく、忙しさにかまけて、たがいに誘い合わなくなった。

会社が大きくなるにつれ、昔のように「おまえ」と呼ばれることはなくなった。気楽な言葉づかいは変わらないが、いつしか「社長」という他人行儀な呼び方が定着した。

森島には家庭を持った気配があった。本人は黙っているが、余計なお節介で、わざわざ羊子の耳に入れる者がいた。

「あんた、知らんでしょ。森島さんが結婚したこと」

羊子は平静を装った。

「知ってるよ。めでたいことやないの」

「けど、森島さん、あんたと」

「あたいと何？　あたいとは何も関係あらへんよ。最初からビジネスパートナーや」

森島との関わりの否定は、ささやかな女の意地だった。自分だけが、幸せから置き去りにされたと、周囲には思われたくない。

羊子にも何人もの恋人ができた。新しい男性ファッションブランドを立ち上げた若き経営者や、新進気鋭のカメラマンなど、クリエイティブな仕事をする男を好んだ。

曲が「スタンバイミー、スタンバイミー」と繰り返し、尻すぼまりに消えていく。羊子は頬杖をついたまま、ひとり言をつぶやいた。

「客やな。今、ここにおって欲しいんは」

気がつけば、オープンリールのテープは巻き取られ、端が空まわりしていた。羊子はテープを交換して、もういちど最初からかけ直した。

そのとき地下街の通路に、母子連れの人影が見えた。母親らしき女性が、四、五歳の男の子の手を握り、ショーウィンドーを見つめている。羊子は客ではないと判断した。チュニックの下着は、できるだけ値段は抑えているものの、安売りの下着と比べたら高級品だ。子育て世代には手が届きにくい。

だが予想に反して、母子は店に入ってきた。意外に思って見ていると、母親がパンティスの棚の前に立った。そして思いつめた様子で、赤を一枚、手に取るなり、レジに向かってきた。

美人の面影はあるが、化粧気はなく、表情も険しく、世帯やつれした印象だった。男の子が急いで後を追ってくる。

レジ前に来たときに表情が一転した。

「もしかして、鴨居羊子さん、ですよね」

羊子は新聞や雑誌に写真が載るし、金髪が目立つために、声をかけられることが少なくない。握手などを求められるのは苦手だが、相手は客だし、無下《むげ》にはできない。

「そう、ですけど」

「すみません。急にお声がけして。前に私、そごうに勤めてて。そのときチュニックの個展を拝見して、社割で何点か買わせていただいたんです。それで懐かしくて」

羊子は合点した。

「そんな前から、うちの下着、愛用してくれてたん？」

差し出されたパンティスを、急いで包装紙に包んだ。女は代金をトレイに載せると、そのまま目を伏せて言った。

「実は、ずっとやないんです。結婚してからは、うちの人が下着は白やないとあかんて言うて、買えへんかったんで」

「へえ、そしたら今日は何か、心境の変化？」

すると女は顔を上げた。

「私、離婚することにしたんです」

「離婚？」

相手は一瞬、言い淀みはしたものの、すぐに言葉を続けた。

「うちの人、浮気性の上に、お酒を呑んで暴力ふるうんです。私にだけなら我慢できますけど、最近、この子にまで手を上げるようになって。それでチュニックのパンティス買うて、踏ん切りつけることにしたんです」

羊子は驚いた。気持ちが疲れきったときに、チュニックの下着で元気を出すという話は、よく聞く。だが離婚の勢いづけにしようとは、さすがに初めてだった。

まして、こんな小さな子がいて、女手ひとつで育てていくのは容易ではない。さりとて暴力夫に我慢しろとも言えない。複雑な思いで、パンティスの包みを差し出した。

「これから大変やろけど、頑張ってな」

女は包みを受け取ってうなずいた。

「子連れやから、水商売くらいしか働き口はないけど、なんとか頑張ろうと思うてます。この子がなぐられるのは我慢できへんけど、それ以外やったら、このパンティス、お守りにして頑張れると思います」

羊子は水商売に対して偏見はない。ただ筋のよくない店もあるために心配になった。

「あんた、そごうに勤めてたんやったら、算盤できる？」

「できますけど」

「そしたら、もし勤め先が見つからんかったら、うちの会社においで。ひとりくらい、経理で雇えると思うし」

女は、ようやく微笑んだ。

「ありがとうございます。でも大丈夫です」

きっぱりと答える様子に、この先、頼ってはこないだろうと感じた。ならば何かしてやりたくなって、羊子はカウンターから出た。そしてパンティスの棚に近づき、ピンクを一枚、手に取って、女に押しつけた。

「これ、洗い替えに持っていき。お守りにするのもええけど、毎日、はくと元気が出るて、うちのお客さんが、よう言うてるよ」

女は遠慮したが、羊子が「離婚祝い」と言うと、ようやく笑顔になって受け取った。

気がつくと、いつのまにかテープデッキからは、ふたたび「スタンドバイミー」が流れていた。

母子の後ろ姿を見送りながら、羊子は、ひとり言をつぶやいた。

「離婚か。あの人、これから誰にも頼らずに、やってくしかないんやろな」

ふと和子を思い出した。

「和ちゃんも、あんな感じやろか」

玲は暴力こそふるわないが、和子の前でも暴れ、それで別れに至ったと聞く。正式に離婚はしていないが、別居したままだ。

ふたりが帰国したときに、玲のアトリエの敷金や礼金を、安易に払ってやらなければよかったかと悔いる。そうすれば夫婦が復縁する可能性は、あったかもしれない。

羊子が弟のためと思って手を貸すと、かならず悪い方に転がる。銀座のサエグサ画廊で若林と二人展をさせたときも、宮本三郎に叱責されて、いい結果は生まなかったと聞く。

ずっと前に今東光に言われた通り、もう放っておかなければならないのは、充分にわかっている。でも女房に捨てられた哀れな弟を、どうしても突き放せない。特にチュニックが軌道に乗ってからは、金で済むならと、安易に助けてしまう。

幼いころ、いじめっ子にクレヨンをばら撒かれて、泣きじゃくっていた玲。そんな弟を、羊子は思わず抱きしめた。あのときから姉弟の関係は変わっていない。今もって玲は、守ってやらねばならない存在なのだ。

また、ひとり言が口をついて出た。

「まあ、しゃあない、な」

さっきの入金をレジスターに打っていなかったと気づいた。象牙製の丸い数字キーを打ち込んでから、右脇のレバーを引いた。チーンと派手な音がして、現金を納める箱が前に飛び出す。

「さっきのピンクは、あたいが払うとして」

自分の財布からパンティス一枚分の代金を取り出して、箱に放り込んだ。そのとき妙案を思いついた。

「そうや、洗い替え用に、二枚セットで売ったら、どやろ」

チュニックは安売りはしない。全国の小売店でも、それは徹底してもらっている。でも直営店に限って、二枚セットで少し割引こうかと考えたのだ。直営店ならではの買い得があれば、客の足も集めやすい。どの色でセットにしようかと、陳列棚を見ると十色近くある。すると自宅の洗濯機が頭に浮かび、また妙案が転がり出た。

「そうや、いっそ、七色セットにしよ」

ここのところ電気洗濯機と電気冷蔵庫とテレビが、三種の神器と呼ばれて、急速に普及している。羊子は親孝行のつもりで、流行に先駆けて洗濯機を購入した。

だが母は「水と電気がもったいない」だの「感電したら怖い」だのと使いたがらず、しばらくは手洗いを続けていた。そこで羊子は自分の洗濯物を一週間分、溜めておいて、休日に洗濯機で洗ってみせたところ、ようやく母は使い始めた。

チュニックの愛用者は、仕事を持つ女性が多い。自分の金で洗濯機を買って、休日にまとめ洗いをするに違いない。そこをねらって七枚セットにしようと思いついたのだ。

二枚セットでは、たいして割引できないが、七枚なら一枚分くらいは安くできる。売れ残りがちな色も、いちどにはけて、在庫が一掃できる。

直営店の閉店時間を待ちかねて、羊子は作業場まで息せき切って走った。バラック同然の戸建てだが、充分な広さがあって、製品や反物の倉庫としても使っている。そして営業から戻ってきた森島に告げた。

「パンティスを七色セットで売ろうと思う。最初の何ヶ月かは直営店だけの特典にして、評判がよかったら全国展開してもええ」

洗濯機での洗い替え用だと説明すると、すぐに森島は乗り気になった。

「七色ならレインボーパンティスか」

「いや、ウィークリーパンティスや。一週間分の洗い替えやし」

翌日から売れ筋と売れ残りがちな色を組み合わせて、七枚ずつ透明セロファンに包んだ。それを「直営店限定販売　七枚組　ウィークリーパンティス」と表示して、店先のワゴンに並べた。

見込みは大当たりした。客はワゴンセールに引かれて店内に入り、スリップやブラジャーまで売れた。いったん店に慣れた客は、また買いに来てくれた。売れると社員たちが喜ぶ。買ってくれた客も笑顔で言う。

「一枚ずつやったら買わん色でも、はいてみたら、ええ感じで、また元気が出たわ」

もともと羊子は家族を養うために、この仕事を始めた。なのに、はからずも買った人から感謝される。それが自分でも意外なほど嬉しかった。

ただ、あの母子連れが気がかりだった。浮気性の暴力夫と、無事に離婚できただろうか。ちゃんと職にもつけただろうか。なんとか母子で幸せになってもらいたかった。

浮気夫という話から、父のことを思い出した。羊子が小学生当時、父は夕食後の散歩に、よく連れて行ってくれた。兄や弟には声がかからず、自分だけが誘われる。それが少し鼻が高かった。

たいがい父は紬《つむぎ》の着流しに共の羽織姿だった。普段、新聞社に出かけるときは、仕立てのいい背広にソフト帽を目深にかぶる。上背があって恰好がいいが、和服も似合った。娘としては誇らしく、父の大きな手に両手をからめて歩いた。

行先は金沢一の歓楽街、片町だった。まずは表通りのビリヤード店で玉突きをする。父は羽織を脱ぎ、紬の袖を肩まで捲《まく》り上げて、目を凝らして玉をねらう。羊子にはルールはわからない。それでも鮮やかな緑色の台に、色とりどりの玉が転がる様子は、いくら眺めても飽きなかった。

その後は裏通りを歩き、カフェーかカウンターバーに入った。

「いらっしゃいませえ」

女たちの華やいだ声が迎える。羊子はカウンター前のスツールに、父と並んで腰かけて、ソーダ水を飲むのが好きだった。中にいた若い女が、羊子を横目で見て、父に聞いたことがある。

「ねえ、なんで?」

子供を連れてきたことを、とがめる口調だった。父は苦笑するばかりで答えない。

そのころ、父は大阪への出張が多かった。長期にわたる留守も珍しくない。いちど小学校の春休みと出張が重なったことがあった。羊子は父の帰りが待ち遠しくて、帰ると聞いていた日に、ひとりで駅まで迎えに行った。

改札口の柵のところで待っていると、北陸本線の列車が入線し、関西からの乗客たちが、いっせいに降りてきた。

プラットホームを歩いてくる人波の中に、父の姿を見つけ、羊子が声をかけようとしたときだった。すぐかたわらを歩いていた女が、父の腕に腕をからめたのだ。あのカフェーの女だった。背の高い父に寄り添い、甘えた様子で顔を見上げて歩いてくる。

羊子は幼心にも、見てはいけないものを見た気がした。父に気づかれないうちに急いで柵から離れ、一目散に家まで走って帰った。

その夜、母は帰宅する父のために、酒や肴を用意して待っていた。だが待てど暮らせど帰ってこない。仕方なく子供たちだけ先に夕食をすませた。母は食器を片づけ、卓袱台を台布巾で拭きながら、何度も柱時計を見た。

「お父さん、どうしたのかしら。事故にでも遭っていなきゃいいけど」

母には話すまいと思っていたが、あまりに心配するので、つい口にした。

「お父さん、今日、帰ってきたよ」

「え?」

「汽車から降りてきた。女の人と一緒に」

母は、いったん止めた台布巾を、また動かして、わざとらしく言った。

「そうなの?　それじゃ何か、お仕事のご用ができたんだわね」

「お仕事じゃないよ。だって女の人と一緒だったもん」

母は黙って卓袱台を拭き続ける。羊子は母に無視された気がして、いっそう大きな声で言った。

「カフェーの女の人だよ。仲がよさそうだった。きっと今も一緒にいるよ」

すると母は怖い顔で言った。

「子供は、そんなことを気にするもんじゃありません」

台布巾をつかんで、勢いよく立ち上がると、足早に台所に向かった。

それからなお二日も父は帰らず、三日目の夕方になって、ようやく家に戻ってきた。羊子は、さぞや母が父をなじるものと思い込んでいた。なのに母は、いそいそと迎えたのだ。何事もなかったかのように。いや、いつもより嬉しそうに。

羊子は苛立ちを覚えた。父に対してではなく、むしろ母に対して。男女のことなど理解しておらず、なぜ母を否定するのか、自分でもよくわからない。でも許しがたいのは父ではなく、まぎれもなく母だった。

家族で朝鮮半島に渡ったのは、その翌年だった。母は金沢を離れるのが嬉しそうだった。あの女の手の届かないところに、夫を連れていけるのが満足なのだと、羊子が気づいたのは女学校に入ってからだった。

その後も父には浮気の気配があり、羊子は母に聞いたことがある。

「なんで、お母さんは怒らへんの？」

すると母は当然とばかりに答えた。

「男の人は、そんなものですよ。相手は水商売の人だし、家に帰ってくるのはわかってますからね」

羊子は納得がいかない。水商売の女性を下に見て、妙に自信満々なのも不愉快だった。そこで、あおるように言った。

「本当は、お母さん、離婚したら食べていかれへんからでしょ。今さら仕事もないし」

「それはそうだわね。でも女が我慢するからこそ、円満に暮らしていけるんですよ。お母さんが家を守ってるから、お父さんは心おきなく働けるし、遊びもできるの。そういう役割分担なんですよ」

　外から見たら、両親が円満に見えるのは事実だ。それでも羊子は言い返した。

「けど、なんで女だけが我慢せなあかんの？　だいいち姦通罪かて、女だけが罰せられて、変やない？」

　それは前々から腑に落ちないことだった。夫が浮気をしても罪にはならず、妻の浮気だけが法的に罰せられる。すると母は平然と答えた。

「いいえ、女だけじゃありません。昔はね、妻の浮気が見つかったら、その場で夫は、間男と浮気妻を重ねて一刀両断にしていいって、そう決まってたのよ」

　すさまじい処罰があったものだと呆れる。

「じゃあ、相手が人妻じゃなければ、いいってわけ？」

「そうです。だから男の人は玄人さんと遊ぶんです。子供が生まれたときに、女は自分が産んだんだから、自分の子ってわかるけど、夫は自分の子かどうか、妻を信じるしかないでしょう。だからこそ妻には貞操が求められるし、妻の浮気は罰せられるんです」

　なんだか妙に説得力があって言い返せなくなると、母は勝ち誇った顔をした。

「そんなことを気にしていたら、お嫁にいけませんよ」

「それなら、お嫁になんかいかなくていい」

　いつものように断言すると、母は深い深い溜息をついた。

　もし結婚相手が浮気したら、羊子は絶対に許さない。そうなったら、いつでも離婚できるように、収入を確保しておこうと決めた。そのために女学校に行くだけでも珍しい時代に、府立の女子専門学校にまで進学したのだ。

戦争に突入すると、羊子の結婚相手になれそうな若い男たちは、ことごとく兵役に取られた。その結果、はからずも羊子は、嫁にいかないという道を選んだのだ。

もっとずっと後になってから、気づいたことがある。浮気して帰宅した父を、母が嬉しそうに迎えた理由だ。実は母は心配だったに違いない。夫がカフェーの女に取られて、もう帰ってこないのではないかと。母は父を愛していた。羊子が父を好きだったように。だからこそ帰ってきたのが嬉しかったのだ。

でも結局、父は家族を置いて去った。女のもとへではなく、五十七歳で遠い世界へと旅立って、二度と戻ってこなかった。それから家族の辛酸が始まったのだ。

「ひどいよ。お父さん」

恨み言が、つい口をついて出た。


ウィークリーパンティスのヒットにより、新阪急八番街の店が軌道に乗ったため、直営店を増やすことになった。

次々と建つ新しいビルに店を開こうと、社長みずからテナント説明会に行き、社内では増産に向けての体制を整えた。販売担当の社員も新たに雇わなければならない。羊子は常に新製品のアイデイアも練り、その間に新しい恋もした。

そんな大忙しの早春のことだった。朝、目覚めると、時計が十時を過ぎていた。驚いて飛び起きて、洗面所に突進した。

「お母さん、なんで起こしてくれへんかったん？　もう大遅刻やないのッ」

文句を言いながら、大急ぎで歯を磨き、冷たい水で顔を洗った。タオルを使いながら、茶の間に声をかけた。

「お母さん、朝ごはんは要らんよ。食べてる暇ないし」

それからも、ぶつぶつと文句を言った。

「まったく、なんで起こしてくれへんの」

母からは何の反応もない。普段なら朝食は食べろと強要されるのに。何か変だなと訝しみつつ、茶の間に入って立ちすくんだ。いつもきちんとしている母が、だらしなく畳にうつぶしていたのだ。

「お母さんッ」

駆け寄って畳に膝を突き、顔をのぞき込んで息を呑んだ。まぶたも口も半開きで、よだれが垂れており、その口から、うめき声がもれていたのだ。

とっさに父が倒れたときを思い出した。だが、どうしたらいいのか、うろたえるばかりだ。父のときは金沢で、かかりつけの医者に往診してもらえた。だが今は家族が医者にかかることなど、めったにない。

それでも、とにかく医者を呼ばねばと思い、母の耳元で大声で告げた。

「お母さん、待ってて。今、お医者さん、呼んでくるさかい。絶対に動かんといてね」

母をひとりにするのは心配だったが、近所の煙草屋まで走った。こんなことなら電話を引いておけばよかったと悔いた。会社との連絡のために回線を引きたかったが、母が「もったいない」と承知しなかったのだ。

煙草屋の窓口に走り着くと、激しい息で肩を上下させながら、馴染みの店主に頼んだ。

「電話、貸してくださいッ。母が倒れて」

すると店主は中に入れてくれた。羊子はうろたえながら聞いた。

「お医者さんの電話番号、知りませんか。往診してくれそうな、お医者さんの」

「そんなら救急車や。一一九番したらええ」

そう言われて、はっとした。医者を呼ぶことしか頭になかったが、救急車という手があったとは。

羊子は壁掛けの黒電話に飛びつくと、ふるえる手でダイヤルをまわした。

けたたましいサイレンとともに、救急車が駆けつけ、母を病院に運び込んだ。医師の診断は脳卒中だった。父の死因と同じで、羊子は全身がふるえた。

すぐに手術に入り、羊子は病院の赤電話から、玲の借家の大家に連絡した。事情を話し、玲に大急ぎで病院に来るようにと、伝言を頼んだ。

手術後の入院のために個室を頼むと、ほどなくして用意ができたと案内された。中でひとりで待つ間、両手を組んで必死に祈った。こんなときにすがるのは昔の信仰だった。

「どうか、助けてください。母を連れていかんといてください。どうか、どうか」

ここのところ母は元気がなかった。理由は玲だ。今年の正月に玲が現れなかったために、文句の言い通しだった。

「いったい和子さんは何をしているのかしら。お年始にも来ないなんて」

玲たちが十一月に帰国して以来、羊子は弟夫婦の不仲を、母に話せずにいた。ちょうど新阪急八番街の開店準備の真っ最中で、つい先送りにしていたのだ。だが、あまりに文句が続くので、腹が立ってぶちまけた。

「お母さん、玲はね、離婚を迫られてんの。もう和子さんは実家に帰ってて、うちになんか来えへんよ」

母の顔色が変わった。

「でも、神戸に家を借りたじゃないの」

「あそこは最初から、玲ひとりのアトリエや」

パリで何度も暴れて、和子に見限られたと伝えると、母は呆然とした。以来、覇気がなくなり、羊子は可哀想なことをしたと悔いた。それでも、いずれわかることだと、自分自身に言い訳をした。

あの衝撃が今回の発症の下地になった気がした。もっと穏やかに伝えるべきだったと反省せずにはいられない。

ふいに個室のドアが開いて、手術を終えた母が、ストレッチャーに乗せられて入ってきた。看護婦たちが母をベッドに移し、酸素マスクや点滴を調節する。一緒に入ってきた医師が言った。

「手術は成功しました。もう意識は戻っています。ただし手足の不自由や言葉の障害は、覚悟してください」

医師や看護婦たちが出ていった後に、またすぐドアが開いた。振り返ると玲だった。青ざめた顔で、一歩、二歩と入ってきて、母の姿を見るなり、険しい声を放った。

「なんで、こんなことになったんだよ。なんでなんだよッ」

まるで羊子が悪いかのような言い方に、思わず言い返した。

「なんでって、あんたのせいやないの。あんたが和子さんに見限られたからや。お母さんは、それを気に病んで、気に病んで、こんなことになったんやないの」

「そんなこと、なんで教えたんだよッ。離婚するわけじゃないんだから、黙ってりゃいいだろッ」

「いつかはわかることや。あたいのせいにせんといてッ。あんたが、しっかりせえへんから、お母さんには、ずっと気苦労かけ通しや。ようやく結婚して安心したのに」

「ようちゃんだって、お母さんに頼ってるじゃないか。お母さんが家事をしてくれなけりゃ、ようちゃんは働けない。女の意識改革みたいな偉そうなこと言って、結局、お母さんに昔ながらの役目を押しつけてるんだ」

「いつ、あたいが女の意識改革なんてことを言うた？　言いがかりはやめてくれへん？」

羊子は下着を通して、女の自由を訴えてはきた。でもウーマンリブとは異なる。自分自身は母のように生きたくはないが、母の生き方を否定する気もない。それぞれが思う道を進めばいいと思うだけだ。

「あたいは自分の意思で働いてるし、お母さんかて自分の意思で家事してる。あんたなんかに文句、言われる筋合いはあらへん」

「俺だって、自分の意思で生きてるよ」

「家賃も払えんで、よう言うわ」

久しぶりの本気のきょうだい喧嘩だった。

ふと気づくと、母がうめき声をもらしている。羊子は急いで枕元にしゃがんだ。薄く開いたまぶたの中で、母の瞳は玲の姿を追っており、涙がにじんで目尻から流れ出た。

「玲、見てみい。お母さん、あんたのこと、泣くほど心配してるわ」

すると玲は反対側の枕元にしゃがんだ。

「お母さん」

声を絞り出すようにして呼びかけた。

「俺、かならず立派な絵描きになるから、それ見てくれよな。こんなときに死んだりしないで、それまで待っててくれよな」

かすかに母は、うなずいたように見えた。


羊子にとって嵐のような日々が始まった。朝、出勤するなり、新しい直営店の準備に取りかかる。昼食を食べる暇もなく現地におもむき、戻れば販売員募集の面接だ。

予定が片づかなくても、夕方には病院に向かわねばならない。昼間は派遣所に付き添いを頼み、夜は羊子が病室に簡易ベッドを広げて寝た。付き添いとの交代時間には、たいがい間に合わず、いつも文句を言われる。

だが、ある夜、付き添いの中年女性が、珍しく笑顔で言った。

「今日、息子さんが、お見舞いに来ましたよ。えらい美男子ですねえ。自慢の息子さんでっしゃろ。しばらくして帰られましたけど、その後、患者さん、急に元気にならはって。何よりの薬ですね」

羊子は内心「自慢の息子なものか。不肖《ふしょう》の息子や」と毒づきながら尋ねた。

「何、話してました?」

「今、絵を描いてはって、何かの賞に出すとかって。息子さん、お母さんのこと、えらい励ましてましたよ」

玲は二紀会を辞めてしまい、今後、どうするのか心配だったが、ほかで賞をねらおうとは意外だった。付き添いが帰ってから、羊子は母の枕元の椅子に座って声をかけた。

「今日、玲が来たんやてね」

すると驚いたことに、母がこちらを向いて微笑んだのだ。今朝まで首は動かせなかったのに。瞳にも生気が戻っている。たしかに玲が薬になったらしい。

複雑な思いが湧く。羊子がてんてこ舞いしながら、毎晩、付き添っても何も変わらない。なのに玲が珍しく現れただけで、病状は劇的に改善する。羊子は病院の売店で葉書を買ってきて、夜、弟に書き送った。

「お見舞い、ありがとう。お母さん、あんたが薬みたいやから、また顔を見せに来てやって。姉より」

悔しさは抑え、できる限り下手に出たつもりの文面だった。

その後も付き添いからの報告で、何度か玲が見舞いに来たことを知った。

「今日も息子さん、来てはりましたよ。何か、ええことがあったみたいで、また患者さん、急に元気にならはりました」

何だろうと怪訝に思いながら、枕元について、また驚いた。母はふるえる手で、浴衣の胸元から畳んだ紙片を取り出した。とうとう手が動かせるようになったのだ。

受け取って開いてみると、鉛筆画が描かれていた。水中に魚が泳ぎ、夜空に月が浮かんでいる。バックは鉛筆で塗りこめられ、全体的に暗く描かれて、玲らしい絵だった。

紙の下には、玲の筆跡で「第五回現代日本美術展入選『月と魚』 毎日新聞社主催」と書かれている。羊子はつぶやいた。

「入選したんやね。こんな感じの絵で」

母は懸命に指を動かし「毎日新聞社主催」のところを示そうとする。父が勤めていた新聞社だし、権威ある賞だと伝えたいらしい。

「この魚は玲で、お月さんは、お母さんやな」

そう言うと首を横に振って、ふるえる指先を羊子に向けた。

「玲が、あたいが月やて言うたの？」

玲が姉を月に見立てるはずがないと思い、冗談で返した。

「月とスッポンやったら、あたいだったかもしれへんけど」

母は大袈裟に眉をしかめたが、結局は娘と一緒に笑顔になった。

「それで玲は入選、喜んでるの？」

以前、パリのビエンナーレで入選したのに、本人は不満だったと、和子から聞いていた。そのために、もしや今度もと案じた。だが母は穏やかにうなずいた。玲自身が、こんなメモを残していったくらいだから、自慢できる結果だったに違いない。

「とにかく入選したんなら、よかった」

胸をなでおろす。紙片を返すと、母は両手で絵を持って、しみじみと見つめた。羊子には、母が回復していくのが嬉しい。その嬉しさが、弟に対する嫉妬を凌駕し、入選を心から祝えた。

以降、母は、目に見えて元気になっていった。言葉も徐々に回復した。

一方、羊子の仕事は大忙しが続き、毎晩、夕食も食べずに病室に駆け込んだ。仕方なく個室に蕎麦や中華の出前を取った。

母は病院食が普通食に変わると、ひと皿だけ残しておくようになった。ベッドに起き上がり、たどたどしく羊子に勧める。

「これ、お食べ」

「お母さんが食べなあかんよ」

長く流動食が続いて、すっかり痩せてしまった。それでも母は首を横に振る。

「おなか、いっぱい」

羊子は出前と一緒に病院食を口にした。うまくはないが、母の心づかいは拒めない。

秋も深まったころ、珍しく玲が夜に見舞いにきた。久しぶりの姉弟再会で、玲は少し照れたように話す。

「東京にシェル美術賞展ってのがあるんだけどさ、そこで佳作、もらえたんだ。企業の賞だし、佳作だけどね」

以前なら二紀展にこだわって、企業の賞になど見向きもしなかったはずだ。題名が「蠢（B）」だと聞いて、羊子は茶化した。

「うごめくなんて、また暗い絵やろ」

玲は苦笑した。

「暗いのが、俺の画風さ」

母の薬になりたいがために、玲は民間の賞に挑戦しているらしい。母のために、わかりやすい結果を出してみせたのだ。

玲にとっても、母の病気が薬になって、今までとは違う方向に踏み出していた。画家として名を成すのは、まだまだ遠い。それでも羊子には、弟の行く手に、ほのかな灯が見えた気がした。

かたわらで洟をすする音が聞こえた。見れば母が涙を流していた。母にも息子の気づかいが痛いほどわかるし、まがりなりにも結果を出せたのが嬉しいのだ。

一方、玲はうつむいて、しきりに目を瞬いていたが、突然、くるりと背中を向けた。壁に手を突き、肩を小刻みにふるわせる。

羊子も喉元に込み上げる熱いものを、こらえきれない。突っ立ったまま、手のひらで頬をぬぐった。誰からも言葉は出ない。それでも家族の思いは、たがいに理解し合える。

「よかった」

ただ、それだけだった。

第七章　ダイス舞う瞬間

母が倒れた翌年三月の日曜のことだった。

鴨居玲は久しぶりに実家に帰って、茶の間の押し入れを開け、見たこともない油絵が、何枚も突っ込まれているのに気づいた。

どれも少女が手持ちぶさたに立っている絵柄だった。背景は野原だったり水辺だったりで、ときには犬や猫などの動物も描かれている。色調は、ほのかに暗い。

「ようちゃん、油絵、始めたの？」

姉に声をかけると、大慌てで駆け寄ってきて、いきなり押し入れを閉めた。

「勝手に見んといて」

頬を膨らませる。

「下手やて、言いたいんやろ」

玲は肩をすくめた。

「そりゃ上手くはないけどさ、味はあるよ」

羊子は照れつつも、嬉しそうな顔をした。

「ほんま?」

「子供のころの絵と変わってないね」

すぐに膨れっ面に戻った。

「やっぱり、下手なんやね」

玲は可笑しくなった。どうやら本気で取り組んでいるらしい。

「でも、よく油絵なんか描く暇があるね」

母が倒れて以来、「忙しい、忙しい」と言い通してきたのに、不思議だった。

「そのくらいの時間はあるわ。そんなことより、何か用があって来たんやないの?」

玲は卓袱台の前に腰を下ろした。

「実はさ」

言い出す前に、姉が眉をひそめた。

「また、お金やないやろね」

「うーん、まあ、そうなんだけど」

思い切って、用件を口にした。

「ブラジルに行きたいんだ。若林が誘ってくれてるんで」

若林とは、ずっと連絡を取り合っており、もう永住するつもりだと手紙が来た。玲にも刺激にもなるはずだから、ぜひ遊びにこいと誘われていた。

母の入院中に、現代日本美術展やシェル美術賞展で、いい結果を得たものの、その後が続かず、玲は今も突破口を探している。

羊子は怪訝そうに聞き返した。

「ブラジル？　外国に行くのは悪ないけど、どうせ行くんやったら、やっぱりパリがええんと違う？」

玲は即座に首を横に振った。

「パリは嫌いだ」

すると羊子は、縁側の揺り椅子に座っていた母に聞いた。

「お母さんは、どう思う？」

母は右半身不随になり、退院してからは、羊子が買った揺り椅子に、日がな一日、座っている。昼間、羊子が仕事に行っている間は、家政婦を頼んである。母は左手を横に振って、ゆっくりと言葉を発した。

「ブラジルは、ギャングがいて、心配」

玲は呆れて言い返す。

「ギャングなんて映画の世界だろ。三十六にもなった息子を子供扱いしないでくれよ」

すると羊子が意外なことを言い出した。

「そんなら、あたいが先に行って、若林さんの様子を見てくる」

「ようちゃんが？」

「いずれにせよ、外国に行こう思うてたし」

「外国って、ようちゃんなら、それこそパリだろう」

「パリも行く。和ちゃんと一緒に行こうゆうて、約束してあるねん。彼女ならフランス語の通訳、してもらえるし」

驚くことばかりだ。ときどき姉が、今も和子と会っているのは知っている。だが海外旅行の約束までしていようとは。

「でも、お母さん、どうするんだよ?」

すると母が揺り椅子に座ったまま答えた。

「大丈夫」

もう母娘で話がついているらしい。羊子も気軽な口調で言う。

「ヨーロッパのあちこちをまわるから、ついでにブラジルも行ってくる。それで大丈夫そうやったら、あんたも行ったらええわ」

玲は腹が立ってきた。

「いい加減にしてくれよ。ヨーロッパからブラジルなんか、そう簡単に行かれる距離じゃないんだからな。だいいち、ようちゃん、そんな大旅行する暇なんか、あるのかよ」

「なかったら、こんな話、せえへんわ」

「でも、その間、お母さんは、ずっと放ったらかしかよ。大丈夫なわけがないだろう」

羊子も怒り出した。

「あんたに、そんなこと言われたないわ」

勢いよく立ち上がり、大股で茶の間から出ていった。

母が手招きする。玲が揺り椅子のかたわらに腰を下ろすと、たどたどしく話し始めた。

「羊子ね、暇になったの。ずっと会社の人に、いろいろ任せてたから」

玲は合点した。母の看病に明け暮れて、仕事を社員に割り振っていたために、社長の仕事がなくなってしまったらしい。だから絵も描けるし、海外旅行にも行けるのだ。

「羊子ね、悩んでるの。これから、何したら、いいか。だから、行かせて、やって」

玲は目を伏せて言った。

「行かせるも何も、ようちゃんが自分のお金で行くんだから、俺が、どうこう言える立場じゃないよ」

いよいよ十月には東京でオリンピックが開催され、東海道新幹線が開通する。その影響で、更なる好景気が続いており、チュニックの業績も右肩上がりを続けている。そんな中で、いつも強気の姉が、自分と同じように突破口を探しているのが、玲には意外だった。


半年後、羊子は大旅行から帰国した。

「玲、ブラジルに行っておいで。ええとこやった。サンパウロは大都会やし、空は明るいし。だいち若林さんが面倒を見てくれるから、何も心配は要らんよ」

さらにラテン系の国民性を絶賛した。

「みんな気さくなんや。前に今東光さんが、うちにバテレンの血が混じってるんやないかて言うてたけど、ほんまかもしれへん。あんたも、きっと気に入るよ」

玲は無愛想な姉が、ラテン系の人々と気が合うというのも妙な気がしたが、ともかく旅費と滞在費は出してもらえることになった。

そうして昭和四十年三月、玲はサンパウロの空港に降り立った。若林とは数年ぶりだったが、すっかり画家としての風格を身につけており、自宅に泊めてくれて、街の案内から両替まで世話してくれた。

羊子が言った通り、サンパウロは南半球最大の都会だった。最新鋭のビルが林立する中に、教会や役所などの伝統的なポルトガル建築が、あちこちに残る。美術館の数も多い。南半球の三月は、明るい秋空が広がり、パリよりも活気があった。

多民族国家で西洋人が中心だが、先住民との混血の人々も多く、そこに日系人が混じる。陰では差別もあるというが、表立っては対立せずに暮らしている。

バーに入れば、ポルトガル語で気さくに話しかけられる。わからないと、大ぶりな手真似で伝えようとする。気負うことなく応じられて、たいがい大笑いになった。

フランス人は基本的に、フランス語ができない者は相手にしない。その点は大違いだった。それに日系人には日本語が通じるし、玲はブラジル社会に容易に溶け込めた。毎日、楽しく過ごしていると、若林が勧めた。

「いっそ、こっちに根を下ろしたらどうや」

少し心が動いたが、本気にはならなかった。ブラジルで成功したとしても、活躍を母に見せられない。それに毎晩、呑み歩くのが楽しくて、絵を描く気が起きなかった。

「明るすぎるのも、ちょっとなァ」

「そんなら隣のボリビアに行ってみたら、どうや。あっちはスペイン語圏やけど、先住民が多くて、ブラジルより素朴みたいやで」

「じゃあ、一緒に行こうぜ。ふたり分の旅費を、姉貴に送らせるから」

若林は遠慮したが、玲はひとりでは心細い。羊子に手紙を書き送ると、すぐに充分な金額が送られてきた。日系人が多いために、銀行も送金に慣れている。

さっそく、ふたりで国境を越えた。もともとボリビアはスペインの植民地だったが、独立戦争や革命が長引き、インディオと呼ばれる先住民たちは貧しい暮らしぶりだ。その姿を玲は片端からスケッチした。だが政情が不安定で、治安もよくない。早々に太平洋岸のペルーに移った。

ペルー人もインディオが多く、西洋人より小柄だった。ブラジル人と同じく陽気だが、重荷を背負いながらも、それを冗談で笑い飛ばして生きている印象があった。

スペイン語はポルトガル語に近く、若林は、なんとか話が通じる。フランス語との共通の言葉も多くて、玲が知っているフランス語をスペイン語風に発音すると、意外に通じたりもする。パリにいたときよりも、フランス語が重宝した。

玲は自分の性格の変化を自覚した。無口で暗かったのに、南米人の冗談に応じているうちに、自分でも冗談を言うようになった。人をかついだり、からかったりもして大笑いする。子供のころは、からかわれるのが大嫌いで、よく泣いた。それが嘘のようだった。

それに日本では、華のある人物としか付き合わなかった。自分に相応しいかどうかにこだわり、妙な特権意識が捨てられなかった。でも南米では、そんなことは、どうでもよくなった。むしろ庶民の中に積極的に入っていき、彼らの笑いの陰にあるものを、片端からスケッチした。

教会前の広場を黙々と歩く人の列や、救いを求めて手を差し出す老人たちなど、いくらでも描きたくなる題材があった。どんどん増えていくスケッチを見て、若林が言った。

「なあ、鴨居、やっぱりパリに行けよ。パリに腰を落ち着けて、このスケッチを油絵にしてみろ。きっと道は開けるぞ」

「パリは嫌いだ。だいいち、サンパウロで暮らせと勧めたのは、おまえだろう」

「いや、サンパウロからは世界に打って出られへん。日本でもあかん。鴨居玲は世界を目指すべき絵描きや。このスケッチを見て、ようわかった」

「ずいぶんな過大評価だな」

「おまえの欠点は、そこや。自信がなさすぎる。そやからまわりも、その程度の絵描きやと見なすんや。特に海外では、自分を大きく見せなあかん。見栄を張れ。謙譲の美徳なんか、何の役にも立たんぞ」

若林はスケッチブックを返した。

「おまえは南米に来て、大事なものをつかみかけてる。おまえならではの絵や」

ここで日本に帰ったら、また前のように戻りかねないという。

「おまえは寂しがり屋やから、ひとりでパリに行くのは嫌やろうけど、ここが正念場や。もういっぺん羊子さんに送金してもらって、このままパリに行け」

玲はスケッチブックを見た。たしかに今までとは違う絵であり、これを油絵にしたら、自分の画風を確立できそうな気がした。

かつて和子とパリから帰国したときに、羊子に神戸のアトリエを借りてもらい、ひとりで再出発しようと決意したが、上手くいかなかった。でも今度こそという気もする。

とはいえ、すでに羊子には、かなりの額を出してもらっている。さすがに再送金してくれるかどうか心もとない。

「わかった。もういちど姉貴が金を出してくれたら、パリに行くよ」

決断を姉に委ねるつもりで、無心の手紙を書き送った。すると前回の何倍もの金が届いた。日本では万国博覧会の大阪開催が決まり、さらなる好景気が続いていた。

若林は笑って言う。

「芸術家はスポンサーあってこそや。今は羊子さんを頼れ。遠慮は無用や」


パリの中心部には、統一感ある石造のアパルトマンが建ち並ぶ。十九世紀にナポレオン三世の命令により、凱旋門や放射状の街路とともに生まれた美しい街並みだ。

中でもセーヌ川の左岸にあたる六区は、超高級住宅地として知られる。アパルトマンの住人たちは貴族などの特権階級か、功なり名をなした大富豪ばかりだ。

最上階の屋根裏部屋は、もとは貴族の奉公人用だったが、今は芸術家なら格安で入居できる。芸術の都、パリならではの特別待遇だ。専用の小さな裏口と裏階段があり、玲は、その秘密めいたところが気に入った。

表通りから見上げる建物は、どこも手入れが行き届いて整然としているが、屋根裏の小窓は日当たりが悪く、眺めは薄汚れた裏壁ばかりだ。でも玲には、むしろ好ましかった。

部屋の賃貸契約には、日本人の通訳を雇ったが、それ以外の画材購入などは、自分ひとりで出かけた。前回の滞在では、和子に頼りきりだったが、片言のフランス語でも一生懸命に話せば、通じることがわかった。

以前、和子が働いていたフォーブル・サントノーレ通りにも行ってみた。あのころは卑屈になったが、まがりなりにも自分は六区に住んでいると思うと胸を張れた。姉の世話になっているのは、若林の言う通り、スポンサーだと割り切ることにしたのだ。

そうしているうちに、ふたり組の若い日本人女性と知り合った。どちらもカメラマンで、広瀬佑子と富山栄美子という名前から「ヒロ」と「トミ」と呼び合っていた。

玲は、かつての乃村工藝社での一件に、和子との別居が加わって、いっそう女性への苦手意識が強くなった。表面的にはもてるのに、自分で壁を作ってしまうため、気取っていると見なされる。

だが広瀬佑子も富山栄美子も、しゃべり方が男っぽく、気負わずに話ができた。佑子の方が積極的なタイプで、栄美子は色白で可愛らしい顔立ちだが、どこか少年のような雰囲気があった。父親がロシア人で、母が日本人だという。玲は何気なく聞いた。

「トミさんのお父さんって白系ロシア人？」

白系ロシア人はロシア革命の際に、国外亡命した貴族たちだ。神戸には定住した人々がおり、玲と同世代には、親が白系ロシア人という神戸っ子が何人もいる。

だが佑子も栄美子も笑い出した。

「白系ロシア人って、いつの時代の話？」

そう言われて、ふたりとの年代差に気づいた。佑子が聞く。

「おじさんも、どこかの血が混じってる？」

「おじさんはひどいな。まだ三十七だぜ」

「充分に、おじさんだよ」

苦笑しつつ、わざと芝居じみた話をした。

「実は祖父がスペイン人でね。世界的な貿易商だったんだ」

「へえ、そういえば、ラテン系って感じ」

玲は笑い出した。

「嘘だよ。純粋な日本人」

「なんだァ。かつがれちゃったな」

若い女性たちをからかったり、からかわれたりするのが楽しかった。佑子は自分たちがパリに来た事情を話した。

「トミとは東京の写真学校の同期なんだ。卒業してすぐに東京オリンピックがあったんで、ふたりで新聞社と契約して、女子選手たちを撮影したら、これが大当たり」

カメラやレンズなどの機材が重いために、カメラマンは圧倒的に男性が多い。だが女子選手を追いかけるには、女性カメラマンの方が、ロッカー室や控室にも入れて都合がよかった。それで重宝がられて、仕事の依頼が殺到したという。

「ずいぶん稼げたし、次はグルノーブルの冬季オリンピックを取材しようと思って、早めにフランスに来たってわけ」

グルノーブルはアルプスのフランス側山麓にあるスキーリゾートで、東京オリンピックの四年後の冬季開催が決まっていた。

「言葉や習慣に慣れてた方が取材しやすいから、今はパリで長期滞在しているんだ」

今はフランス語の勉強のかたわら、日本人をはじめ外国人の画家たちから、絵の撮影を引き受けて、滞在費を稼いでいるという。

「こっちのカメラマンは絵の扱いが雑だし、私たちの仕事ぶりは評判がいいんだよ。おじさんも絵を描くなら、撮影させてね」

玲も問われるままに経歴を話した。すると栄美子が意外そうに聞いた。

「カナビの一期生なの？」

「カナビって？」

「金沢の美大のことだよ。知らないの？　やっぱり嘘だな？」

今度は、いっぱい食わされないぞという顔だ。玲は笑い出した。

「本当だよ。僕のころは、金沢美術工芸専門学校っていったんだ」

近年、母校が専門学校から美術大学に格上げされたのは知っていたが、カナビという略称は知らなかった。

「へえ、そうなんだ。すごいね。私、高校が女子美の附属だったんだけど、同期で受験した子がいたよ。カナビは少人数教育でレベルが高いから、受からなかったけど」

玲は母校の高評価が嬉しかった。田中千代学園講師という経歴も絶賛された。

「東京の田中千代学園に進学した同級生も、何人もいたよ。その講師なんて、すごいね」

佑子が、ふと気づいて聞いた。

「鴨居って苗字、珍しいけど、下着デザイナーの鴨居羊子と同じだよね」

「姉だよ」

「えええッ、本当？」

ふたりは目を丸くして顔を見合わせ、その驚きように、玲自身も驚いた。

「鴨居羊子なんて、よく知ってるね」

「有名人だよ。ちょっとおしゃれな女の子なら、たいがい知ってる」

最近、「11PM」というテレビ番組が始まり、ときどき羊子も出演するので、男性にも知名度が高まっているという。

さらに玲が六区に住んでいるとわかると、憧憬《どうけい》のまなざしを向けられた。六区を選んだのは、若林の勧め通り見栄を張ったのだが、予想以上の効果だった。だが日本人相手に偉そうにするのは、気恥ずかしくなって、正直に打ち明けた。

「六区っていっても、屋根裏だよ」

「セーヌ左岸の屋根裏は芸術家の憧れじゃん」

「いや、姉の会社が儲かってるんで、こっちの滞在費を払ってもらってるんだ。僕は、ただの役立たずのおじさんさ」

それから南米で描き溜めたスケッチを見せると、ふたりのまなざしは尊敬に変わった。

「すっごく上手。ただのおじさんじゃないね」

栄美子が数枚に目を止めた。

「この辺のが、特にいい感じ」

それはペルーで描いた一連のスケッチだった。薄暗い酒場の一隅で、インディオの男たちがトランプやサイコロ賭博に興じる姿だ。

「こんな一瞬、写真でも撮れないと思う。お金が欲しいっていう欲や、この人たちの貧しい暮らしぶりまで見えてきそう」

玲は、はっとした。スケッチしたときは、勝負に一喜一憂する男たちが面白くて、気軽に鉛筆を取った。でも、その背景までが見えるとは。それこそが長年、探していたものではないか。

宮本三郎の「飢渇」は、命の際に立つ真摯な欲望を描いており、賭博の俗っぽさとは異なる。それでも人間の本性という点では、共通しそうな気がした。

その夜から玲は、スケッチを次々とキャンバスに写し取った。まさにサイコロが宙を舞う瞬間や、壺の中に収まって男たちが凝視する様子、さらに壺が外される直前まで、それぞれのシーンを油絵にした。

そんな連作が完成してから、栄美子と佑子を屋根裏部屋に呼んだ。ふたりは絵を見るなり立ち尽くした。

「今までに、いろんな絵を撮影したけど、こんなのは初めて。どれも息を吞む瞬間だね」

玲は、学生時代の自画像と観音像以来の手応えを感じた。まさに十数年ぶりに、これが自分の絵だと確信できたのだった。

同時に栄美子に強く惹かれた。この絵の魅力に、最初に気づかせてくれた感性は、ほかの誰にもないものだった。

翌春、三十八歳になった玲は、ル・サロンに一連の作品を出品して褒賞を受賞した。

ル・サロンは三百年もの歴史を持つ公募の美術展であり、ガラス張りの天井で知られるグラン・パレで毎年開かれる。ルノワール、ミレー、モネ、マネ、セザンヌなど、そうそうたる画家たちを輩出した登竜門だ。

栄美子たちは、わがことのように喜んでくれた。ただ、ふたりとも二年後の冬季オリンピックを待たず、いったん帰国するという。

玲は別れを惜しみながら、日本での再会を約束した。そして、さらなる題材を求めてイタリアをまわり、十一月に帰国した。ブラジルに向かって出発して以来、一年九ヶ月に及ぶ外遊となった。

羽田空港に帰着後、まずは宮本三郎の世田谷の家に絵を見せにいった。宮本は感無量といった表情を浮かべた。

「期待して待った甲斐があった。もういちど二紀会に戻りなさい。頭を下げるのが嫌なら、公募に出せばいい。この作品なら、かならず評価される」

玲は指示に従い、サイコロ賭博の二点に「静止した刻A」と「静止した刻B」の題名をつけて、秋の二紀展に応募した。その結果、入選を果たして、同人に返り咲いた。

玲が母と姉の家に落ち着くと、ふたりは、これまで以上に喜んでくれた。今まで何度もぬか喜びさせては、その後に落胆させてきたのが、申し訳なくてたまらない。

でも今度こそはという自信を見せたくて、ふたりを東京の二紀展に呼んだ。しかし母は不自由な体を人前にさらしたくないと、かたくなに上京を拒んだ。それどころか外出さえしたがらない。ただ父の位牌の前で、長く報告をしていた。

二紀展が終わると、羊子から大阪での個展開催を勧められた。

「北浜の証券街に、日動画廊ゆう新しいギャラリーがあるんやけど、そこで鴨居玲展をせえへん?」

以前、サエグサ画廊での二人展が、いい結果を生まなかった。そのため姉の勧めは、安易に受ける気にはなれない。だが今度も羊子は強引だった。

「あんたがパリにいた間に、あたい、そこで絵の個展を開いたんやけど、下着デザイナーが絵を描くなんてペテンやから、『ぺ展』ゆう題の個展にしたんや。そんなん面白がってくれるし、悪ないギャラリーやと思うよ」

本店にあたる東京の日動画廊は、銀座の老舗だという。

「ただし、あたいが日動画廊に話を持っていくと、姉の七光で、ろくな絵描きやないと思われそうやし、別の人に、間に入ってもらおうと思うてる」

かつて銀座のサヱグサ画廊の二人展に際して、東京の新聞社に取材を頼んでいたのに、記者はひとりも来なかった。それは元新聞記者の鴨居羊子が、才能もない弟をゴリ押ししてきたと見なされたのだという。今回は、羊子の知名度が上がった分、余計に姉の七光と疑われかねないと案じていた。

玲は不審に思って聞いた。

「でも、別の人って、当てはあるのかよ」

「ある。司馬遼太郎。もともと産経新聞の美術記者やから、画廊に顔が利くんや」

司馬遼太郎が前から姉と懇意とは聞いていたが、今や押しも押されもせぬ大作家だ。

「絵を見る目も確かやし、いっぺん、あたいと一緒に会わへん？」

今まで何度も羊子は、自分の知り合いの有名人を、玲に引き合わせたがった。今東光は関西学院の大先輩だったし、岡本太郎は芸術家としての知遇を得ておけば損はないという。でも玲は嫌だった。そんな偉い人と会っても気後れするばかりだ。

ただ帰国して以来、家にあった司馬遼太郎の本を片端から読んで、その作風に興味を覚えた。それに若林に指摘された通り、自信のなさは改めようと、姉の勧めを承諾した。

当日、東大阪にある福田の家に、何枚もの絵の写真を持っていった。緊張はしたが、できるだけ積極的に見せて説明した。

「この辺がインディオを描いた作品です」

それは二紀展に出した「静止した刻」の連作だった。福田はすぐさま身を乗り出した。

「おッ、ええな」

誉められて緊張が解け、ほかの写真も次々と見せて、自分から話を振った。

「できれば北浜の日動画廊で個展を開きたいので、お口添えいただきたいのですが」

福田は不思議そうな顔を羊子に向けた。

「紹介するのはええけど、去年、鴨ちゃんも日動で絵の個展、やらへんかったか?」

ようやく羊子が口を開く番になった。

「やった。けど、あたいの弟としては売り込みたない。玲は正統派の絵描きやし」

福田は微妙な感情を察してくれた。

「わかった。日動画廊には僕から話そう。こんな才能のある画家を紹介できて、僕は先々まで自慢できると思う」

さらに玲の顔を、しみじみと見た。

「えらい男前やけど、何代か前に西洋人でもおったんと違うか?　そういうたら鴨ちゃんも、女にしては背え高いし」

羊子は肩をすくめた。

「前に今東光さんにも同じこと言われたわ。うちの両親が平戸出身やて言うたら、バテレンの血が混じってるて。それで母親に聞いたら、うちの本家は平戸でも、平戸島やなくて、対岸の九州本土の方なんやて」

「九州の西の端やな。けど昔は小舟で行き来が盛んやったから、感覚的に今より近かったと思うで。それに平戸島の南蛮人は貿易商やら船乗りやら、けっこうおったから、その血統も何筋もあったはずや。それが鴨ちゃんの世代で合わさって、色濃く出たんやないか」

歴史小説家の意見だけに真実味があり、玲も話に乗った。

「僕も実はラテン系かなって気がするんです。妙に南米に馴染んだし」

人前で明るく振る舞えるようになったのも、ラテンの血が呼び覚まされた気がした。

「スペイン語も楽でした。母音がはっきりしてるから、もともと日本人には発音しやすいんですけどね」

福田は断言した。

「それは間違いなく、スペイン人の先祖がおったな。帆船に乗って、南方から台湾や琉球や奄美の島づたいに北上して、平戸まで行った勇壮なスペイン人や」

酒が出て盛り上がるうちに、福田の作品の話題になった。玲は最近、読売新聞で連載された「妖怪」が特に好きだと話した。すると福田は若白髪まじりの豊かな髪を、気まずそうにかいた。

「あれな、僕も好きなんやけど、あんまり人気、出えへんかった。やっぱり『竜馬がゆく』とか歴史小説の方が、読者受けがええんや」

「そうですか。僕は好きですけど。デビュー作の『ペルシャの幻術師』もよかったし」

「あれは鴨ちゃんのおかげや」

福田は新聞記者時代、「物の怪が出る」と評判の古寺に取材に行き、深夜、障子が激しく鳴ったり、火の玉を見たりしたという。

「あれは『出る』て聞いてたから、自己催眠にかかったんかもしれんけど、この世には何かいそうな気はしてる。それで妖怪とか幻術とか書くんやけど、読者には受けへんねん」

玲は名古屋を思い出した。大空襲の後に火の玉や人の霊らしき浮遊物を見た。だが、あまりに凄惨な経験で、姉の前では話す気にはなれない。話せば母の耳にも届くに違いなく、余計な心配をかけるからだ。ただし福田なら理解してくれそうな気がした。

その夜、さんざん呑んだ挙句に、玲も羊子も、いい気分で福田家を出た。最寄りの河内小阪駅まで歩いていく途中で、小柄な酔っ払いがすれ違いざま、聞こえよがしに言った。

「おばはん、何さまのつもりや。いっつもブスッとして。テレビに出てるか知らんけど、偉そうにしおって」

玲は、むっとして振り返った。すると男は背丈を気にしてか、大声で虚勢を張った。

「なんや、えらい色男、連れてるやないか。どうせエロ下着で稼いで、金で釣ったんやろ」

玲は一歩前に出た。

「弟だよ。おまえこそ、何さまのつもりだ」

「なんやとお」

男は、むきになって殴りかかってきた。酔いで足元がおぼつかない。玲は喧嘩などしたことがないが、とっさに相手の手首をつかんだ。すると男が騒ぎ出した。

「放せッ、放さんかいッ」

羊子が割って入り、玲にささやいた。

「相手にせんとき」

いきなり手を離すと、男は勢い余って道端に転がった。羊子は玲の背中を押して、駅前のタクシー乗り場に走った。

「面倒、起こさんといて」

玲はタクシーの後部座席に押し込まれ、羊子も続いて乗って、そのまま家に向かった。

「西宮までタクシーなんて、えらい散財や」

羊子は、いまいましげに言う。

「あたいがテレビで愛想ないのは、ほんまのことやし。こんなん、しょっちゅうなんやから、いちいち腹立ててたら、きりないわ」

しかし玲も腹立ちが収まらない。

「じゃあ、なんでテレビなんか出るんだよ」

「11PM」を見たことがあったが、ゲスト出演した羊子は、予想以上の無愛想ぶりだった。ただ、たまに発する言葉が鋭くて、司会の藤本義一やディレクターに気に入られているのは明らかだ。

羊子は当然とばかりに答えた。

「チュニックの宣伝や。宣伝せえへんかったら、商売はジリ貧や。そんなことも、わからんの？あたいかて、好きでテレビに出てるわけやないんやで」

玲は黙り込んだ。そこまでして姉は仕事に打ち込んでいるとは、考えが至らなかった。そうして稼いだ金を、自分はパリで散財してきたかと思うと、少し胸が痛んだ。

なおも羊子は言い立てる。

「ほんまは今日、あんたの態度を見直したんやで。福さんに気い使うてたし、ずいぶん大人になったなて感心した。南米やパリに行かした甲斐はあったと思うた。けど、なんやの。あんな酔っ払い相手にして。もう四十になるのに、まるで不良少年やないの」

玲は暴力は嫌いだし、もし自分がからまれたのなら、聞き流したに違いない。でも姉を罵倒されたのが許せなかった。

羊子は不良少年を諭すように言う。

「あんたは、これから画家として売り出すんやから、こんなところで暴力沙汰なんか起こしてもろたら困る。その辺、よう心得てな」

玲は黙り込み、タクシーのガラス窓に頬を押し当てて、暗い街並みを見つめた。

個展のオープニングには福田も来てくれて、なかなかの盛況だった。来場者は日動画廊の顧客が圧倒的に多かった。投資として若手の絵を買っておくコレクターたちで、購入予約の札が次々と掲げられた。

女性客はほとんどいない。どうやら羊子はチュニックの個人客に、声をかけなかったらしい。羊子自身、金髪をベレー帽に押し込んで、ちょっと姿を現しただけで、早々に帰ってしまった。本気で鴨居玲を鴨居羊子から切り離すつもりらしい。

母も来ない。それは予想できており、あらかじめ玲は栄美子を東京から呼んで、オープニングの様子を撮影してもらった。できた写真を母に見せるつもりだった。撮影依頼は再会の口実にもなった。

その夜、玲は、福田とさんざん呑み歩いて別れた後で、栄美子が泊まっているホテルの部屋を訪ねた。ドアを開けてくれた栄美子に、玲は廊下に立ったまま礼を言った。

「今日は、ありがとう。写真を撮ってくれて」

栄美子は指先を部屋の中に向けた。

「個展盛況のお祝いに、シャンパンでもどお？　ルームサービスを取るから」

玲が部屋に入ると、さっそく栄美子はルームサービスを頼もうと、電話に手をかけた。その背後から近づき、強引に受話器を置かせた。そしてパリにいたときから、ずっと惹かれていたと打ち明けて抱いた。

翌朝、栄美子は身支度をしながら言った。

「昨日、羊子さんに会えて嬉しかったな。写真ができたら、おうちに持ってきて、お母さまに見せてって頼まれたけど、郵送するね」

玲は複雑な思いがした。写真を撮っている栄美子を見て、羊子は弟の思い人だと見抜いたに違いない。だから母に会わせようとしたのだ。母は独り身同然の息子を案じており、新しい恋人を歓迎するのは目に見えている。

でも栄美子は、そんな要求には背を向けて、あっさりと距離を置く。玲としては、つきまとわれるのは嫌なのに、突き放されたようで寂しさを感じる。和子と結婚した当初も、そうだった。

手放したくないという愛しさが募り、それでいて、もう四十歳だという自制心も働く。部屋を出るときには平静を装って、できるだけ、さりげなく言った。

「また東京に行くから、連絡するよ」

執着心を見抜かれたくなかった。すると栄美子は可愛い笑顔で答えてくれた。

「わかった。待ってるね」

このとき長く付き合えそうな予感がした。

第八章　スペインの風

鴨居羊子は胸が高鳴った。玲に若い恋人ができたと知れば、どれほど母が喜ぶかと。ずっと母は息子の先行きを心配してきた。画家として自立できるかだけでなく、独り身を通させるのが忍びないのだ。

そのため日動画廊で鴨居玲展を見た後、羊子は大急ぎで自宅に帰って報告した。

「玲に彼女ができたみたい。会場に来てたわ」

案の定、母は不自由な身を乗り出した。

「よさそうな人？」

今や言葉は、かなり回復している。

「可愛い子やった。パリで知り合うたんやて。カメラの仕事をしてて、玲には合うてると思うよ」

「本当？　何ていう人？」

「富山栄美子。会場の撮影してたから、写真ができたら、うちに持ってきて、お母さんに見せてて頼んどいた」

とたんに母の顔色が変わった。

「うちに呼んだの？　それは駄目よ」

「なんで？」

「決まってるでしょう。玲の大事な人を、こんな家には呼べませんよ」

以前、和子のときにも同じように嫌がった。まして体の不自由な母親がいると知ったら、栄美子に見限られると言い立てる。

「けど、この先、お母さんの面倒をみるのは、あたいなんやし、玲の恋人には関係ないよ」

「いいえ、とにかく、この古家に呼ぶわけにはいきません」

羊子は腹が立った。玲の恰好つけは母親ゆずりなのだと、改めて痛感する。それでも、せいいっぱい穏やかに話した。

「けど、お母さんは外に出えへんし、家に呼ぶのもあかんかったら、その子と、ずっと会えへんよ。それでもええの？」

すると母は黙り込んでしまった。

十日ほどすると、玲がアルバムを手にして現れた。プロ仕様のシンプルでしゃれたアルバムで、栄美子が送ってきたに違いなかった。玲は母の揺り椅子のかたわらに座り込んで、自慢げに開く。

「この間の個展の写真だよ。これが小説家の司馬遼太郎先生。こっちの人が絵を買ってくれた人。あ、この人もだ」

母は目を細めて見入る。母と息子で仲睦まじそうに身を寄せる様子に、羊子は無性に腹が立ってきた。そして母の部屋から出てきた弟に、突っかかるようにして言った。

「あの子、写真、持ってきてくれへんかったんやね。頼んどいたのに」

玲は顎を上げ気味にして答えた。

「言っとくけどさ、今さら離婚とか再婚とか、いっさいないからね」

和子とは、いつまでも離婚しないままでいるつもりらしい。羊子は言い返した。

「そこまで考えてへんよ。ただ、お母さんに会わせたかっただけや。どれほど喜ぶか」

玲は持っていたアルバムを示した。

「これを見せただけでも、喜んでくれたさ」

その通りであり、羊子は自分の気づかいが馬鹿らしくなった。

ただし羊子は、それを機に家の建て替えを考え始めた。西宮の森具に中古住宅を買ってから十年が過ぎている。たしかに母の言う通り、人など呼べない古家になっていた。

思い返せば、母が倒れたのは家を買って五年目だった。以来、母の世話は、羊子の肩にのしかかった。特に入浴が苦労だった。タイル張りの四角い風呂に、腰をかがめて入れなければならず、すぐに腰が痛くなる。風呂場自体も狭い。

夏など、母は汗疹《あせも》だらけになって、入浴させないわけにはいかない。しかし家政婦は夕方には帰ってしまうし、とうてい玲には頼めなかった。だいいち母が受けつけない。

ひとりでは何もできない母を見ていると、いっそ、このまま湯に沈めてしまいたい衝動にかられた。その方が母も楽ではないかと思った。

風呂場の改造を考えたこともある。だが見積もりが意外に高く、それなら家全体を建て替えたかった。それでいて仕事にかまけ、新築は先送りにしてきたのだ。でも今なら建設費も何とかなりそうで、玲に相談してみた。

「あんた、あのカメラマンの子と暮らす気は、ほんまにないん？」

「ない」

「そしたら、近々、家を建て替えようと思うんやけど、あんたのアトリエも要る？」

「へえ、いいね。どうせ住むなら、ここを売って、芦屋に土地を買おうよ」

「どこに、そんなお金がある？　ほんまに、ええ恰好しいなんやから」

「芦屋市内でも安いところはあるよ」

そして、さっそく大東町というところに、七十坪の売地を探し出してきた。

羊子は近くに堀切川という小さな川が流れているのが気に入った。人工的なコンクリート護岸だが、川沿いに細い道が海まで続いており、潮風が心地いい。母を車椅子に乗せて散歩させたくなり、思い切って購入した。

新築を決断すると心が弾んだ。羊子が大まかな間取りとイメージを決め、モダニズムの若手建築家に設計を依頼した。

完成後、引っ越しの手伝いを社員に頼むと、誰もが「しゃれてますねえ」と羨望のまなざしを向けた。重厚な大豪邸ではなく、外観は白い下見板風の外壁で、一部を南欧風の漆喰仕立てにしたのだ。

入居の日には、森島に会社のステーションワゴンで森具まで迎えに来てもらった。羊子と森島とふたりがかりで着物姿の母を支え、苦労の末に後部座席に乗せた。玲は、しばらく前から飼っている大型犬と一緒に、ステーションワゴンの荷台に乗り込んだ。

若いころの羊子は野良犬の気ままさを愛し、飼い犬など小馬鹿にしていた。だが野犬狩りが進んで、いつしか馴染みの犬が街から消えてしまった。それで寂しくなって、仔犬をもらったのだ。親はシェパードとコリーで、鼻が長いことから鼻吉と名づけた。今では、すっかり大きく育ったが、玲も母も犬好きで、家族で可愛がっている。

大東町の新築の前で、森島がステーションワゴンを停め、またふたりがかりで母を降ろした。母からは開口一番、誉めるともけなすともつかない感想が出た。

「あらまあ、ずいぶん奇抜な家だこと」

羊子は無視して玄関前に立ったが、わずか数段のステップが昇れないことがわかった。母本人と両肩を支える三人が、横に並ぶだけの幅がないのだ。

結局、森島が背負って玄関から入った。母は遠慮や恐縮どころか、本気で嫌がっていた。でも羊子では支えきれないし、玲では余計に母が嫌がる。

鼻吉が興奮して家の中を走りまわる中、玄関から先は、母が片手で廊下の壁を伝い、もう片方を羊子が支えて案内した。

リビングもダイニングも玲のアトリエも、すべてスペイン風のインテリアで、家具は重厚な直輸入品を揃えた。スペインを意識したのは、今東光のみならず福田にまで指摘されて、本当にスペイン人の先祖がいたような気がしたからだ。

母は家具にも文句を言った。

「どれも重そうねえ。床が抜けないかしら」

羊子は、しだいに心がささくれ立ってきたが、我慢して先に進んだ。

「お母さんの部屋は中二階や」

そう言いながら、また羊子は悔いていた。中二階までの階段が、やはり昇れそうにない。こんな簡単なことに、どうして設計段階で気づかなかったのか。ふたたび森島に背負ってもらって上がった。

「ここが、お母さんの部屋」

部屋の中にはベッドが鎮座し、猫足のバスタブと洋式便器、洗面台まで備えられている。どれも母の専用で、いつでもトイレに行かれるし、広々として風呂も入れやすい。

だが母は黙り込んでしまった。また何か文句がありそうだが、とりあえず揺り椅子に腰かけさせた。すると母は森島に礼を言った。

「ありがとうございました。これで、けっこうですので」

森島は戸惑い気味に聞き返した。

「二階は、ごらんにならなくて大丈夫ですか」

羊子が母の代わりに答えた。

「二階は、あたいと玲の部屋やから、もうええわ。今日は、どうもありがとう」

羊子は玄関まで見送りに立って、中二階に戻ると、玲の姿はなかった。二階の自室に入ったらしい。代わりに鼻吉が不穏な空気を察して、揺り椅子のかたわらで耳を立てて、行儀よくおすわりしていた。

母は、いきなり険しい声で聞いた。

「なぜ、お風呂桶やお便所まで、お部屋の中にあるの?」

「なぜって、便利やないの」

「こんなの嫌ですよ。寝起きするところに、お便所なんて、刑務所じゃあるまいし」

羊子は慌てた。

「違うよ。ヨーロッパのお城に、こんな部屋があるんや。この猫足のバスタブ、探すのに、どれほど苦労したか。あたいは、お母さんのために」

「とにかく、こんな部屋は嫌です。そんなに立派なお風呂なら、羊子が使えばいいわ」

取りつく島がない。羊子は猛烈に腹が立って、大声で言い放った。

「そんなら、お母さんの気に入る部屋に、勝手に移ったらええわ。あたいは知らんから」

そのままドアから飛び出して、二階の自室に閉じこもった。

大金をかけ、知恵を絞って建てた自慢の家が、これほど母の気に染まぬとは。腹立ちまぎれに、立て続けに煙草を吸っているうちに、ドアがノックされた。

「どうぞ」

やけになって大声で答えると、玲が遠慮がちに入ってきた。

「お母さんをリビングに移したよ。今夜はソファで寝るって。明日、この部屋に画材を移すからさ、一階のアトリエをお母さんの部屋にして、中二階は、ようちゃんが使ってよ」

アトリエは大きな作品を搬出しやすいようにと、わざわざ一階に設けたのに、それを母のために明け渡すという。羊子の配慮は何もかも、だいなしだった。

吸っていた煙草を、灰皿で揉み消した。

「けど、あの部屋、そんなにあかんかった？　あんたかてシュールやて言うてたやないの」

フランスの現代美術作家が、男性用の小便器に「泉」という題名をつけ、作品として発表したことがある。玲は最初に母の部屋を見たときに、それに似ていると面白がったのだ。なのに今は曖昧な態度だ。

「お母さんも言い出したら頑固だからさ」

羊子は、もうどうでもいい気がした。

「わかった。好きにして」

そのとき一階から、母の短い悲鳴と大きな音が続いた。羊子は部屋から飛び出し、階段を駆け降りた。玲も後に続いてくる。

母は廊下に倒れていた。近づくと床がぬれている。ひとりでリビングから出て、一階のトイレに行こうとして転んだらしい。失禁して滑ったのか、それとも転んだ拍子に失禁したか。母は醜態を見せたくないらしく、しきりに息子を追い払う仕草をする。

「玲は、二階に行っててちょうだい」

どうあっても羊子が後始末するしかない。舌打ちしたい思いを我慢して、下半身びしょぬれの母を抱き起こし、リビングのソファに戻した。足袋や着物を通して、新品のソファに尿が染みていく。着替えさせる手が、つい荒くなる。しかし動かすたびに、母は顔をしかめる。転んだときに腰を打ったらしい。

「お医者さん、呼ぼうか」

羊子は、できるだけ優しく聞いたが、母は首を横に振る。

「大丈夫。たいしたことないから」

今日、引っ越したばかりで、どこに何科の医院があるかがわからない。往診を頼みようがなかった。救急車を呼ぶのも、大袈裟な気がしてためらわれる。

翌日になると、母はソファに横たわったまま、穏やかな口調で羊子に言った。

「もう大丈夫だから、会社に行きなさい」

引っ越しで仕事が滞っており、羊子は家政婦に後を頼んで出社した。夜になって帰宅すると、家政婦が心配そうに告げた。

「お母さま、そうとう痛いみたいですよ。大きい病院で診てもらう方が、ええんと違いますか」

羊子は母の寝巻きの裾をからげて見た。少し動かすだけで痛がり、背中から尻にかけて大きな青あざができていた。それでも、かたくなに診察を拒む。医師に下半身を見せるのを嫌がっていた。羊子は、ほとほと呆れた。何もかも投げ出したくなる。

翌日、玲にも手伝わせて、強引に病院に連れていき、レントゲン検査を受けさせた。診断は腰骨の骨折だった。そのまま入院となり、手術も受けたが、自力で動けなくなった。そうなって初めて中二階の部屋に移った。


母の世話が長くなるにつれ、羊子が声を荒立てることが増えていった。特に下の世話をしていると、無性に腹が立ってくる。あれほど口うるさかった母が、こんなふうになってしまい、情けなさと怒りしかない。

車椅子を買って散歩に誘っても、人目が気になると言い張って、家から出たがらない。気分転換もできず、この土地を選んだ理由も虚しかった。

当初、玲の前ではこらえていたが、いつしか、そんな自制心も利かなくなった。むしろ玲にこそ聞かせてやりたくなった。「あたいにばっかり押しつけるな」と、弟を怒鳴りつけたい。

ふと疑問が湧く。介護する相手が母ではなく、もし父親だったら、玲にもさせられたのかと。想像はしにくいものの、やはり羊子が担ったと思う。父親だって男同士の見栄があって、息子には頼りたくないに違いない。

羊子は男女同権などと訴える気はない。でも、こうなってみると「なんで女だけ?」という疑問が湧く。それでいて羊子自身が「弟にはさせられない」と決めつけている。自分の中に、ふたつの異なる意識が潜んでいた。

仕事上でも大きな問題が起きていた。ガーターベルトの売れ行きが激減したのだ。ミニスカートが大流行し、それに伴って、パンティストッキングが市場を席巻《せっけん》した。

羊子は腹立たしくてたまらない。新阪急八番街やスキャンティといった名称にこだわってきただけに、パンストなどという呼び方からして気に入らない。

女性はガーターを止めるときに、顔を伏せて身をよじる。エロチックで美しい姿だ。だがパンストは、はくときに股下のたるみを持ち上げるため、四股《しこ》を踏むような恰好をする。色気のなさの極みだった。

「なんで、こんなんが売れるんやろ。ミニスカートの下から、赤い靴下留めが見え隠れしてたら、それはそれで可愛いのに」

そんな仕事上の嘆きも相まって、つい母への怒声が増す。すると玲が言った。

「ようちゃん、また外国にでも行けば?」

羊子は、むっとして言い返した。

「お母さん、どうすんの？　あんたが面倒みてくれるん？」

和子と海外旅行したときは、母は半身不随ながらも、人の手を借りれば行動できた。だが今は、ずっと状態が悪い。

「人を雇えばいいじゃないか。金はあるんだからさ」

「下の世話とか、知らない人にさせるのは、お母さんが嫌がると思うわ」

「お母さんじゃなくて、ようちゃんが嫌なんだろ。お母さんだって、ようちゃんがいなけりゃ、人に頼るしかなくなるよ。だいいち年中、娘に怒鳴られるより、ましだろう」

母親が怒鳴られるのは、息子として耐え難いらしいが、羊子は腹立ちが収まらない。

「怒鳴りたなる気持ちなんか、あんたには、わからへんわ」

「わからないけどさ、とにかく怒鳴るくらいなら、どこかに気晴らしに行けよ」

ほとんどやけになって答えた。

「そしたら、お手伝いさんを増やすから、遊びに行ってくる。後は、あんたに任すわ」

ちょうど黒潮丸という大型ヨットで、奄美大島まで出かけないかと誘われていた。往復一ヶ月かかるが、これに乗ろうと決めた。会社は気がかりだが、どうせパンスト人気は止まらない。いっそ発想を転換しようと、今まで縁のなかった海に出ることにしたのだ。

しかし、いざ出かけるとなると、後ろ髪を引かれた。黒潮丸で西宮のヨット溜まりを出るときには、いっそう気がとがめた。

それでも明石海峡を過ぎて瀬戸内海に入ると、別世界が待っていた。まぶしい青空の下に穏やかな水面が広がる。行く手に緑の島影が現れては、たちまち後ろに流れて、また別の島影が現れる。心なごむ風景だった。

乗り込んだ仲間たちは、船主が「大阪のおもろいやつばっかり集めた」というだけあって、仕事も種々多様で話題が豊富だった。口下手な羊子でも、すぐに親しくなれた。

羊子は、まかないをかって出た。本来、料理は嫌いではない。寄港するたびに、知らない街で食料の買い出しをして、小さなキッチンで工夫して作るのが楽しかった。

黒潮丸は瀬戸内海を出てから、九州東岸沿いを南下し、鹿児島から先は島伝いに南に向かった。白い帆に風を受け、大海原を航行するのは、今までにない爽快感だった。

あまりに清々しくて、このままヨットがひっくり返って死んだら楽かなとも思った。母や弟の面倒も会社も放り出して、惜しまれて死ねたら、それも悪くはない。

奄美諸島で上陸し、思いきり海岸で遊んだ。奄美までが日本で、その先の沖縄はアメリカ領土だった。

帰路では福田の言葉を思い出した。

「間違いなく、スペイン人の先祖がおったな。帆船に乗って、南方から台湾や琉球や奄美の島づたいに北上して、平戸まで行った勇壮なスペイン人や」

羊子は先祖と同じ航路を北上しているのだと実感した。そんな勇壮な先祖がいたかと思うと、こんなところで死んでなるか、面倒に負けてなるかと思い直す。逃げたら先祖に申し訳が立たない。

明石海峡を通って、大阪湾に戻るのが惜しかった。それでも西宮に上陸し、大東町のスペイン風の家に帰ると、母は穏やかな表情で迎えてくれた。

「おかえり。楽しかったかい?」

羊子は遠慮がちにうなずいた。母を置き去りにして、自分だけ遊んできたのが後ろめたかった。

でも母は微笑んで言った。

「それなら、よかった。また、ときどき遊びに行っておいで。私のことはいいから」

自分が苦しいときに、人が楽しんでいるのは、ねたましいものだ。だが親は子の喜びこそが嬉しいのだと、初めて気づいた。

気忙しい日常に戻り、久しぶりに出社すると、社員たちが日焼けした肌に驚いた。羊子は別人になったようで気分がよかった。

久しぶりに資料室に入って、毎月取り寄せている海外のファッション雑誌を、ぱらぱらとめくった。海から帰ったばかりのせいか、水着のページに手が止まる。その中の一枚の写真に、目が釘づけになった。

キャプションを読むと「ビキニスタイル」とある。すでにセパレーツタイプの水着は登場していたが、まだまだワンピース型が主流だった。そんな中でビキニは肌の露出が大きくて、とてつもなく刺激的で新鮮だった。

すぐさま羊子は、社内のデザイナーたちを呼び集めた。

「この水着、絶対に流行ると思う。これと同じ下着を作ろ。ブラジャーとスキャンティをセットで売るんや」

だがデザイナーは揃って反対した。

「おへそが見える水着なんて、日本人には無理やないですか。セパレーツの水着かて、まだまだ手が出ないんですから」

「そんなら下着から流行させたらええやないの。今あるブラジャーとスキャンティを、同色セットで売るだけや。試さん手はない」

羊子は独断で発売を決め、セット販売するためのハンガーを考え出した。モデルに着せて、明るいポスターも作った。

今やチュニックは展示会に力を入れている。年に三回、全国主要都市で会場を借りて、商品サンプルを飾り、小売店から注文を受ける形式だ。

ブラジャーとスキャンティのセットは、展示会での反応は今ひとつだった。しかし商品が店頭に出るなり、見る間に売れていき、追加注文が殺到した。羊子は両拳を握った。

「これでガーターの穴埋めができる。パンストなんかに負けへん。あたいは負けへんよ」

社長兼デザイナーの面目躍如だった。

翌年、森島が羊子に言った。

「社長、四ツ橋ビル、知ってるやろ。地下鉄の四ツ橋駅直結の大型ビルや」

「ああ、四ツ橋筋と長堀通りの角の?」

「そうや。地下二階、地上十五階建てで、四年前にできたオフィスビルや。あそこの二フロア、借りんかて誘われてる」

羊子は耳を疑った。

「あんな、ごっついとこに二階分も?」

「二階あったら、事務所と作業場を一緒にできる。今より、はるかに便利や」

チュニックは昭和三十一年に一坪部屋で旗揚げし、その後、バラックのような古びた戸建てを借りて、下着制作の作業場にした。家主が「好きにしてかまへん」というので、外壁に原色のペンキを塗ったり、ドアを付け替えたり、大胆に改造して使った。

昭和三十八年になると、周防町通りを西に行った倉庫街に五階建てのビルが建った。周囲の倉庫は郊外に移転しており、街は閑散としていた。羊子はビル前の三角形の公園が気に入って、一坪部屋から事務所を移した。

羊子が知り合いに入居を勧めたため、ビルはデザイナーや建築家、アーティストなどでいっぱいになった。

いつのまにかしゃれた喫茶店ができて、感覚のいい若者たちの溜まり場になった。最近は、彼らが空き倉庫を利用して、アロハシャツやアメリカ雑貨の店を開き、今や注目の界隈になりつつある。仲間内ではアメリカ村と呼ばれ始めていた。

思い返せば、そうして三角公園前に事務所を移転してからでも、はや六年が過ぎた。相変わらず事務所と作業場は別で、羊子も社員も両方を行ったり来たりの毎日だ。事業は拡大の一途をたどり、どちらも手狭になっている。

森島は四ツ橋ビルで両方を一緒にし、さらに高みを目指そうというのだった。表通りの堂々たるオフィスビルながらも、距離は三角公園から、さほど離れてはいない。

羊子は三角公園前にも愛着があるし、これ以上、会社を大きくするのも気が進まない。分業が進みすぎて、仕事の面白みが、どんどん減っていく。

とりあえず四ツ橋ビルの物件を見に行ったところ、一緒に出かけた若い社員が目を輝かせた。

「こんなところで働けたら、すごいなァ」

帰社するると、たちまち噂が広まり、社内が一挙に熱くなった。

「あんなビルに会社があったら、親や親戚にも大威張りできるわ」

羊子は普段から社員を大事にしている。年二回、思い切ったボーナスを支給するし、冠婚葬祭はもちろん、子供が生まれたり、親が病気だと聞けば、その都度、かなりな金額を包んで、直接、言葉をかける。

彼らは羊子の感性に憧れて入社してくる。でも下着メーカーだけに、親や親戚の手前、肩身の狭い思いがあるのかもしれなかった。それを払拭できるのならと、羊子は四ツ橋ビルへの入居を決めた。

入れものが大きくなると、いっそう社員が増えていった。感覚のいいデザイナーも育ち、羊子の仕事は、書類の押印だけになってしまった。

そこでフロアの一角にアトリエを設けて油絵を描いた。下着の切れ端を縫い合わせて、人形も作った。目が離れていたり、口が耳まで裂けていたり、おっぱいが服からはみ出していたり、毒のある人形だった。

やたらと目の大きな人形も作った。一体ずつ個性的な服を着せ、スカートの下から狸のような尻尾を出し、お尻に匂い袋を仕込んだ。スカンクドールと名づけ、手のひらに乗るほどの大きさで、頭のてっぺんに鎖とフックをつけた。

これを直営店で売り出すと、驚くほど売れた。おしゃれな女の子たちが、ハンドバッグや通学鞄にぶら下げて歩き、それを見た別の女の子たちが、争うようにして買いに走ってきた。宣伝いらずで大流行したのだ。

羊子は粘土をこねて、洋式便器型の灰皿など、個性的な雑貨も作った。これも好評で、意外な高値で売れていった。

画廊で個展を開くと絵も売れた。やや暗い画面で、寂しげな少女や影のある男女、動物、花などを描いた。相変わらず子供のような画風だったが、いつしか固定ファンがついて、個展開催のたびに買ってもらえた。

人気小説家の田辺聖子も、ファンのひとりだった。

「私、鴨居さんの絵、好きや」

田辺聖子はロマンチストで、少女趣味なところがあり、羊子の感覚を愛した。

羊子はフラメンコ教室にも通った。子供のころから踊りは好きで、バレエを習いたかったが、金沢には適当な先生がいなかった。その夢を引きずって、新聞記者時代にバレエ教室に通ったこともある。だが新聞社を退社すると、習いごとどころではなくなった。

そんな思い入れもあって、フラメンコには熱が入った。自分の中のスペインの血が、呼び覚まされる気がした。華やかな衣装をまとって、カスタネットを打ち鳴らし、激しく踊る。その間は母の介護の苛立ちも、弟の将来への不安も、何もかも忘れられた。


昭和四十四年の三月のことだった。玲が新聞を持ってきて言った。

「お母さんと一緒に、見てもらいたいものがあるんだ」

羊子は身がまえた。今まで、こんなふうに会って、いい話であった例《ためし》がない。もしや新聞沙汰になる事件でも起こしたのか。

母の枕元に行き、玲が新聞を差し出した。母は横たわったままで言う。

「羊子が読んで」

もう老眼鏡を使っても、活字を読む気力が失われていた。羊子は、おそるおそる新聞を受け取り、弟が示す記事を目で追った。

それは文化欄だった。東京池袋の西武百貨店で、安井展という美術展が開催されたと書いてある。羊子の知らない展覧会だったが、安井賞の受賞者の名前に目を見張った。「鴨居玲」、受賞作は「静止した刻」とある。「よかったやないの」と言いかけて、文章の続きに目が釘づけになった。

「受賞作は東京国立近代美術館に納められる」

手がふるえ始めた。母を見ると、顔が青ざめている。やはり悪いことしか想像できないらしい。

羊子は、もういちど記事を読み直し、夢ではないと確かめてから言った。

「お母さん、玲がね、安井賞ゆうのを取って、上野の美術館で絵を買うてくれるんやて」

しだいに声が高まる。

「国立やで。国立美術館に玲の絵が入るんや」

母の心配顔が、信じ難いという表情に変わった。

「本当？　本当に、国立に？」

「ほんまや、ここに書いてある」

羊子は母に紙面を見せた。玲が苦笑する。

「賞の方も喜んでくれよ。安井賞は美術界の芥川賞って、言われてるんだぜ」

母娘は同時に甲高い声を発した。

「芥川賞？」

日動画廊での個展以来、東京でも高い評価を受け、足元を固めている感覚はあった。だが国立美術館に絵が納められるとは、まさに一流画家としての保証を得たも同然だ。

羊子はベッドの上で母の半身を起こし、そのまま抱き合って泣いた。ふたりとも涙が止まらない。待ちに待った弟の、そして息子の確固たる成功だった。

しかし、それを境に母は弱っていった。すっかり寝たきりになり、「もう心残りはない。早く死にたい」と口にする。下の世話をしていた羊子は声を荒立てた。

「死にたいなんて言わんといてッ。世話する身にもなってよッ」

だが思考も乱れ、怒鳴られたことも忘れてしまうのか、何度も「死にたい」とつぶやく。そのたびに羊子は怒鳴りつけた。

「そんなら、さっさと死んだらええやないの。けど首をつったりはせんといてな。自殺は大罪やから」

ひとりで起きられないのだから、自殺するほどの力はない。でも言わずにはいられなかった。カトリックの教えは、その点だけが、いまだに羊子の心に強く残っている。

玲が姉の苛立ちを見かねて、また海外旅行を勧めた。ただし留守中、自分が母の面倒をみるとは言わない。安井賞以来、東京での個展や、大きな展覧会への招待出品が重なり、急に多忙になっていた。

しかしヨットに乗ったときも、玲は家政婦たちに母を任せきりだった。ならば羊子は「今回も、それでいいか」と思い直して出かけることにした。

アクセサリー作家の友人とふたりで、地中海沿岸を旅した。奄美への航海の体験と、先祖への憧憬から、スペインへも足を延ばした。そこで遠い血縁を確信した。戦死した兄に、そっくりなスペイン人を街角で見かけたのだ。玲に似た男もいた。

帰国して弟に勧めた。

「あんた、もういっぺんヨーロッパに行っといで。特にスペインや」

すると玲は初めて自分で金を工面して、ヨーロッパへと旅立った。主な滞在先はパリで、マドリッドにも立ち寄った。案の定、人々の気質も、お国柄も肌に合ったという。

帰国の翌年には「ドワはノックされた」を発表した。芝居の「アンネの日記」を見て、アンネ・フランク一家が、隠れ家を発見された瞬間を描いたのだ。暗い画面の中ほどに、家族四人が身を寄せ合っており、同じ方向に、怯えた目を向けている。

羊子には弟の輝かしい未来が見えた。芝居から着想を得られるなら、これからも題材には困らない。このまま職業画家として自立していかれる。ずっと背負ってきた羊子の肩の荷が、とうとう下りたと感じた。

反面、母は見るに堪《た》えないほど弱っていった。思考の乱れも進み、内臓疾患も見つかって、死の影が忍び寄る。

玲が思いがけないことを言い出した。

「しばらくスペインで暮らしたいんだ」

「しばらくって、どのくらい？」

「何年間か」

「もしかして、あの子と一緒？」

富山栄美子と暮らすのだろうと、勘が働いた。玲は小さくうなずく。だが弱りきった母を見捨てて、若い女と外国で暮らすなど、さすがに許しがたかった。

「逃げるんやね」

玲は目を伏せた。

「怖いんだ。お母さんの死が」

「あたいかて怖いわ」

「そうじゃない。ようちゃんには、わからないよ。俺の恐怖は」

玲は両手で顔をおおった。

「名古屋の空襲の後で、街に散乱した死体を片づけさせられたんだ。焼け焦げた遺体ばかりだった。あの光景と重なるんだ」

羊子には初めて聞く話だった。学徒隊として名古屋で強制労働に従事していたのは知っていたが、よもや遺体の片づけまでさせられていたとは。だが同情より腹立ちが湧く。

「ずるいやないの。今さら、そんな話して」

玲は両手を外した。形のいい鼻先が赤くなり、頬は涙でぬれていた。

「ごめんよ。でも駄目なんだ。どうしても、お母さんの死は受け入れられない」

どうやって他人の遺体を片づけたのか、想像もつかない。弟が十七歳という多感な時期に、そんな過酷な労働をさせられていたのに、羊子は教会に通いつめていた。空襲のない街の美しい教会で、ただ祈っていた。

自分には、弟を引き止める力も権利もないと思い知った。それでも快諾はできない。

玲が、また目を伏せて言った。

「お父さんのときにも喪主をやらされたけど、ただ突っ立ってるだけで、俺なんか、いてもいなくても同じだった。あんなことは、二度とやりたくないと思った。来てる連中だって、悲しんでるやつなんか、いやしなかったし」

羊子は父の葬儀を思い出した。段取りしたのは羊子で、まだ二十一歳だった玲は、ろくに弔問客に挨拶も返せなかった。母の喪主も玲が務めるのが筋ではあるが、この弟の繊細さを思うと、つい酷な気がしてしまう。

それからも羊子は、何日も迷った挙句に、せめてものこととして頼みごとをした。

「そんなら、スペインに行く前に、あの子を家に連れてきて、お母さんに会わせたって」

玲は憂い顔で聞いた。

「お母さん、嫌がらないかな」

以前なら痩せ衰えた姿など、見せなかったに違いない。しかし羊子は首を横に振った。

「自分の姿が、どうなってるかなんて、もうわからへんし。会えば、かならず喜ぶよ」

玲が栄美子を連れてくると、母は急にしっかりした。薄くなった白髪に、何度も手を当てて整えようとする。

「こんな恰好で」

羊子がベッドで上半身を起こしてやると、皺だらけの手を遠慮がちに差し出す。栄美子が両手で包むと、嬉しそうに微笑んだ。

「可愛いお嬢さんだこと。どうか玲のこと、よろしく、お願いしますね」

栄美子は曖昧にうなずいた。

「私なんか、何もできませんけれど」

「一緒に居てやって。意気地のない子だから」

母にとっては、いまだに幼い息子だった。

出発の朝、玲は母の枕元で話しかけた。

「お母さん、ちょっと行ってくる。俺が帰ってくるまでに、元気になっててくれよな」

まるで東京あたりに出かけるかのように言う。だが、かたわらで見ていると、笑顔を取り繕っているのがわかる。今にも下を向きそうな口角を上げ、今にもこぼれそうな涙を、まばたきで乾かしている。

母は、どこまで理解しているのか定かではなかったが、何度もうなずいた。

「行っておいで。あの可愛いお嬢さんと、幸せに暮らしなさい」

玲は急いで顔を背けて立ち上がり、大股で母の部屋から出た。鼻吉が、ゆっくりと尾を振りながらついていく。

羊子は見送りに立った。あれほど息子を愛した母が、その息子から見捨てられようとしている。あまりに哀れで、母を振り返れない。

玲は玄関で靴を履く。羊子は引き止めたい衝動に駆られた。弟の腕を両手でつかんで、「行かんといて」と大声で叫び出したい。

そのとき鼻吉が羊子の手を舐めた。それで、かろうじて平静を取り戻し、あえて冗談めかして言った。

「お葬式には戻らんでええよ。喪主は鼻吉に務めさすさかいに。前代未聞の犬の喪主や」

玲は笑ったが、またすぐに泣き顔を背け、無言で玄関から外に出ていった。

ふたたび鼻吉が手を舐める。羊子は、その首に両腕をまわして泣いた。


玲がいなくなると、羊子は母を怒鳴らなくなった。弟と張り合う気持ちが、失せたからに違いなかった。

母は赤ん坊に戻ってしまった。気に染まぬことがあれば泣き叫ぶが、あやせば笑う。瘦せて抱きえるのは軽くはなったが、母は手加減ができなくなり、あざができるほどしがみついたり、容赦なく引っかいたりする。それでも猫足のバスタブに湯を張って入れてやると、気持ちよさそうに目を閉じる。

かつて玲が、いみじくも指摘した。

「ようちゃんだって、お母さんに頼ってるじゃないか。お母さんが家事をしてくれなけりゃ、ようちゃんは働けない。女の意識改革みたいな偉そうなこと言って、結局、お母さんに昔ながらの役目を押しつけてるんだ」

あのときは猛反発したものの、今になってみれば、そんな一面も否定できない。羊子は家族を養うつもりで働いたが、料理も洗濯も掃除も、すべての家事を母が担ってくれなければ、自分は何もできなかった。

羊子は赤ん坊になった母に話しかけた。

「篤子のアパートで下着を作り始めたころ、お母さんが、お弁当を持って来たことがあったよね。あれは、お母さんがあたいのことを心配して、様子見にきてくれたんやね。なのに、あたいは邪険な態度で」

大事な指輪を手放してまで、弁当に忍ばせてくれた十枚の千円札。あのときは、その価値さえ顧みようとしなかった。

「お母さん、ごめんね。ほんまに、ごめんね」

今さら謝っても、母の心には届かない。羊子は拳で涙を拭った。すると天井を見つめていた母が、急につぶやいた。

「明は？」

戦死した兄を思い出したらしい。

「兄さんはね、待っててくれてるよ。お母さんのことを」

兄の出征後、羊子は父とふたりで、久留米の連隊まで面会に行ったことがあった。本籍地が平戸のために、九州の久留米に配属されたのだ。金沢から何度も汽車を乗り継ぎ、その間、父は本を読んだり、窓の外を見つめたりして、ずっと黙っていた。

久留米は工業都市で、軍需工場が建ち並び、連隊の規模は大きかった。そのため金沢とは比べものにならないほど活気があった。

明は外出許可を取って、父と妹を待っていた。三人で街に出て、大きな中華飯店で食事をした。食材も驚くほど豊富だった。別のテーブルに将校らしき姿があり、その耳を気にしてか、明は口数が少なかった。たいした話もできないままで兄は連隊に戻った。

羊子は帰りの列車の中で、父に聞いた。

「兄さん、戦地への出兵が近いの？」

父は返事をしない。だが、それが肯定だと、羊子は感じ取った。

「どこに行かされるの？」

それにも黙ったままだった。

それきり兄と会うことはなく、木札一枚の骨箱が届いたのは、終戦の三年後だった。

まだまだ食料や生活物資の足りない中、父は怪しげな酒を、どこからともなく集めてきて、浴びるほど呑んだ。めったに酔うことのない父が泥酔して、大声でくだを巻いた。

「俺のせいだ。明の戦死は俺のせいだ」

羊子は新聞社で嫌な噂を耳にしていた。父が大阪にいたころ、新聞に反戦の記事を書いたため、軍部ににらまれて金沢に追われたのだという。長男が激戦地に送られたのも、そのせいだとささやかれた。

たしかに福井の工業学校の同級生たちは、たいがいは兵役を延期できたし、行かないですんだ者も少なくなかった。二十歳になって早々に南方に送られたのは、明ひとりだ。

酔って寝入ってしまった父に向かって、羊子は話しかけた。

「お父さんは悪うない。新聞人として正しいことを訴えたんやから。あたいは、お父さんを誇りに思うてる。兄さんかて、そう思うて死んでったはずや。そやから嘆かんといて」

眠っていたはずの父の目から、涙がにじんで、大きな耳の方に向かってこぼれた。

そのとき羊子は気づいた。なぜ父が借金をしてまで、兄のために盛大な葬式を出したのかに。父は悔しかったのだ。正しいことが否定され、大事な長男を国に殺されたことが。それを世に問いたくて、ことさら葬式を派手にしたに違いなかった。

父が脳卒中で倒れたのは翌年だった。言葉が出ない状態で、玲に向かって懸命に伝えようとした。

「絵を頑張れ」と。志半ばの次男が気がかりだったのだ。

死が迫ったときに、羊子は父に約束した。

「絶対に、玲を立派な絵描きにする。あたいが頑張って働いて、パリに行かせるから」

このときも父は横たわったまま涙ぐんだ。

「お父さんの娘でよかった。お父さんと金沢の文化復興のために働けて、本当に楽しかった。もっと一緒に働きたいけど」

羊子も流れる涙を拳でぬぐった。

「あたいはひとりになっても頑張る。お父さんみたいに、ちゃんと世のため人のために働くから、お父さん、きっと見てて欲しい」

父が息を引き取ったのは、それからまもなくだった。そして前年に兄のために建てた墓に入った。羊子は、戦死した兄が誇らしげに父を迎えたと信じた。

それから三年後、厚生省によって南方の戦死者の遺骨収集事業が始まった。望めば鴨居家も骨を拾いに行ける立場だった。だが当時、羊子は新聞記者を続けるか辞めるかの瀬戸際で、兄の遺骨どころではなかった。その後も仕事に追われて、手つかずになった。

でも母はレイテ島に行ってみたかったに違いない。打ち捨てられた遺体が、たとえ土に返っていたとしても、大事な長男がどんなところで死んだのか、自分の目で確かめて、手を合わせてやりたかったはずだ。

　天井を見つめていた母が、ふたたび聞く。

「明は、どこ？」

　今度も羊子は穏やかに答えた。

「金沢にいるよ。ちょっと遠いから、みんなで住めるとこ、この辺に建てよな。お父さんと兄さんと、お母さんと、あたいと、それから玲も。いつか、みんなで住めるように」

　羊子は金沢の墓を移そうと考えていた。もともと金沢は縁のある街ではないし、遠くて墓参りに行きにくい。近くに建てる新しい墓で、家族五人で眠ろうと決めていた。

　もし栄美子が玲の子を産んでくれたなら、栄美子も、その子供たちにも入ってもらいたかった。

「また、みんな一緒に暮らそな」

　潤んだ声で言うと、母はうなずいた。

　年が改まって昭和四十七年を迎えたが、母が全身の痛みを訴え、再入院させた。以前と同じように、昼間は派遣の付き添いを頼み、夜は羊子が病室の簡易ベッドで寝た。

　日に日に表情が失われ、体も動かせなくなった。話しかけても手を握っても、何の反応もない。それが哀しかった。

　母の手は険しいほど筋ばって、皺だらけの皮膚の下に、青い血管が透けて見えるばかりになった。羊子が子供のころは、爪は薄桃色で、張りのある美しい手だったのに。

　まだ三十代だった母が、風呂上がりに三面鏡の前に正座して、肌の手入れをしていた姿を思い出す。白い陶器製の容器からクリームを指先に取り、頬や額に伸ばしてから、両手にも擦り込んでいた。

かたわらで見つめていると、クリームが残る手で、羊子の小さな手を包んだ。

「こんなにささくれができて。羊子はぬれた手袋で、雪遊びばかりしてるからですよ」

そんなときの小言は優しく、もういちどクリームを少し取って、ささくれの指先に丁寧に塗り込んでくれた。母の手は温かく、甘い香りがした。

キキースリップの襟ぐりも、この手で編んでくれたのだ。そごうの個展の後も、毎晩、グリム童話の妖精のように働き続けた。

体が不自由になってからは、家事も編み物もできなくなった。働き者だったからこそ、つらかったに違いない。つい死にたくもなったのだ。なのに娘は思いやることもできず、怒鳴るばかりだった。

三月二日に医師が覚悟を促した。

「今日か明日でしょう。会わせる人がいれば、会わせてあげてください」

だが会わせるべき親戚も友人もいない。羊子だけが身内だった。

ひと晩中、添い寝をして、母の寝顔を見つめた。すると、ふいに母は目を覚まし、正気に戻ったかのようにつぶやいた。

「お行儀よくしなさいね」

それが最後の言葉になり、桃の節句に息を引き取った。父のときとは異なり、哀しみよりも楽にしてやれた安堵がまさった。

玲との約束通り、鼻吉を喪主にして葬儀を執り行い、墓を金沢から移した。大東町の家から坂を登った高台に、公営墓地がある。その一区画を買って、父と母の骨壺を納め、墓石に兄の戒名も刻んだ。

その後、母の遺品を片づけていて、二冊のスクラップブックを見つけた。片方は表紙が盛り上がるほど、ぎっしりと新聞や雑誌の記事が貼られていた。最初のページを開くと、そごうで最初に開いた「Wアンダーウェア展」の広告が、目に飛び込んできた。

「お母さん、やっぱり、これ見てたんやね」

今さらながら苦笑いが出る。

その下に新聞各紙の個展紹介記事が貼られ、次のページからは羊子の寄稿やインタビュー記事が並んでいた。めくってもめくっても、羊子の写真入りの文章が連なる。

当時、羊子が持ち帰って、ごみ箱に放り込んだ新聞や雑誌を、いちいち拾って切り抜いたらしい。刺激的な下着づくりなど、さぞ母には恥だろう、関連記事など目を背けたいだろうと思い込んでいた。なのに、こうして大事に取っておいてくれたとは。

スクラップブックの最後のページには、鴨居羊子特集のグラフ雑誌がはさんであった。夫を愛し、誇りにしていたように、もしかしたら、お行儀の悪い娘の活躍も、少しは自慢に思ってくれたのかもしれなかった。

もう一冊は新品同様だった。表紙を開くと、大きく切り裂かれた新聞が一枚だけ、無造作に折りたたまれて挟んであった。開いてみると、玲が「美術界の芥川賞」と胸を張って見せた安井賞の記事だった。

あのとき、もう母は鋏を使えず、切り抜くことも、糊で貼ることもできなかった。だから手で裂いて、ここに挟んだのだ。羊子のスクラップブックと同様、この後のページに、まだまだ記事が続くと信じて。

幼いころから重たい母だった。「女の子なんだから」と繰り返され、それが鬱陶しかった。下着を作り始めてからも、母の存在が軽くなったことはない。体が不自由になって、文字通り重荷になった。

それでも放り出せなかったのは、母からの愛と、母への愛があったからにほかならない。重荷を下ろした今、ただ愛ばかりが際立つ。表紙が盛り上がったスクラップブックは、その象徴として残された。

母の死から半年後、突然、鼻吉が死んだ。大型犬だけに、羊子ひとりの手には余り、会社から男手を借りて、庭に埋めてもらった。

みんなが帰った後で、トランジスタラジオのスイッチをひねると、あの曲がかかった。直営店で聞いた「スタンドバイミー」だ。

もう自分のかたわらには誰もいないと痛感した。せめて鼻吉には、そばにいて欲しかった。玲が去ったときには、かたわらで手を舐めて、なぐさめてくれた愛犬なのだ。

でも今、たったひとりだけ、近くにいてもらいたい男がいる。玲だ。あれほど頼りない弟なのに、今はそばにいて欲しい。泣きながら口ずさんだ。

「ダーリン、ダーリン、スターン、バイミー」

羊子にとって愛しいダーリンは、鴨居玲にほかならない。栄美子と一緒に遠い国にいて、こんなときに帰ってこないのは、とっくに承知していた。なのに、ひとりきりになってみると、誰よりも、そばにいて欲しかった。

第九章　連鎖する狂言

母が死んで十年。鴨居玲の五十四歳の誕生日から、二週間が経った昭和五十七年二月半ばのことだった。

暖房の効いた部屋で、玲は夢中で絵筆を動かしていた。取り組んでいるのは二百号の大作で、縦は一メートル八十センチ、幅は二メートル五十を超える。これほどの大きさは初めてだった。

巨大な画面中央に、白いキャンバスが描かれている。その前に老いた自分が低い椅子に腰かけて、悄然《しょうぜん》としている。キャンバスの両側から後ろにかけては、十数人もの人影が取り囲んでいる。今までに描いた人物たちだ。

ここ十年、玲は画壇の寵児《ちょうじ》だった。なのに今は、それぞれ高評価を得た作品のモデルたちが寄り集まって、「描け、描け」と圧力をかける。追い詰められた玲は何を描くべきか、途方にくれている。まさに自身の現状を、そのまま表現した作品だ。題名は「１９８２年　私」と決めてある。

完成も近く、これで次の個展に間に合いそうだと安堵して、立ち上がった瞬間だった。胸に激痛が走った。今までに感じたことのない、とてつもない痛みだった。

右手から筆がこぼれ落ち、左手のパレットも持っていられない。倒れて絵を傷つけまいと、必死で一歩二歩と後ずさった。だが何かに足を取られ、もんどり打って転んだ。広いアトリエに派手な音が響く。

「トミさん、トミさん」

懸命に呼んだが、かすれ声しか出ない。このまま死ぬのかと思った。でも死ぬなら目の前の大作を完成させてからだ。これが遺作になるのは本望だが、もう少しだけ生きたい。

そう切望したとき、アトリエの扉が勢いよく開いた。栄美子の短い悲鳴が聞こえ、すぐに駆け寄る気配が続いた。

「どうしたのッ」

動転した声で、かたわらにひざまずく。玲は自分の胸を押さえて、懸命に声を出した。

「い、痛いんだ。む、胸が」

すぐさま栄美子が立ち上がった。

「待ってて。今、救急車、呼ぶから」

足音が遠のいていく。玲は懸命に痛みに耐えた。


思い返せば、マドリッドで栄美子と暮らし始めたのは、母が亡くなる前年、昭和四十六年だった。

その後、バルデペーニャスという街に移り住んだ。街外れには見渡す限り葡萄畑が広がり、スペインワインの集積地だった。

さほど田舎でもなく、ワインが驚くほど安くて、大衆的な酒場があるのが気に入った。マドリッドのような大都会では、現地の人と仲よくなっても、また会える機会は少ない。しかしバルデペーニャスの酒場なら、いつも同じ顔ぶれが集う。

なみなみと注いだワインを片手に、さっそく話しかけてきたのが、アントニオというペンキ職人だった。玲が、たどたどしいスペイン語で、自分もペンキで映画の看板描きをしていたと伝えると、両手を大きく広げて肩を抱かれ、親しくなった。

アントニオは絵が好きで、玲に弟子入りした。少しアドバイスしてやると、たちまち玲の絵に似せて描き、ちょっとした賞を取った。本人は大喜びで、本職の画家を目指すと張り切り、酒場の常連たちも大喝采した。

玲は祝いを口にしつつも、心の隅に、かすかな引っかかりがあった。真似が評価され、簡単に画家を目指されても困る。でも弟子の受賞を喜べない自分が小心者に思えて、自己嫌悪も抱く。それが顔に出ないうちにと、栄美子を促した。

「そろそろ、別の街に引っ越そう」

そうしてトレドに移り、また、ちょっとしたことが気になって、マドリッドに戻った。

どこの街でも言われた。

「おまえの親は片方が日本人だろうが、もう片方はスペイン人に違いない」

なんだか面白くなって、話を盛った。

「先祖に何人もスペイン人がいたんだ。勇敢な貿易商や船乗りたちで、四百年も前に帆船で大海原を渡ったんだ」

絵の題材は無尽蔵だった。呑んだくれの男や、気むずかしそうな老婆など、スペインの底辺を這いまわっていそうな人物を、暗い色調で次々と描いた。

宮本三郎とは手紙のやり取りを続け、渡欧して三年目の二紀展に、マドリッドから二作品を送った。戦争で手脚を失った「廃兵」と、老人が大きく口を開けて自分の胸を指さす「私の話を聞いてくれ」だ。

それが文部大臣賞を射とめた。授賞式のために一時帰国すると、今度も羊子が泣いて喜んだ。

「お母さんにも見せたかったけど、ほんまに、ほんまに、よかった」

同じように大喜びしてくれた宮本三郎は、その翌年に病没した。母が逝き、そして師が去った。

画家としての地位を手に入れて以来、宮本や母のように親身になって世話をしてくれた者が、受賞を喜んでくれるのが、玲にとっては何より嬉しかった。それが、もう姉だけになってしまったのだ。

渡欧中、栄美子とは常に上手くいっていたわけではなかった。スペインに住み着いてほどなく、玲は栄美子の暗室で、数枚の闘牛の写真を見つけた。

美しい顔立ちの闘牛士が、ムレータと呼ばれる布をひるがえし、銀色に輝く刀剣で牛を一撃する。そんな華麗な瞬間を、望遠レンズで何枚も撮影していた。

玲は闘牛を好まない。牛といえども、たわむれに命を奪うのが許しがたい。

「なぜ、こんな写真を撮るんだ?」

そう詰め寄ると、栄美子は肩をすくめた。

「なぜって聞かれても困るんだけど。私は写真家なんだから、魅力的な題材は何でも撮るよ。そんなの当たり前でしょ」

その言い方が気に入らず、口喧嘩になった。腹立ちまぎれに、あからさまな妬心が、思わず口から飛び出した。

「ほかの男の写真なんか撮るなよ」

栄美子は眉をひそめた。

「じゃあ、これから私は、あなた以外の男の人は、いっさい撮影しちゃいけないの？　そんな馬鹿な話ってある？」

激しい口論の末に、栄美子は家を出て行った。カメラマン仲間だった広瀬佑子が、パリに住み着いており、それを頼って戻って来ない。

玲は追いかけていって頭を下げた。

「悪かった。言いすぎた。ほかの男を撮るなというのは、忘れてくれ」

しかし意外な言葉が返ってきた。

「私はね、あなた専属のカメラマンになってもいいんだ。でもスペインは退屈で嫌なの。もう戻りたくない」

栄美子はスペイン語よりフランス語の方が、はるかに得意だし、パリ在住の日本人に知り合いも多い。スペインが退屈だというのも道理だった。

玲は歩み寄るつもりで、ふたりでスペインから移り住んだ。以来、本当に栄美子は、玲以外の人物にレンズを向けなくなった。

栄美子のパリの人脈には、日本人の画家や画学生が多かった。以前、写真の顧客にしていた者や、その縁で渡仏してきた者たちだが、かつて和子と渡仏してきたときに出会った自称画学生とは、レベルが違った。

そんな日本人と呑み歩くのが楽しくなった。鴨居玲の名前は、彼らにも浸透していたし、呑み代は、つい玲が支払った。

だがパリは呑み代も生活費も高い。スペインからの引っ越しも、絵の輸送費が驚くほど高額で、所持金が心細くなった。

そこで銀座の日動画廊に国際電報を打って、借金を頼むことにした。日本にいたころに、創業者の息子である長谷川徳七が申し出てくれたのだ。

「何か、お困りの際は相談してください。海外への渡航費とか、お金のことでも」

羊子に頼らずに渡欧できたのも、徳七が融通してくれたおかげだった。

今度の国際電報では、栄美子との手切れ金という口実で、おそるおそる五百万円ほど頼んでみた。すると徳七自身が渡仏してきた。その名の通り、いかにも徳を七つ持っていそうな福相で、性格も二代目らしく鷹揚だった。

「海外送金できる額を超えちゃったんでね」

そう言って、革鞄の奥に潜ませた米ドルの札束を、どさどさとテーブルに積んだ。目の前に栄美子がいて、別れる気配などないのに、そんなことは歯牙にもかけない。

玲は、とてつもない大金を目の当たりにして、気持ちの高ぶりを覚えた。五百万円分の札束は、玲への高い評価を具現化したものにほかならない。

その代償として、自分の絵は、すべて日動画廊に任せることにした。画家の独占契約はヨーロッパでは珍しくはないし、マネージメントの煩わしさがなくなって、むしろ気楽だった。

徳七は鷹揚な印象とは裏腹に、鋭い戦略家だった。玲を売り出すために、まずパリとニューヨークで鴨居玲展を企画した。海外で個展を開くほど優れた画家であると、日本に印象づける作戦だった。

玲は徳七の指示通り、エールフランスで大西洋を往復した。パリとニューヨークという二大都市の華やかさをまとい、それから東京の個展会場に登場した。すると大歓迎されて絵は完売。その代金で五百万円は、たちどころに返済できた。

昭和五十二年になると、玲は六年に及ぶ外国暮らしに終止符を打ち、栄美子を伴って帰国した。無尽蔵だった題材が、さすがに尽きてきたのだ。五十歳に近いこともあり、これまでに得た名声で、残りの人生を送るのも悪くない気がしていた。

そのため帰国後は、頼まれるままに、安井賞の選考委員や二紀会の委員を引き受けた。いかにも画壇の重鎮らしい役目だった。

だが次の二紀展が近づけば、それなりの作品を出品しなければならない。「六年も海外にいたからには、さぞや」と言われると、肩に力が入ってしまう。

それに玲は本質的に集団に馴染まない。たちまち人間関係に軋轢が生じ、翌年、また二紀会を退会し、すべての役目を放り出した。

わがままで、無責任なことは自覚している。でも絵にだけは真剣に向き合ってきた。それに比べたら、人間関係など取るに足らない。絵さえ描ければよかった。

問題は、その絵だった。心そそられる題材が見つからず、模索していると、長谷川徳七から「裸婦を」と勧められた。また数百万単位で金を借りており、描かないわけにはいかない。

しかし玲は人の狡猾さや頑固さ、だらしなさなどを描く。そういった人間くささと、美しい女性像である裸婦とは馴染まない。描いても描いても、ありきたりになって、納得がいかなかった。

そんなときに栄美子が、父親から聞いたロシア民話を教えてくれた。愛し合う男女が石になってしまう「石の花」という物語だ。

これを玲は絵にした。裸の男女が抱き合う姿を、女性の背中側から描いたのだ。男女の裸体が一体化し、全体がずんぐりと丸みを帯びて、石化が始まっている場面だ。すっきりと手足の長い裸婦像とは、かなり印象が異なり、物語性のある作品になった。

描いている最中から手応えがあって、描き上げてからは、いつまでも眺めていたくなる。満足度や達成感が、それまでの裸婦像とは桁違いだった。

これで開眼するかと思いきや、お誂え向きの物語が、ほかに見つからない。顧みれば「アンネの日記」の一場面である「ドワはノックされた」の後も、やはり続かなかった。

教会の絵も手がけた。窓も扉もない積み木のような建物を、深い青や茶色の濃淡で描いた。建物が宙に浮いている構図もあった。

玲にとって教会は、小さいころから羊子に連れて行かれた場所だ。心の拠りどころにしたいのに、扉がないから入れない。宙に浮いていて手が届かない。先祖に宣教師がいたという思いも重なって、教会には憧れがある。それでいて信仰心を持てなかった。

そんなもどかしさを表現した絵だった。だが意図は理解されず、「宙に浮くなど、奇をてらっている」と批判された。

憂さ晴らしを求めて、生活は派手になる一方だった。住まいは新幹線の新神戸駅からほど近い洋館を借りた。前はオランダ領事が住んでいたという高台の豪邸だ。外出にはサンダーバードを乗りまわし、ガソリン代もかさんだ。気楽な絵描き仲間を誘って呑み歩けば、毎度、玲が支払った。

そうしているうちに、銀座の日動での「鴨居玲展」が近づいてきた。銀座での開催は三年ぶりだった。借金は膨れ上がり、何としても売れる絵を描かなければならない。

悩み抜いた末に、自分の現状を、そのまま描こうと決めた。それが「1982年 私」だった。今までに描いた人物が玲を取り囲み、「石の花」の裸婦までもが、白い背中を向けて立っている。

初めての大作であり、本心の吐露でもあり、自分の代表作になると自信を持って取り組んでいた。そこに突然の胸の激痛だった。


救急車で病院に運ばれて、点滴を受けているうちに、痛みは遠のいた。心筋梗塞を起こしかけたという診断だった。枕元にいた栄美子が泣きはらした目で言う。

「死んじゃうかと思った」

そんな言い方が可愛くて、玲は微笑んだ。

「俺も、死ぬかと思ったよ」

医者は入院を勧めたが、どうしても「1982年 私」を完成させなければならない。搬入の締め切りまで、あと数日しかなかった。何が何でも家に帰りたいと言い張ると、毎日通院して点滴を受けるならという条件で、帰宅が認められた。

それからは好きな酒も断って、絵筆を握り、とうとう八日後には「1982年 私」を完成させた。東京への発送を栄美子に任せて、病院に戻って個室に入った。

個展初日のオープニングには、医者から許可を得た上で、栄美子に伴われて出かけた。新幹線で東京に向かう間も、いつ心筋梗塞が再発して死んでもかまわなかった。

会場は満員で、油絵二十三点とパステル画八点は、次々と売れていった。羊子も見にきて「1982年　私」を大絶賛した。ただ大作すぎて買い手がつかなかった。鴨居玲の代表作として、しかるべき場所に収まって欲しくて気をもんだ。

売れたのは翌年だった。長谷川徳七から電話がかかってきたのだ。

「あの絵、石川県立美術館が買いましたよ」

故郷の美術館と聞いて、ことさら嬉しい。徳七の声も弾んでいる。

「たまたま学芸員の方が金沢からいらしてね。倉庫で、あの絵を目にして即断でした」

玲は「たまたま」は嘘だと感じた。最初から県立美術館に売り込むつもりで、徳七が東京に呼び寄せたに違いない。そこまでしてもらえるのがありがたく、今、この頂点で人生を終えられたら、どれほど幸せかと思った。

それからまもなく姉から食事に誘われた。玲が北野クラブを指定して、サンダーバードで乗りつけると、さっそく説教をされた。

「こんな高級レストラン、お金、使いすぎや。いくら稼いでも足らんようになるよ。あたいと会うなら居酒屋でええのに」

「でも安居酒屋で、また酔っ払いにからまれたら嫌だよ。ようちゃんの金髪、目立つし。司馬先生の家に行った帰りで懲りたよ」

しかし酔っ払いは言い訳で、本当は姉に見栄を張りたかったのだ。それを見透かされそうで話題を変えた。

「ここさ、実は和子と、よく来た店なんだ」

すると羊子は身を乗り出した。

「今日は、その和ちゃんの話や。今度こそ離婚したいて、相談されたんやけど」

玲は藪蛇だったかと顔をしかめた。

「なんで、今さら？」

「あんたが心筋梗塞で倒れたからや。和ちゃん、あんたの遺産めあてに離婚に応じないって、人から勘ぐられるのが嫌なんやて」

「俺が死んだって遺産なんかありゃしないよ」

「世間は、そうは見ないやろ」

とにかく和子から預かってきたからと、離婚届を開いて、弟に署名捺印を求めた。すでに和子の欄は埋まっている。だが、いざとなると、かすかな未練が湧く。

「印鑑なんか持ってないよ」

突っぱねると、羊子は嬉々として言った。

「持ってきましたでえ。鴨居のハンコ」

万年筆も添えられて、拒みきれない。

ふと妙案が浮かんだ。また日動画廊から金を引き出そうと。栄美子との手切れ金という口実で受け取ったのが五百万円で、その後も百万単位で借りてきた。正式な離婚ともなれば、ひと桁多く要求できるかもしれない。

いくらで「1982年　私」が売れたのかは知らないが、かなりな額が日動画廊に入ったのは疑いない。金のために絵を描くのは嫌なのに、つい欲に目がくらむ。

金銭感覚がおかしくなっているのは自覚しつつも、玲は一気に離婚届に記入し、力を込めて判を押した。


「1982年　私」の評判が大きかった分、また次作への苦しみが増した。

もうひとつだけ、前々から温めてきた題材がある。「最後の晩餐」だ。同じ題名で、五百年近く前にレオナルド・ダ・ビンチが描いた名作がある。ダ・ビンチの絵は大テーブルの中央にキリストが座り、左右に使徒たちが並んで語らっている。これが最後の会食になると悟っているのは、キリストひとりだ。

この大作を、最初にイタリアの修道院で見たときに、玲は深い感動を覚えた。それでいて自分なら、それぞれの人間性を、もっと深く表現できそうな気がした。

その後、スペインの骨董家具の店で、横長の大テーブルを見つけた。とっさに「これを使えば鴨居玲の『最後の晩餐』が描ける」と直感した。かなり重厚なテーブルだったが、迷わず購入し、日本に帰国する際にも船便で送った。

特に、死を前にしたキリストの心情を、表現したかった。それに子供のころに通った教会や、宙に浮いた教会絵、先祖への思いなども集約するつもりだった。

だがレオナルド・ダ・ビンチは、あまりに偉大だった。その影を振り払って、新しい「最後の晩餐」を描く難しさは、はるかに予想を超えていた。どうしても描く気が起きなくて、つい先送りにした。

かつて大樋焼の茶碗の前で、カラスを描きたくなった。初めて宮本三郎の「飢渇」を見たときには、その場で模写したくなった。サイコロ賭博の一連のスケッチを、栄美子に誉められると、次々と油絵にした。

あんな衝動を取り戻したい。なのに手を伸ばしても霞《かすみ》をつかむかのように、指先は何もかすりもしない。

明るく振る舞うのにも疲れた。もともと人嫌いなのに、南米行きを機に陽気を演じてきた。今や人は「鴨居玲と酒を呑むのは楽しい」という。だが本当は誰とも会いたくない。

両親の脳卒中も、心に重くのしかかる。父は五十七歳で発症し、母は長く寝たきりだった。自分も五十代半ばとなり、すでに心筋梗塞を患い、父の年齢に近づいている。母のような半身不随にはなりたくない。絵筆が持てなくなるのが何より怖かった。

もうひとつ大きいのが金銭問題だ。あれから和子への莫大な手切れ金を、長谷川徳七にねだってみたが、冗談として受け流された。冗談めかして断られた可能性もある。

昔から羊子は文句を言いながらも、どこまでも弟の面倒を見てくれた。玲は後ろめたさを覚えはしたが、それに甘んじ、ほとんど金の苦労をしたことがなかった。

和子に最初に別れを切り出されたときを思い出す。母や姉なら何があっても水に流してくれたが、妻は他人だと思い知った。

徳七には深く感謝しているものの、やはり姉のようには頼れない。金を出してもらうには「最後の晩餐」か、独自の裸婦像を描くしかないのだ。だが、どちらも難しく、堂々めぐりで出口が見いだせない。

所持金は減る一方で、これが尽きたら明日の暮らしも立ちゆかない。あれほど自立を喜んでくれた姉に、今さら頼ることはできない。また海外にとも思うが、どこまで逃げても「最後の晩餐」と裸婦が追いかけてきそうだった。

十七歳で突きつけられた名古屋空襲後の焼死体を思い出す。死は恐ろしくてたまらないのに、画壇から転げ落ちて、不甲斐なく生き続けるのも怖い。

どんなふうに死にたいかと自問すれば、今や兄の戦死が憧れだった。金沢駅から出征した光景が、ありありと浮かぶ。

真新しい軍服に身を包み、盛大な万歳三唱に送られて死地へと向かった。わずか二十歳の若さで。その後、父と姉は久留米の連隊まで面会に行ったが、母と自分は、金沢駅での別れが最後になった。あの凜々しく、雄々しい姿で、兄の記憶は止まっている。

レイテ島で亡くなったときには、名古屋の空襲を超える凄惨さだったかもしれない。正式に戦死が知らされた当初は、玲も兄の無念に涙した。その一方で、あれは名誉の死であり、覚悟の死だと思えた。時を経るにつれ、その思いが強まった。

今も兄は仲間たちと一緒に、美しい海に囲まれた南の小島で静かに眠っている。永遠に老いることなく、病むこともなく。

あんな死に方がよかった。鴨居玲も人々の美しい記憶の中に残りたい。自分の絵が美術館の中で、ずっと保存されるように。

夜、そんな思いをめぐらせていると、眠れなくなる。睡眠薬を服用しても効かない。高価なスコッチウィスキーをストレートであおり、酔いがまわって、ようやく眠りにつく。そんなことの繰り返しだった。

つい栄美子に苛立ちをぶつける。スペインで暮らしていたころは、まだ栄美子も若かったし喧嘩の末にパリまで逃げた。あれから十年以上が過ぎ、今なら、つらく当たっても、残ってくれるのではないか。それが、どこまでなら事なきを得るのか。愛を確かめたくなる。

同じように、どこまで自分の体を痛めつけたら死ねるのか、どこまで無理を重ねたら心筋梗塞が再発するのか、試したい誘惑にかられる。

それに、死が差し迫るキリストの心境を、命をかけても実感したかった。そうしなければ「最後の晩餐」は描けない気がした。

ことさら気持ちがすさんだ夜に、とうとう栄美子に向かって「出ていけ」と怒鳴った。実際に栄美子が玄関から出て、家の前の坂道を駆け下りて行くまで、執拗に「出ていけ、出ていけ」と繰り返した。

そして初めて自殺を試みた。ためらいをかなぐり捨てて、睡眠薬をひと瓶まるまる、大量のウィスキーで喉に流し込んだ。

キッチンのガスレンジからホースを外し、ガスの元栓を開いて床に座り込んだ。顔に近づけるだけで、都市ガスの悪臭が鼻につく。それをこらえて口にくわえ、胸いっぱいに吸い込んだ。たちまち頭痛と吐き気がして、意識が朦朧としてくる。

夢うつつの中で、死にゆく自分の後ろ姿が見えた。だが振り返った顔は、スペインにいそうな酔っ払いだった。赤ら顔に目はうつろで、千鳥足でよろける。胸を大きくそらして、バランスを取る恰好が可笑しかった。

それが自分の後ろ姿に戻り、また振り返ったときには、道化師に変わっていた。真っ赤な衣装を着たピエロで、背景も赤一色だ。

これを描きたいと思った瞬間、まぶたが薄く開いた。まぶしさの中、目の前に羊子と栄美子の心配顔が並んでいた。それが歓喜の表情に変わる。

「気がつきましたッ。先生ッ、来てください。意識が戻ったんですッ」

栄美子が甲高い声を引きずって、その場から飛びすさるように駆けていく。枕元に残った羊子が、溜息まじりにつぶやいた。

「よかった。助かって、ほんまによかった」

玲は何もかも覚えている。死に損なったことも、はっきりとわかる。でも昨夜の記憶がないふりをした。

「ここ、病院？　また心筋梗塞？」

何もかも、なかったことにしたかった。


半年後、羊子が改まった様子で頼んだ。

「近々、福岡の日動画廊で、あたいの絵の個展をやるんやけど、玲もスケッチか何か、出してくれへん？」

羊子は十数年前に「下着デザイナーが絵を描くなんてペテンやから」と称して、「ペ展」という絵の初個展を、大阪の日動画廊で開いた。以来、毎年のように大阪や東京で、絵の個展を開催している。

「福岡でやるのは初めてやし、お客さんが来てくれるかどうか、ちょっと心配なんや」

これもチュニックの宣伝のひとつだという。玲は気軽に引き受けた。

「いいよ。パステル画でも描くよ」

姉の個展の助っ人で、まして福岡なら中央画壇との距離は遠い。そう思うと気が楽で、十枚ほど手渡すと、すべて売れたという。

羊子は嬉しそうに言う。

「あんたのおかげや。これ以上、鴨居画伯に頼むのは気が引けるんやけど、よかったら金沢で、あたいと二人展、せえへん?」

意外な提案だった。二人展は、もう三十年近く前に若林和男と開いて以来、やったことがない。レベルや気の合う仲間がいなかったのだ。でも相手が素人の姉で、まして故郷の金沢なら面白い気がした。

時期は四月、画廊も決まり、玲は出品用の新作を二点、描き始めた。題材は夢うつつの中で見た、酔っ払いとピエロだ。どちらも本質は玲自身だった。大酒呑みの自分と、陽気を演じるピエロの自分。

酔っ払いはユーモラスに描いたが、ピエロの方は仕事を終えて、疲れた表情にした。すると予想以上の出来栄えになった。「1982年　私」の後の作品として、そう悪くはない気がした。玲は姉の意図を察した。

「ようちゃんは、こうして絵の楽しさを思い出させてくれてるんだな」

そんなときに福田定一から「飯でも」と誘われた。玲は指定された小料理屋におもむき、白木のカウンター前に並んで腰かけた。福田が熱いおしぼりを使いながら聞く。

「誘っておいて何やけど、酒、呑んでええんか？　鴨ちゃんが心配してたけど、心筋梗塞の再発で入院したんやて？」

玲は、羊子が自殺未遂を心筋梗塞と誤魔化したのだと気づき、話を合わせて笑った。

「姉は大袈裟なんですよ。今回はたいしたことなかったんです」

「そんならええけど、体は大事にな。玲くんの絵は、玲くんにしか描かれへんのやから」

目の前に届いた熱燗の徳利を、福田は玲の盃に傾けながら言った。

「玲くんがウィスキーをストレートで呑むって、鴨ちゃん、それも心配してたで」

「寝酒ですよ。それも、ほんの少しですし」

玲も福田に酌をした。

「姉がお願いしたんですか？　司馬先生から僕に忠告してくれって」

「まあ、頼まれはしたけど、僕も心配やしな」

福田は盃を口にして聞いた。

「寝酒を呑むって、寝られへんのか？」

「寝つきは、よくないですけど」

「睡眠薬は？」

「たまに」

本当は毎晩常用しており、「たまに」どころではない。

「まあ、小説家にも多いけどな。睡眠薬が手放せんやつ。特に私小説家や。普通やったら人には見せたない自分の裏側を、天下にさらすわけやから、精神的にきついんやろな。自分が何人もおるわけやないから、いったんさらしてしもうたら、後が続かへんし」

いつも福田は多弁で、玲が聞き役にまわるが、決して退屈はしない。むしろ無理に場を盛り上げる必要がなくて、気が楽だった。

「玲くんの『1982年　私』も、いわば私小説やけど、今、しんどくはないか」

「しんどいです」

福田が相手だと素の自分も出せる。しかし言った端から虚勢を張った。

「でも大丈夫です。あれの後に、酔っ払いとピエロを描いたんです」

絵の写真を、ポケットから出して見せた。

「へえ、おもろいやないか。顔や体型は西洋人やけど、ほんまのモデルは玲くんやな」

「そうですね。まあ、今までの作品も、ほとんど僕が鏡の前でポーズをとって、それを絵にしてるんですけど。大酒呑みっていう設定も僕自身ですね」

玲は、ふと思いついて聞いた。

「この酔っ払いの絵、『酔って候』って題にしても、いいですか」

「酔って候」は司馬遼太郎の幕末小説のひとつだ。主人公の大名は、美男の大酒呑みで、主義主張があるのに押し通せない。そのために余計に酒に奔る。玲自身に通じる人物に思えて、酔っ払いの絵には、この題名をつけたくなった。

福田は破顔した。

「もちろんええよ。『酔って候』か。西洋的な絵なのに『候』ゆうとこも、おもろいな」

また玲に酌をしてから、しみじみした口調に変わった。

「玲くんの絵は、これから何十年かすると、若い世代に人気が出ると思うよ。今でも人気はあるけど、ファンは絵のコレクターやろ。けど先々は、ごく普通の若者に支持される」

「本当ですか。それは嬉しいな」

「ほんまや。歴史に向き合うてるとな、歴史の道筋が見えてくる。こう動いてきて、こう進んできたのがわかる。未来も歴史の延長やから、先々のことも読めてくる。歴史小説家は、たいがい予言者や」

「なるほど。でも、どうして僕の絵が、未来の若者に支持されるんですか」

福田は盃を手元に置いた。

「終戦からこの方、日本は何もかも上向きやった。まだ少しは続くかもしれへんけど、永遠には無理や。いつかは頭打ちになる」

そうなっても、ずっと上昇し続けてきた大人たちには、路線変更ができない。頑張れば、まだまだ上を目指せると思い込み、上に進めないのは頑張りが足らないからだと、下の世代を叱咤激励するという。

「その結果、若者は閉塞感を抱く。頑張っても上手くいかんし、人間関係に臆病になる。若いやつらには生きにくい時代が来る」

玲の口から、いつもなら隠しておきたい気持ちが、こぼれ出た。

「人間関係に臆病って、実は僕もなんです」

「だからこそ共感を呼ぶんや。逆に鴨ちゃんみたいに、会社のため社会のために必死で働くのは、いずれ年寄りだけになるやろな」

「それは、ちょっと寂しいですね」

「そうやな。鴨ちゃんの生き方は立派や。けど日本人の本質は変わってく。歴史の中で何度も変わってきたし」

福田は、また盃を手にした。

「未来の若いやつらは鴨居玲の絵を見て、苦しんでるのは自分だけやないて気づく。それで心がなぐさめられる。そやから玲くんは、一枚でも多く絵を描くべきや」

玲は初めて宮本三郎の「飢渇」を見たときを思い出した。あの絵に励まされて、玲は絵の道を進んできた。それと同じような意義を、自分の作品も持つことができようとは。思いがけない指摘に心が高ぶり、両手を両膝の上に乗せて頭を下げた。

「わかりました。これからも一枚でも多く、作品を残します」

その夜は深い充実感を抱いて帰宅した。だが、それが仇になった。一枚でも多く描くと約束したのに、家に戻ったとたんに、描けないという現実が立ちはだかる。すると、もうやりきったという思いが湧いた。

未来の若者たちに受け入れてもらえるのなら、自分の人生は、ここまでで充分な気がした。そして突発的に、また大量の睡眠薬を飲んだのだ。

気がつくと病院で、今度も目の前に羊子がいた。情けなさそうな顔で聞く。

「なんで？　なんでやの？　一緒に金沢で、二人展やるて約束したやないの」

玲は微笑んで答えた。

「二人展はやるよ。でも何も覚えてないんだ」

ほどなくして体は回復し、二人展のオープニング前日に、栄美子も含めた三人で金沢入りした。県立美術館の学芸員が、駅まで車で迎えに来て、展示室へと案内してくれた。

長方体の白い部屋の、突き当たりの壁に「1982年　私」は飾られていた。広い空間では、画廊で見るより小さく感じるかと思っていたが、意外に存在感があった。

羊子がつぶやいた。

「今までの最高傑作やね」

玲も栄美子も黙って作品を見つめた。

三人で美術館の外に出ると、桜の花びらが飛んでいた。美術館は金沢城の城山の一角、兼六園の隣地にあり、周辺は緑が豊かで、ちょうど桜が満開だった。

玲が通った美術学校も近く、金沢が初めてという栄美子を案内した。すでに金沢美術工芸大学は移転しており、煉瓦造りの建物は空き家で、鉄扉が閉まっていた。

城山の高台から坂道を下り、羊子が通ったカトリック教会も訪れたが、教会堂は建て替えられて、昔の面影はなかった。ただ敷地沿いの涼やかな水路に見覚えがあった。

昔、住んでいた辺りまで足を延ばすと、羊子が思い出話をした。

「よく、お父さんが片町のカフェーに連れてってくれたんやけど、あれ、きっと、お母さんが仕向けたんやね」

玲が聞いた。

「どういう意味?」

「カフェーの女給さんが、うちのお父さんとええ仲やったから、お母さんが、あたいを見張り役につけたんやと思う」

「へえ。そんなことがあったのか」

「お母さんは、お父さんの浮気は気にせえへんて言うてたけど、やっぱり嫌やったんやね」

「俺も行ってみたかったな。そのカフェー」

「あんたや兄さんには、女の見張り役なんか、させられへんわ」

ひとしきり笑ってから、羊子は栄美子を振り返って聞いた。

「玲は浮気、せえへん?」

栄美子は笑って答えた。

「その点は大丈夫です。意外に真面目で」

玲も苦笑した。

「もう若くはないしな」

和子との離婚後も、栄美子とは入籍していないが、長く連れ添った夫婦のようで、もう肌を合わせることはない。浮気心が失せたわけではないものの、自分から目の色を変えて、あさりに行くほどの若さはなかった。

翌日のオープニングは大盛況だった。地元紙やテレビ局も取材に来た。美術学校の後輩も大挙して来場し、憧れのまなざしを向ける。

「僕らの大学の大先輩に、こんなすごい画家がいらして、本当に誇らしいです」

羊子の絵も誉められた。姉弟で、どことなく共通点があると、誰もが言う。いちばん顕著なのはピエロだった。示し合わせたわけでもないのに、ふたりとも題材にしていた。玲は姉も演じているのだなと感じた。

会場の那美画廊は、浅野川の近くにあった。犀川より北を流れる川で、土手の桜並木が満開だった。桜を背景に、栄美子が姉弟の写真を撮った。シャッター音が響く中、羊子が河原に立って話した。

「今まで悔しいことは、嫌というほどあったけど、いちばんは、お父さんが死んだ後、玲の受賞が七光て言われたことやった」

その陰口は玲も耳にして、屈辱的な思いを噛みしめたものだった。

「あたいが下着で成功すると、今度は姉の七光て言われた。そういうことを言う人は、絵を見る目がない阿呆や。阿呆やから、鴨居悠の息子とか、鴨居羊子の弟とか聞くだけで、ろくな絵描きやないと思い込む。親やきょうだいの力を借りんと、どうにもならへん三流画家やて見なすんや」

羊子は珍しく饒舌だった。

「あたいが何と言われようとかまへんけど、エロ下着屋の弟て言われるのは、この金髪が逆立ちそうなほど悔しかったし、ほんまに玲には申し訳なかった。けど、こうして玲が一流画家として認められて、そんな阿呆なやつらを、いっぺんに見返してやれた気がする」

羊子は腹の中をさらけ出して、すっきりしたのか、土手の桜を見上げて深呼吸し、それから玲に視線を移した。

「けど、もう、あたいを哀しませんといてね」

自殺騒ぎはやめてくれという意味だとわかったが、玲は黙っていた。羊子は、またひとつ息をついて言葉を続けた。

「頑張って生きてこ。もう泣きたない」

川風が吹きつけて花吹雪が舞う。その中を土手の階段に向かって、凜として進みゆく姉の姿を、玲は美しいと感じた。

栄美子が身を寄せてささやいた。

「あなたの恋人みたいだね。羊子さんて」

玲は女の勘に舌をまいた。羊子に対しては、ずっと前から疑似恋愛をしてきた自覚がある。性的な対象としては見ないものの、栄美子とて、もう抱くことはない。

「妬ける？」

「ちょっとね」

玲は姉の背中を見つめつつ、栄美子の指に指をからめた。


しかし玲の自殺願望は収まらなかった。夏にも、そして秋にも、病院に担ぎ込まれて胃を洗浄された。

何度も繰り返すため、狂言を疑われた。毎度、玲は本気のつもりだが、夢うつつの中で次作のイメージが浮かぶ。死の淵まで行って、それを見て、戻って描きたいという願望も、心の中に潜んでいる。

何より、まだキリストの心境がつかめていない。そこを乗り越え、なんとかして鴨居玲の「最後の晩餐」を描きたかった。

それに、目覚めたときに、姉や栄美子のみならず、周囲がこぞって心配してくれる。胃洗浄が上手くいけば、二泊三日で退院だ。現実逃避には、ちょうどいい休息であり、ついまた睡眠薬に手が伸びる。

回を重ねるごとに、夢うつつのイメージは暗さを増した。疲れ果てた玲の顔が、仮面のように外れて、のっぺらぼうが出てきた。愛想よさを演じているうちに、自分の本質を失ってしまった姿だ。自殺未遂が四回に至って、また退院したときだった。突然、チュニックの森島から、切羽詰まった声で電話があった。

「社長が会社で倒れて、救急車で日本橋《にっぽんばし》病院に運ばれました。すぐ来てください」

すぐさま玲は栄美子をサンダーバードの助手席に乗せ、すさまじいエンジン音を響かせて名神高速を突っ走り、病院に駆けつけた。

そこは脳神経外科の専門病院で、チュニックから一キロも離れていなかった。受付で名乗ると、レントゲン室前に行くように指示された。急いで駆けつけてみると、森島が廊下のベンチに腰かけていた。玲に気づくなり、青ざめた顔で立ち上がった。

「今、レントゲン検査中ですが、脳卒中のようです。手術になりそうですが、身内がいないと始められないというので」

玲は羊子の身内は自分しかいないと気づいた。自分の身内も羊子ひとりだ。居ても立ってもいられない思いで待っていると、医師が現れて気忙しげに告げた。

「鴨居羊子さんの身内の方ですね。すぐに手術になりますので、同意書を」

看護婦が書類を示す。玲はペンを走らせ、立ち去ろうとする医師に追いすがった。

「姉は、姉は、助かるんですか」

「何ともいえませんが、全力をつくします」

話している最中に、レントゲン室の扉が開いて、ストレッチャーが出てきた。

寝かされている姉の姿に総毛立った。酸素マスクや点滴などの管を何本もつけて、見るからに重病人だったのだ。母のときにも同じ姿を見ているはずなのに、歳が近い姉の方が、ずっと衝撃が大きかった。

ストレッチャーは手術室へと吸い込まれていく。玲は立っていられなくなり、栄美子の手を借りて、廊下の長椅子に倒れ込んだ。

両親からの遺伝で、もしや自分もと気にしていた。なのに同じ親を持つ姉の身には、考えが及ばなかった。自分が死ぬのはかまわない。でも羊子には先に死なれたくなかった。

手術後、玲は集中治療室に導かれた。

「意識が戻りました。身内の方だけ中に」

手術は成功したというが、透明なマスク越しに見える顔は、急に十歳も老けたかのようだった。

羊子は玲の方に顔を向けると、薄目を開けて小声で言った。

「玲、来てくれたん?」

力のない小声ながらも言葉は聞き取れる。

「ようちゃん、話せるんだね。よかった」

医者からは「半身不随や言語障害は覚悟してくださいと宣告されていただけに、会話ができるだけでも、ほっとする。

「死ぬほど心配したよ」

すると羊子は、かすかに笑った。

「あたいの気持ち、わかった?」


それから半月ほど後、玲は平たい荷物を抱えて、姉の病室に向かっていた。軽い足取りで個室の扉を開けて、中をのぞき込むと、派遣所から通ってくる付き添いの中年女性が、笑顔で羊子に言った。

「弟さん、来ましたよ」

さっそく足元のハンドルをまわして、ベッドの上半身を起こす。

姉は頭に包帯を巻いており、そこから短い白髪がはみ出していた。手術前に剃られた跡だ。残った金髪の根元にも白いものがのぞく。金沢の桜吹雪の中で見た姉とは別人で、病気や老いの残酷さを見せつけられる。

玲は気にしないふりをして、ベッドの足元に腰かけて、持ってきた荷物を見せた。

「画集の見本、できたんだ」

まもなく日動出版部から刊行される、初の画集だった。限定八百部の大型豪華本で、外箱に「CAMOY」というラベルが貼ってある。玲はスペインに行ったころから、苗字をこの綴りにしていた。

重厚な本を、手際よく外箱から取り出して、姉の膝の上に置き、両手で持たせようとした。だが右手でしか持てない。羊子はリハビリに励んでいるが、どうやら左半身は、思い通りには動かせそうになかった。

玲が手を貸して最初のページを開くと、学生時代に描いた「夜（自画像）」が現れた。羊子は目を細め、ゆっくりと右手でページをめくった。

「懐かしい絵ばっかりやね」

一枚ずつ見て、最後の「１９８２年　私」まで至ると、また最初の見開きに戻った。そこには「鴨居玲画集　夢候」という題名が、大きな文字で印刷してある。

「また福さんの言葉やな」

「うん。司馬遼太郎の『妖怪』って作品に『憂きもひととき　うれしきも　思い醒《さ》ませば　夢候よ』っていう謡曲が出てくるんだ」

何もかも夢だったという一節が、今までの自分の生涯に、ちょうど合う気がして、今度も拝借したのだった。

羊子は、すべて見終えて画集を閉じた。

「これは鴨居玲の最初の画集で、これから第二集も第三集も出すよね？」

玲は大きな仕事を成し遂げた後に、つい死にたくなる。姉は、それを見越していた。

「出すよ。出すから、ようちゃんは元気になってくれよな」

「わかってる。元気になって、まずは玲の『最後の晩餐』を見るんや」

「あれは、もう構図も決まってるし、後は描けばいいだけなんだ。頑張るよ」

笑顔で約束したが、本心は裏腹で、次の画集を出すつもりもなければ、今なお「最後の晩餐」を描く自信もない。

画集出版の本当の理由は金だった。絵が描けない代わりに、画集を出して収入を得たのだ。だが鴨居玲ともあろう者が金に困っているなど、誰にも知られたくない。特に羊子には勘づかれるわけにはいかなかった。

姉の入院は二ヶ月に及んだ。その間に玲は、前の自殺未遂の際に見た、のっぺらぼうの絵を描いた。手に玲の顔の仮面を持っている構図だ。今度も私小説だった。

もう一枚、未完成の絵があった。名古屋の空襲の夜を描いたものだ。あの夜を思い出すと胸苦しくなり、よくぞ、ここまで描けたものだと感心する。

十七歳の名古屋で、火の玉や浮遊する霊らしきものを見て、玲の死への恐怖は決定づけられた。自分が生き残ったことで、おびただしい数の死者に恨まれたという思いも、ずっと胸の奥に潜んでいた。それを振り払うためにも、この絵を完成させて、死者への鎮魂にしたかった。

なんとか胸苦しさを乗り越えて、納得いくまで描ききった。地平線の向こうで名古屋城の天守閣が燃えており、手前には息絶えた人々が倒れている。画面全体が、青みがかった灰色の濃淡で、炎だけを赤く描いた。

絵を前にして、栄美子に頼んだ。

「これは名古屋市に寄贈してくれ。名古屋の美術館に納めてもらいたいんだ」

栄美子は首を横に振った。

「なぜ私に頼むの？　自分で寄贈した方が、名古屋の人たちも喜ぶよ」

玲は遺言のつもりだった。しかし栄美子は、それを何より恐れており、後を託されるのを拒んだのだ。

それからしばらく、自殺未遂は鳴りをひそめた。闘病中の姉を刺激したくなかったのだ。しかし夏が終わり、羊子が半身不随ながらも、何とか出社したのを見届けると、また死への願望が強まった。

九月七日の夜、いろいろな不安が高まり、自分でもまずいと気づいて、東京に長距離電話をかけた。相手は長谷川徳七だ。しばらく前に育毛剤が送られてきて、その礼を言っていない。ダイヤルをまわすと徳七本人が出た。

「いつぞやは育毛剤、ありがとうございました。あれ、どうやって使うんでしょう」

徳七は笑いながら答えた。

「どうやっても何も、頭に振りかけたらいいだけですよ。よく効きますよ」

「そうですか。僕は育毛剤の世話になるほど、まだまだ禿げちゃいないと思ってたんですけど、もう要りますかね」

「いやいや、放っておけば、すぐですよ。予防が大事。今から手当てしておけば大丈夫です」

「それじゃ、頑張ってつけてみます。禿げた鴨居玲なんて、恰好つかないしなァ」

他愛のない冗談で、ふたりは大笑いした。

電話を切ったとたんに、自己嫌悪に陥った。育毛剤の礼は口実で、本当は徳七に金を借りたかったのだ。なのに、どうでもいい話に終始して、陽気なピエロを演じてしまった。

画集で手にした金も、まもなく底がつきる。それ自体も不安だが、下手に無心して、徳七に突き放されるのも怖かった。もし今、日動画廊に見限られたら、たちどころに画壇から転がり落ちる。

ふいに父親の最期を思い出した。偉大だった父が口もきけなくなり、新聞社の部下たちにまで憐れまれた。豪放磊落を装いながらも、繊細な心を持っていただけに、さぞ、つらかっただろうと思う。

酒好きで、気前がよかった父。借金を残して亡くなったことも、ずいぶん後になってから知った。長い間、自分は母に似たと思い込んでいたが、父にこそ同質のものを感じた。

玲はスペインで買った大テーブルの前に座り、スコッチウィスキーを、どぼどぼとグラスに注いだ。栄美子は玲の苦悩に気づいており、ボトルとグラスを取り上げようとした。

「たとえ絵描きでなくなっても、いいじゃない。ふたりで慎ましく暮らそうよ」

もみ合いになり、グラスが床に落ちて割れ、破片が飛び散った。部屋にウィスキーの香りが広がっていく。

今の地位から転げ落ちたら、姉をがっかりさせる。画家になって欲しいと言われ続けて、ようやく実現できたのだ。七光と笑った阿呆なやつらも見返せたのだ。どうしても落ちていく自分は見せたくない。

それに母の死を受け入れられなかったように、姉を見送るのも耐えられない。幼いころの口癖がよみがえる。

「ようちゃーん、待ってよー」

玲は長い間、母のために頑張った。安井賞を取ったのは、母を喜ばせたかったからだ。母が亡くなってからは、姉を喜ばせたかった。だから母も姉もいない世界など、玲にとっては意味がない。

やはり姉より先に死にたかった。

こんな止めどない憂鬱は、絵を仕上げる達成感でしか、乗り越えられないのはわかっている。なのに絵が描けない。何度、未遂を繰り返そうが、キリストの心境にたどり着けるはずもなく、したがって「最後の晩餐」にも手が届かない。堂々めぐりの出口は、もう本当の死しかなかった。

その出口は、美しい世界への入口でもある。兄の出征を思わせる世界であり、そこへ自分が行きさえすれば、鴨居玲の名は永遠に美しく生きる。

そこには母もいる。こんな歳にもなって母が恋しいなど情けない。でも母は、どこまでも甘えさせてくれたのだ。今だって「よく頑張ったね。つらかったでしょう」と迎えてくれるに違いない。

前の自殺未遂の際に、もうひとつ夢うつつで見たイメージがあった。あまりに凄惨で、さすがに描くのをためらっていたが、遺作として描こうと決めた。

玲は水彩絵具と大きめの鏡を抱えて、茶室に向かった。そして白襖に、ほぼ茶一色の濃淡で絵を描いた。それが首だけになった鴨居玲と、首を吊った鴨居玲の姿だった。

エピローグ　ビストロ・トワル

玲の死から四年半後、鴨居羊子はチュニックの社長として、取引先や関係者、友人たちに挨拶文の葉書を送った。

「三十年近く私たちとチュニックの歴史をつくってまいりました弊社専務取締役、森島瑛は病を得、今、退職、役員辞退を申し出るに至りました。ここに森島瑛の円満退社を皆様に申し上げ、氏への永年のご厚志を謝しつつ、ご挨拶し、お知らせ申し上げます」

発送後しばらくして、羊子は福田定一から電話をもらった。

「近いうちに飯でも食いにいかんか。連れて行きたい店があるんや」

羊子は店は口実で、森島の退職について、詳しく聞きたいのではないかと勘ぐった。なにしろ若いころは、森島と福田と羊子の三人で、よく呑み歩いた仲だ。それでも久しぶりの誘いは嬉しい。

「そんなら、うちに来えへん？　料理はケータリングを頼むし」

脳卒中で倒れて、日本橋病院に救急搬送されたのが五年前。さらに去年には胃潰瘍の手術もした。以来、体力の衰えを感じて出社しなくなった。必要があれば、森島の後任の役員が家まで訪ねてくる。たまに外出する場合も、気の利く女性社員が手助けに来てくれる。だが、それも度々になると気が引けて、人と会うなら家に招待したかった。

だが福田は電話の向こうで言う。

「いや、気の張らんフランス料理の店やねんけど、鴨ちゃんに会いたいゆう人がおってな。ちょっと出てこられへんか」

そこまで言われると断りきれない。行くと約束したとたんに、それはそれで楽しみになった。美容院にも行って、白髪を金髪に染め、約束の日に備えた。

当日宵のうちに、いつも世話になる女性社員の手を借りて出かけてみると、指定された店は、北新地のビルの中にあった。全館バーやクラブのビルで、エレベーターの扉が七階で開くと、目の前に「ビストロ・トワル」という看板が出ていた。

中はカウンターだけの小さな店で、時間が早いせいか、まだ客はいなかった。福田も来ていない。手伝いの社員は、羊子を予約席の椅子に座らせると、背後の壁を指さした。

「社長の絵がありますよ」

椅子に座ったまま振り返ると、たしかに羊子が描いた油絵が何枚も飾ってあった。福田が連れてきたいと言った理由は、これだったかと合点した。

社員は店に後を託して帰っていった。すると入れ替わるようにして福田が現れた。髪は今も豊かだが、完全に真っ白だ。相変わらず大きなセルフレームの眼鏡が、妙に浮世離れしている。

福田は羊子の隣に座ると、さっそくワインリストを開いた。

「胃潰瘍、どうなんや。酒はあかんのやろ?」

羊子は首を横に振った。

「葡萄酒くらいなら大丈夫や。せっかくのフレンチやし、安いのでええから、ボトルで頼も。まずは白やな」

乾杯して、羊子の方から切り出した。

「森島のことやけど、ほんまは病気やないねん。四ツ橋ビルを出て、会社たたむ言うから、辞めてもろた。いろいろ事情があって」

ここ数年、日本中が今までにない好景気に湧いている。東京オリンピックや大阪万博どころではない上昇気流だった。土地が高騰し、世の中が驚異的な勢いに乗っている。この状況を、経済の専門家たちは「バブル景気」と呼び始めている。破綻は近いというのだ。

いよいよ派手さが好まれ、誰でも色柄の下着を身につけるようになった。なのにチュニックだけが苦戦を強いられていた。一時は年商十億を誇ったが、今や半減した。

羊子がテレビに出なくなり、若い世代には知名度が低い。そこに安直な同業者が現れ、デザインをコピーされてしまう。若い世代は値段の安い方を買う。

そんな状況で、去年、羊子が胃潰瘍の手術を終えて退院してくると、森島が言った。

「社長の胃潰瘍は、仕事のストレスが原因や。これを機に会社をたたまんか。今、四ツ橋ビルを出たら、ごっつい立退き料が入ってくる。景気のええうちなら、社員も次の就職先が見つけやすいし、今が潮時やと思う」

羊子は即座に反論した。

「なんでやめなあかん？　あたいは、もう大丈夫や。うちの会社には、うちの下着しか使わんお客さんがおるし、そういう人のためにも続ける。だいいち年商が半分ゆうても、まだ五億もあるやないの」

「そんなら会社を縮小しよ。前から社長も言うてたやろ。会社が大きなりすぎるのはあかんて。とにかく四ツ橋ビルから出よ」

「どこに移転するの？　新しく借りるのかて、お金かかるやろ」

「大東町の家をマンションに建て替えて、そこの一室で、社長が好きなものを作ったらええ。建て替えの費用は銀行から借りるけど、マンションの部屋を売ったら、すぐに返済できる。最上階は社長の自宅や。海の見えるペントハウスで、絵を描くにも最高やろ」

「マンション？　ペントハウス？　あんたは、どないするの？」

「立退き料で退職金がもらえるんやったら、もろうて退職したい。俺も絵でも描いて、悠々自適に暮らしたいと思うてる」

「そんなら、ひとりで辞めたらええやないの」

「よう考えてくれ。今がチャンスや。バブルが崩壊したら、もう立退き料なんか出えへん。だいいち、このまま会社が下降線で、めめしく生き残るなんて、みっともないやないか」

恰好よく終わりたいと言われて、つい玲を思い出す。なおさら腹が立って言い返した。

「下降線でも、みっともなくてもええ。下着を買うてくれる人がいる限り、会社は続ける」

結局、四ツ橋ビルからの転出は、社員たちからの猛反対で沙汰止みになった。みんなで頑張って、また会社を上向きにするから、この場所で働きたいと懇願されたのだ。

ビストロのカウンターで、羊子は話を締めくくった。

「社員から反対されて、森島は立場がなくなって、自分から辞めるて言い出したんや」

「そういうことか。まあ、あいつの気持ちも、わからんではないけど、鴨ちゃんの言うことも、まっとうや」

福田は溜息をついた。

「大阪の街中で、戦前から残る石造りの低層ビルや、幕末から続いてきた木造の町家が、ばんばん取り壊されて、ごっついだけで愛想ないビルに建て替わる。バブルはあかん、バブルは」

そのとき着物姿の女性が、コース料理の前菜を運んできた。福田が紹介する。

「ここのママさん、鴨ちゃんのファンなんや」

女性は榎木百合子という名刺を差し出した。若かりしころは美人だった面影がある。

羊子は背後の油絵を振り返った。

「去年の個展に来てくれはったん？」

去年まで羊子は、毎年のように個展を開いてきた。どの絵を、いつ描いて、いつ売ったかは見当がつく。百合子も絵に目をやった。

「このお店を開くのに、壁に飾る絵が欲しくて、去年の個展に、初めてお邪魔させていただきました。この店名の『トワル』って、フランス語で油絵のことなんです。もう一点、奥に大事な絵が飾ってあって」

示された方向を見て驚いた。玲の作品だったのだ。宙に浮いた青い教会で、この手の絵は何枚も描いたはずだ。

「どこで手に入れたん？」

「たまたま手放したいゆう方がいらして、譲っていただいたんです。お値段も、思ったほどではなかったんで」

鴨居玲の絵は暗さが災いして、この好景気では人気がない。「辛気くさい」と嫌われて、手放す人が増え、価格も低迷している。

その一方で、大手企業やコレクターたちは、ルノワールだのゴッホだのと海外の有名画家の作品を、莫大な金額で買いあさる。

福田は立って絵の前まで確認に行った。

「間違いない。鴨居玲の本物や。ママ、ええ買い物しはったな」

百合子は嬉しそうな顔になったが、羊子はカウンターに肘を乗せて言った。

「鴨居玲の贋作なんか、世の中にあらへんよ。本物が売れへんのやから」

玲の命をかけた作品が、安価で取引されるのは腹立たしいが、どうにもならない。福田は席に戻って、自信ありげに言った。

「鴨居玲の絵は、今でこそ人気薄やけどな、バブルが弾けたら、じわじわ人気が出るぞ。日動画廊も、それを見越して、今は安売りせえへんって噂や」

玲の死の翌年、金沢の那美画廊で追悼展が開かれた。羊子と二人展を開いたギャラリーだ。その翌年から名古屋や熊本の日動画廊で「鴨居玲展」が、ぽつぽつと開催されている。

今年は玲の没後五年に当たるため、年明け早々に、また金沢の那美画廊で回顧展が開かれたばかりだ。毎回、日動画廊から絵を借りての開催だが、長谷川徳七のつける価格が強気のために、なかなか売れないと聞く。

福田はフォークを使いながら言った。

「長谷川社長は、鴨居玲の名前を埋もれさせへんために、とにかく公開を続けてるゆう話や。市場に安く出る作品も買い集めて、秘蔵してるとも聞くで」

長谷川徳七は画商として、長い目で布石を打っており、まず外れはないという。

「それほど惚れ込んでもろて嬉しいけど、姉としては正直、ほんまかいなって思うよ」

「玲くん本人にも話したことがあったけどな、これから日本は暗い世相が始まる。戦後から、ずっと上向きやったけど、もうあかん。けど、それからが鴨居玲の時代や」

歴史小説家には未来が読めるのだと、これまた自信ありげに言う。

「鴨居玲の絵はわかりやすい。悩める人の姿を、ストレートに表現してるさかいに」

悩める時代には、うってつけだという。

「今後、没後十年展や二十年展はもちろん、三十年展も五十年展も開かれるやろ。そのころは街のギャラリーやなくて、きっと大きい美術館で開催される。そしたら若いやつらも押しかける。あの死に方も共感を呼ぶし」

あのとき福田の手配で、玲の死因は心筋梗塞として徹底された。だが、しだいに噂は広まり、今では自殺と見なされている。その方が鴨居玲らしいと評価されていた。

羊子はワイングラスに目を落とした。

「玲は寂しがり屋で見栄張りやから、まわりの気を引きたくて、あんなことを何度も繰り返したんやと思う。けど、やっぱりあかん。あんな死に方はあかんよ」

玲を画家にしなければよかったという悔いは、ずっと引きずってきた。あの死は心筋梗塞の再発だったと、今も信じたい。その反面、狂言を繰り返したこと自体、いつ死んでもいい覚悟だったと、認めざるを得ない。

母が元気だったころ、さんざん玲を甘やかし、それを羊子は冷ややかな目で見ていた。だが省みれば自分自身も、弟に対して大甘だった。

羊子はチュニックの社員や仕事関係には、厳しく接するときと、いたわるべきときとを心得て、きちんと対応できる。なのに玲に対してだけは、ぐずぐずになってしまう。

玲は外に見せる顔と、内向きの顔とが違った。一方、羊子は弟に対してだけ、別の顔を向けた。その二面性は姉弟で共通していた。

「もしかして玲は、あたいに恨みを晴らすつもりやったんやろか。甘やかして、甘やかして、結局は追い詰めた恨みを」

福田は即座に否定した。

「そんなことは絶対にない。玲くんは鴨ちゃんを誰よりも大事に思うてた。そんな大事な姉さんを恨むなんて、ありえへん」

だとしたら、これほどの悔いや哀しみを、残された者に課す死に方は、やはり大罪に違いなかった。

羊子は、話が重くなりすぎた気がして、冗談で誤魔化した。

「まあ、近々、あの世で会うやろから、こっぴどく叱ったろ」

「あの世で会うのは、まだまだ先や」

「いいや、もうそろそろや。あたいも、やることはやったし」

なんとか右手が使えるので、毎年、個展用に絵を描き続けてきたが、胃潰瘍の手術以来、とうとう体力も気力も保てなくなった。

ずいぶん前からフラメンコも針仕事もできない。こんな状況になって、改めて母のつらさを実感する。あんなふうに長く寝たきりにはなりたくなかった。

肉料理が出たのを機に、羊子は、もういちど明るい話題に切り替えた。

「未来が読めるゆうたら、あたいもできるよ。この先、司馬遼太郎の本は何十年も売れる」

「そら嬉しいな。けど小説家は死んで何年かしたら、たいがいは忘れられる運命や」

「夏目漱石や太宰治は今も読まれるやないの」

「それは文豪やからや。僕のは大衆向けやから、残らへん」

「いいや、残る。あたいは中小企業の社長の集まりに、ときどき出るんやけど、みんな司馬遼太郎の大ファンや。戦国武将の決断を会社経営に見立てるらしい。日本から中小企業はなくならへんし、これからもずっと司馬遼太郎の文庫本は、本屋の棚を独占や」

「えらい嬉しいこと言うてくれるな」

そのとき店のスピーカーから「スタンドバイミー」が流れてきた。

「これ、あたいの好きな曲や」

あれからジョン・レノンがカバーし、近年には同名の青春映画も公開された。

「映画がヒットしたから、もともと映画のサントラ盤やと思うてる人、多いみたいやけど、昔からあった曲なんやで」

すると百合子が近づいて、カウンター越しに立った。

「私も大好きな曲なんです。初めて羊子さんに会《お》うたときに、かかってた曲なんで」

「へえ、初対面やなかったの？　覚えてへんで、ごめん」

「いいえ。私は、ただの客でしたし」

百合子は奥に目を向けた。

「もうひとり、会うていただきたい者がおるんですけど」

手招きすると、奥から白いコックコート姿の青年が現れて、百合子が紹介した。

「息子の誠です。私が、この子を連れて、初めてチュニックの直営店に行ったときに、パンティスを一枚、買うたら、羊子さんが『洗い替えに』て、もう一枚、くれはったんです。もう覚えてはらへんと思いますけど、あれがきっかけで、私は人生を変えられました。そしたら最近になって、たまたま司馬先生が店に来てくれはったんで、羊子さんに、お礼を言わして欲しいて、お願いしたんです」

あのときの光景が、たちどころによみがえった。パンティスの購入を機に、離婚すると言った母子だ。三十年近く前だが「スタンドバイミー」の曲に重なって、ありありと浮かぶ。

「ほんなら、このシェフが、あの男の子？」

「そうです。あのときは四つでしたけど、もう三十三歳になりました」

誠はコック帽を外し、少し照れくさそうに短髪の頭を下げた。思わず羊子の声が弾む。

「こんなに立派になったん？　うちのパンティス買うて、勢いつけて離婚するゆうてたから、小さい子を連れて大丈夫やろかって、しばらく責任、感じてたんやけど」

百合子が伏し目がちに話した。

「実は、あのとき私、この子を道連れにして、大阪駅で電車に飛び込むつもりやったんです。その前に母子で美味しいものを食べよう思て、あのころ評判だった新阪急八番街に行ってみたら、チュニックの直営店があって」

そごうでの個展を懐かしく思い出し、ショーウィンドーの下着を眺めているうちに、離婚を思い立ったという。

「こんな下着をつけたら、離婚しても生きていけそうな気がして」

羊子は驚いた。追い込まれているのはわかっていたが、死まで覚悟していたとは夢にも思わなかった。

「あれから水商売に入って、この子を預けて夢中で働きました。つらいことも、なんべんもありましたけど、そのたびにチュニックの下着を買うたんです。買うときや着るときだけやなくて、洗って干すと、きれいな色の薄ものが、お日さまを浴びて風になびいて。それ眺めては、私は、こんな素敵な下着をつけられる女なんやから、頑張れると思えました」

百合子は指先で目頭をぬぐった。

「あのとき死なんですんだのも、チュニックのおかげやったし。これ、ほんまに大袈裟な話やなくて」

そして息子を振り返った。

「あんたも覚えてるよね」

誠が手にしたコック帽に目を落とした。

「あのときのことは忘れません。お母ちゃんの様子が変やと思うてたら、真っ黒で怖そうな店に入って、えらい派手なパンツ買うて」

羊子も福田も吹き出した。誠も少し笑ったが、また生真面目な口調に戻った。

「それまで僕も母も、親父からひどい仕打ちを受けて、泣いてばかりやったし。離婚に踏み切れて、よかったと思うてます。母が洗濯物を見つめてた姿も、よう覚えてます。そのたびに嫌なことがあったんやろなて思いました。そやから早く楽させたくて、中学を出て、すぐに働いたんです。働きながら頑張って調理師免許を取って」

一方、百合子はバーを持つまでに至り、昨年、誠が実力をつけたのを見計らって、店をビストロに改装したのだという。

そのとき「スタンドバイミー」のレコードが終わり、百合子が針を上げに行った。

「この曲も、なんべんも聴きました。私にとって、そばにいてくれたんはチュニックの下着でした。今は、この子がいますけど」

福田が急に眼鏡を外した。ポケットからハンカチを取り出し、目元に押し当てる。

「歳くうて、涙もろうなった。こんな話は、あかんわ」

羊子も胸が熱くなる。チュニックの製品で元気が出たという話は、今までにも何度も聞いた。けれど、これほど誰かの人生に力を与えようとは、思ってもみなかった。

父の死に際に、羊子は約束した。

「あたいはひとりになっても頑張る。お父さんみたいに、ちゃんと世のため人のために働くから、お父さん、きっと見てて欲しい」

しかし羊子は、家族のために働くことで、せいいっぱいだった。世のため人のためまでは、とても手がまわらなかった。でも約束は心の隅に引っかかっていた。それが期せずして実現できていたのだ。

福田が、ゆっくりと眼鏡をかけ直した。

「鴨ちゃんの下着で助けられたんは、ここのママだけやないと思う。何百人も何千人も、もしかしたら、もっとおったかもしれん。鴨ちゃんが作った自由な下着は、これから先も大流行するやろ。もしかするとチュニック自体は苦戦するかもしれへんけど、大勢の女の人を元気にしたり、楽しませたり、幸せにしたりしたのは、鴨ちゃんや」

そして羊子の頭を目で示した。

「そういう金髪が常識になる日も、来るかもしれんぞ。暗い世相になるからこそ、若者は反発して金髪になる」

「ハンパツでキンパツか。ええね」

羊子が茶化すと、皆が声を揃えて笑った。

また玲の死を思い出す。百合子は瀬戸際で踏み留まり、苦労しても生きる道を選んだ。羊子は弟を追い詰めたかもしれないが、百合子には、無意識のうちに尊い決断を促していたのだ。その事実は、長く抱いてきた悔いを、わずかながらもなぐさめる。

福田が玲の絵を振り返った。

「鴨ちゃんの下着だけやなくて、玲くんの絵も、大勢の人を救うよ」

上半身を絵に向けたままで言う。

「あの宙に浮いた教会はな、宗教に救いを求めながら、救われなかった心を表してるんやと思う。

日本人の共感を得やすい絵や。ほかの絵も、苦しいのは自分ひとりやないて、見る者の心を慰める。そんな絵を、命かけて残せたんやから、玲くんは絵描きとして幸せやないかな」

思いもかけなかった指摘だった。

「玲が、しあわ」

羊子は途中までつぶやいたものの、その先は、急に喉元に込み上げてきた熱いもので、声にならなかった。

確かに玲は絵に命をかけた。それに悔いはなかったはずだ。だからこそサンダーバードの運転席で息絶えていた顔は、あれほど美しく見えたのだろう。

羊子の下着と同じように、いや、もっともっと未来永劫、玲の絵は見る人の魂を救うに違いない。画家冥利に尽きることであり、何も哀しむことはない。姉が嘆く必要など、なかったのだ。

潤んだ声で、なんとか福田に礼を言った。

「おおきに、あたいよりも弟のこと、ようわかってくれて」

同時に心の中で、弟に詫びた。

「玲、かんにんな、なんにもわかってへんで。かんにんな、阿呆な姉ちゃんで」

絵描きとしての幸福という点に、なぜ今まで目を向けなかったのか。ごくごく当たり前のことなのに。新たな悔いが、また涙を誘う。

そのとき誠がコーヒーを運んできた。デザートは素朴な雰囲気のチョコレートケーキだった。

羊子は湿った空気を跳ね飛ばしたくて、右手で手荒くフォークをつかみ、大きく切り取って頬張った。

そのとたんに、思わず感嘆の声が出た。

「何これ？　美味しい」

涙目を瞬いて、よく見ると、クリーム状の断面に、チョコレート色の層が挟まり、上にココアパウダーがかかっている。口当たりが柔らかく、抑え気味の甘さに、こってりした味わい。そこにココアパウダーの苦味が混じって、えもいわれぬ美味だった。

誠が笑顔で答えた。

「それ、ティラミスっていうんです。イタリアのお菓子だから、フレンチで出すのは邪道なんですけど、最近、雑誌の『Ｈａｎａｋｏ』で紹介されて、若い女の子たちの評判になってるんで、作ってみたんです」

「若い女の子に？」

羊子は大きな溜息をついた。

「あかんなァ。女の子が飛びつくもんを知らんなんて、鴨居羊子も、おしまいや。世の中について行かれへんん。もうなんにも、やることあらへんわ」

たちまち皿は空になった。右手でフォークを置くのを、福田が目で示して言った。

「鴨ちゃん、利き手が使えるんやから、もういっぺん文章を書いたらどうや。特に自伝や」

羊子は目尻に残っていた涙を、右の拳で拭いて胸を張った。

「自伝なら、とっくに書きました」

母が亡くなった翌年、羊子は「わたしは驢馬《ろば》に乗って下着をうりにゆきたい」という自伝を出版した。

「いや、あれは新聞記者時代からやろ。子供のころの話が欠けてる。鴨居羊子と鴨居玲が、どうやって育ったか、後世の人は知りたがるはずや。一世を風靡した下着デザイナーと、絵描きの姉弟やからこそ、おいたちを書き残さなあかん」

「けど、今さら、あたいの自伝なんか買う人、おるやろか」

すると福田は肩を寄せた。

「あのな、鴨ちゃん、物書きは死んだときが、いちばん本が売れるんやで」

羊子は、むっとした。

「あたいが死んでから売るの？　そしたら、あたいに印税、一銭も入らんやないの」

「まあ、後世のために書くつもりなら、それでもええやないか」

冗談めかしてから、また真顔になった。

「それにな、一心に文章を書いてるときは、嫌なことは、みんな忘れられる。そやから、もういっぺん書いてみたら、ええと思うよ」

羊子の寂しさを思いやってのことだと理解できたが、今の体力で書き上げられるか、自信がない。

すると百合子も勧めた。

「書いてください。私も読みたいし。羊子さんの自伝なら、読んで元気が出そうやし」

期待してくれる人は、百合子だけではなく、大勢いるかもしれない。そう思い直して、羊子は決意した。

「わかった。もう一冊、自伝を書く。それが最後の本になるかもしれへんけど」

今後、母のように何年も寝たきりになるかもしれない。でも、それも受け入れるつもりで、力のある限り仕事を続けようと決めた。鴨居羊子にとって生きるとは、日々、働くことにほかならない。

「福さん、あたいは死ぬまで働くよ。働けんようになっても、死ぬまで生きる」

「それでこそ鴨ちゃんや。けど死ぬまで生きるて、当たり前やで」

福田が笑い出し、羊子も失言に気づいて笑った。

「ほんまや、誰でも死ぬまで生きるもんや」

百合子も誠も笑い、ビストロ・トワルは、あたたかな笑顔に満ちた。


それから鴨居羊子は二冊目の自伝「わたしのものよ」の原稿を書き上げた。校正もすませ、見本ができるのを待っていたかのように、出版前月に当たる平成三年三月、脳内出血により六十六年の生涯を閉じた。

時を経て平成二十七年、「没後30年　鴨居玲展　踊り候え」の巡回展が、東京ステーションギャラリーをはじめ、北海道立函館美術館や伊丹市立美術館などで開かれて、大きな注目を浴びた。

その五年後の令和二年にも「没後35年　鴨居玲展　静止した刻」が、石川県立美術館や久留米市美術館などを巡回した。そこには多くの若者が足を運び、今や西洋画を志す画学生は、いちどは鴨居玲に憧れると言われている。

参考資料

鴨居羊子著『わたしは驢馬《ろば》に乗って下着をうりにゆきたい』
鴨居羊子著『鴨居羊子コレクション1　女は下着でつくられる』
武田尚子著『鴨居羊子とその時代　下着を変えた女』
亀井美佐子著『金髪と茶髪　鴨居羊子おぼえがき』
川崎市岡本太郎美術館・ジョルダンブックス編『前衛下着道　鴨居羊子とその時代』
長谷川智恵子著『鴨居玲　死を見つめる男』
瀧悌三著『一期は夢よ　鴨居玲』
牧野留美子著『哀しき道化師　鴨居玲の絵画と生の軌跡』
日動美術財団発行『没後35年　鴨居玲展　静止した刻』
世田谷美術館発行『宮本三郎の仕事　その眼差しと時代』
司馬遼太郎著『司馬遼太郎が考えたこと1』
司馬遼太郎著『ペルシャの幻術師』
週刊朝日ＭＯＯＫ『司馬遼太郎と昭和』
足立巻一著『関西おんな』

＊本書は書き下ろし作品です

植松三十里（うえまつ　みどり）
一九五四年生まれ、静岡県出身。東京女子大学文理学部史学科卒業。出版社勤務、七年間の在米生活、建築都市デザイン事務所勤務などを経て、執筆活動に入る。二〇〇三年『桑港にて』（文庫化時に『咸臨丸、サンフランシスコにて』と改題）で歴史文学賞、〇九年『群青　日本海軍の礎を築いた男』で新田次郎文学賞、『彫残二人』（文庫化時に『命の版木』と改題）で中山義秀文学賞を受賞。著書として『調印の階段』『リタとマッサン』『大正の后』『繭と絆』『かちがらす』『ひとり白虎』『会津の義　幕末の藩主松平容保』『空と湖水』『梅と水仙』『徳川最後の将軍　慶喜の本心』『家康を愛した女たち』『家康の海』『帝国ホテル建築物語』など多数。

羊子と玲　鴨居姉弟の光と影

二〇二三年二月一八日　初版印刷
二〇二三年二月二八日　初版発行

著　者　植松三十里
装　幀　芦澤泰偉
装　画　大竹彩奈
発行者　小野寺優
発行所　株式会社河出書房新社
〒一五一-〇〇五一
東京都渋谷区千駄ヶ谷二-三二-二
電話　〇三-三四〇四-一二〇一（営業）
　　　〇三-三四〇四-八六一一（編集）
https://www.kawade.co.jp/

本文組版　KAWADE DTP WORKS
印刷・製本　三松堂株式会社

Printed in Japan　ISBN978-4-309-03096-8
落丁本・乱丁本はお取り替えいたします。

河出書房新社の本

未完の美学
曾野綾子
人は皆、思いを残して死ぬ。それでいいのだ。前向きに潔く、自然体で生きれば人生は楽になる。豊かな生と老い、曾野流生き方の基本。

やわらかい知性
坂東眞理子
風通しよくおおらかに生きる――。コロナ後の新生活に向け、爽快な一歩を踏み出すために！　日常のあらたな気づき51編。**河出新書**

恋のトリセツ
黒川伊保子
男性脳・女性脳の「恋」の違いとは？　男と女の絆を深める「ことば」のテクニック満載。大人の恋、極上の楽しみ方！　**河出新書**

家康と信康
父と子の絆
岳　真也
わが子に切腹を命ぜざるを得なかった家康の無念。父を慕う信康の情愛。歴史に翻弄され、流転の人生を歩み、天下人となる家康の生涯。

ゆれる階《きざはし》
村松友視
突如明かされた実母の存在。母の手記から浮かぶ秘められた自らの生い立ち。心の奥底に目をこらした圧倒的力作。異色の自伝的小説。

フランスの街の夜
遠藤周作初期エッセイ
遠藤周作
フランス留学から帰国後、作家として歩み始めた若き日々。瑞々しさあふれる初期エッセイ。匿名コラム、直筆漫画含む単行本初収録。